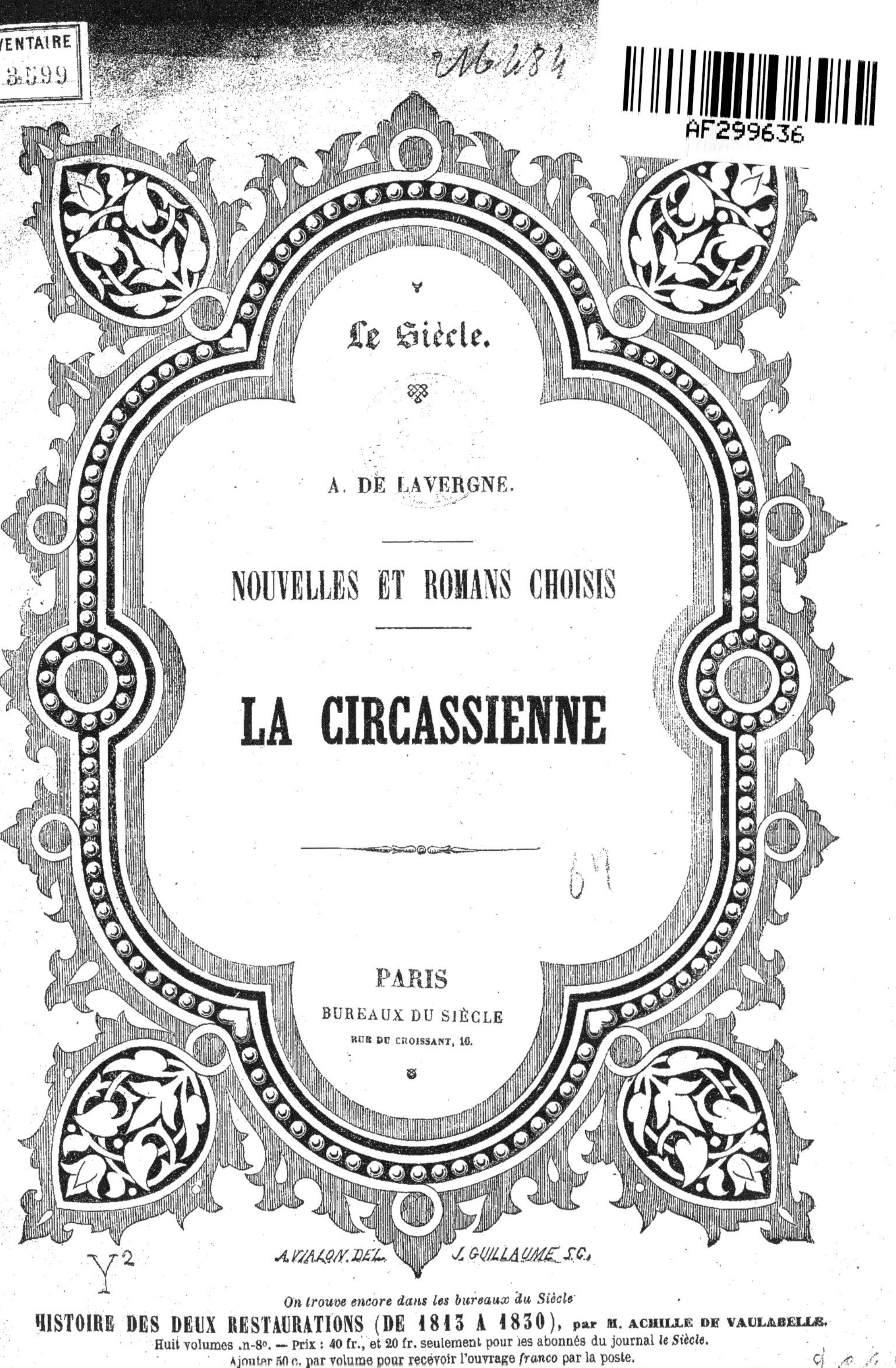
Le Siècle.

A. DE LAVERGNE.

NOUVELLES ET ROMANS CHOISIS

LA CIRCASSIENNE

PARIS
BUREAUX DU SIÈCLE
RUE DU CROISSANT, 16.

A. VIALON. DEL.   J. GUILLAUME. SC.

LA CIRCASSIENNE

PROLOGUE.

LE GOLFE DE SMYRNE.

C'était par une belle nuit d'été de l'an de grâce 1710 ; la lune, alors dans son plein, argentait de ses plus doux rayons les bords enchantés du golfe de Smyrne, dans les eaux duquel semblaient se mirer avec amour toutes ces riantes villas qui s'épanouissent en éventail sur les côtes de la voluptueuse Ionie. On n'entendait d'autre bruit que celui des vagues qui se brisaient mollement sur la rive, auquel se mêlait par intervalles le chant d'un rossignol, caché dans un bois de lauriers roses. La brise des mers arrivait tout embaumée des parfums de mille fleurs qu'elle avait rencontrées en passant sur les îles de Chio, de Lemnos, de Cythère, ces poétiques corbeilles de l'archipel ionien consacrées par tant de souvenirs.

A une petite lieue environ de la ville de Smyrne, cet opulent bazar de l'Asie Mineure, on eût pu voir, entre minuit et une heure du matin, s'ouvrir mystérieusement une de ces fenêtres orientales, à barreaux de chêne, dont l'épaisse armature semble à la fois combinée tout exprès contre les ardeurs du soleil et contre les tentatives d'un téméraire amour. Un homme d'une taille assez élevée, dont l'encolure un peu épaisse n'annonçait pas précisément la jeunesse, bien qu'il parût encore très-souple, descendit précipitamment de la fenêtre au moyen d'une échelle de soie, et fut reçu au pied de la muraille d'une façon fort respectueuse par quelqu'un qui l'attendait, enveloppé dans un manteau de couleur sombre. Tous deux se mirent en devoir de traverser un jardin ; puis, ayant franchi un mur d'enceinte par une brèche, ils se trouvèrent au bord de la mer, où la conversation suivante s'engagea entre eux :

— Que le diable l'emporte La Roche, de venir m'arra-

cher ainsi au plus doux tête-à-tête, quand la nuit commence à peine !

— Il est minuit et demi, monseigneur.

— Qu'importe !

— Un quart d'heure plus tard, vous pouviez être surpris par le mari.

— Le mari ! hein ! plaît-il ? Ah çà ! est-ce que ce mari-là se serait permis...

— Il s'est permis de revenir, monseigneur.

— Tu l'as vu ?

— Je l'ai vu.

— Quelle figure a-t-il ?

— Eh ! mais... une figure... de mari.

— Mais encore ?

— C'est un grand maigre, avec des sourcils fort épais, une large moustache retroussée de chaque côté, un nez... oh ! quel nez, monseigneur ! je n'ai jamais vu un pareil nez.

— Lui as-tu parlé ?

— Je m'en suis bien donné de garde.

— Poltron !

— Ne valait-il pas mieux accourir ici pour vous prévenir ?

— C'est juste ; mais comment as-tu fait pour le devancer ?

— Rien de plus simple : le seigneur Marini est arrivé à Smyrne il y a deux heures à peine, et il s'y est arrêté en annonçant l'intention de repartir ce soir même pour sa maison des champs ; tant il y a que dans quelques minutes il sera ici même. Mais je pense, monseigneur, que dans quelques minutes vous serez hors d'atteinte...

— Comment cela ?

— Une felouque vous attend à une demi-lieue d'ici, toute prête à mettre à la voile. Le patron va envoyer une barque pour nous prendre ici même ; c'est convenu.

— Du tout, du tout, mons La Roche ; je n'entends point qu'il en soit ainsi ; s'il y a du danger pour la petite, je reste. Aussi bien je ne serai pas fâché de voir la figure de ce mari, cela me divertira.

— Toujours le même, monseigneur ! Eh ! bon Dieu,

croyez-vous que, s'il s'agissait seulement du retour d'un fâcheux, amant ou mari, peu importe, j'eusse fait tout ce que j'ai fait ce soir ?

— Que se passe-t-il donc encore, La Roche ?

— Apprenez qu'il est arrivé des nouvelles de Constantinople.

— Eh bien ! Sa Hautesse est-elle en bonne santé ? Le sérail est-il toujours comme d'ordinaire ?

— Il s'agit bien de Sa Hautesse et du sérail ! Pendant que vous faites l'amour à Smyrne, vos créanciers cassent les vitres de votre palais à Constantinople.

— Que dis-tu, La Roche ? les maroufles auraient osé !

— Ils ont osé porter plainte contre vous au grand vizir. Ils ont dit que, quand ils se présentaient au palais de l'ambassade pour réclamer le montant de leurs créances, vous leur donniez force coups de canne et jamais un sou vaillant.

— Je voudrais bien savoir ce que leur a répondu le vizir.

— Le vizir a répondu qu'il n'y pouvait rien, en votre qualité d'ambassadeur du plus puissant monarque de l'Europe. Là-dessus, vos créanciers ont résolu de se faire justice eux-mêmes. Quelques Turcs à qui vous avez soufflé leurs femmes se sont mis de la partie. Bref, on a tout brisé à l'extérieur, et peu s'en est fallu que le palais de l'ambassade de France ne fût réduit en cendres, car les enragés voulaient y mettre le feu.

— Oh ! ils me le payeront, les doubles et triples coquins ! Mais quoi ! mes collègues, les ambassadeurs des autres puissances, ne m'ont-ils donc pas défendu ?

— Ah bien oui ! ils ont dit que c'était votre faute, que vous aimiez trop le jeu, les femmes, la bonne chère, tous les plaisirs, enfin que vous les écrasiez tous par votre faste.

— Les misérables ! comme s'ils n'étaient pas les premiers à profiter de ce qu'ils me reprochent ! Ils mangent mes soupers, ils gagnent mon argent, et je leur cède mes esclaves à vil prix quand j'en suis as, ce qui arrive assez souvent et assez vite... Oh ! La Roche ! La Roche ! tu as raison, partons vite, je veux aller me couper la gorge avec tous mes collègues à Constantinople, et bâtonner de ma main tous mes créanciers.

— Vous aurez fort affaire, monseigneur.

— Partons ! partons ! je sens déjà la main qui me démange.

— Ma foi ! monseigneur, vous n'attendrez pas longtemps ; car, si je ne me trompe, voici venir là-bas, au clair de lune, la barque qui doit nous conduire jusqu'à la felouque.

— En effet, il me semble qu'à travers le murmure des vagues on distingue déjà le bruit cadencé des rames. Quelle belle nuit, La Roche, et quel beau pays ! Vois-tu comme la lune reflète voluptueusement ses rayons dans les eaux du golfe ? Entends-tu le chant du rossignol ? Sens-tu le parfum des roses ? En vérité, il n'y a qu'une chose à faire ici, c'est l'amour.

Celui qui s'exprimait ainsi n'était autre que le comte de Ferriol, ambassadeur du roi de France Louis XIV auprès de la Sublime-Porte ; car le moment est venu de mettre le lecteur au courant des noms et qualités d'un personnage si leste, en dépit des années, pour descendre d'un balcon à l'aide d'une échelle de soie. Le comte avait alors cinquante ans environ, mais il était encore plein de fougue et de verdeur, et il rappelait, sous plus d'un rapport, les vices brillants d'un de ses prédécesseurs dans les fonctions d'ambassadeur à Constantinople, le fameux comte de Bonneval, dont l'aventureuse existence n'a pas été l'une des moins curieuses du dix-septième siècle.

Monsieur de Ferriol aimait beaucoup les femmes, et, bien que d'un âge déjà plus que mûr, il obtenait des succès qu'on s'expliquera aisément par deux motifs : une grande puissance de volonté pour triompher des obstacles, et une prodigalité qui rappelait incessamment le mythe si connu de Jupiter transformé en pluie d'or. Joi-

guez à cela l'assistance d'un valet de chambre émérite, son confident et son âme damnée, intriguant, machinant et veillant pour le service de son maître, à toute heure du jour et de la nuit, fourbe et rusé comme le plus fin renard, et comme le renard absolument dépourvu du sens moral. Nous avons nommé mons La Roche.

Un jour, à Constantinople, on avait raconté, en présence du comte de Ferriol, qu'un jeune gentilhomme italien, nommé Marini, était arrivé à Smyrne d'une façon assez mystérieuse, avec une jeune femme d'une ravissante beauté, et que, après l'avoir installée dans une de ces demeures enchantées qui bordent le golfe, il était parti en voyage. C'était assez pour éveiller la convoitise de monsieur de Ferriol, qui, abandonnant aussitôt les affaires de l'ambassade aux soins d'un secrétaire, s'était rendu à Smyrne, accompagné de son valet de chambre de confiance, afin d'assiéger la place dont il avait projeté de s'emparer. Nous croyons devoir faire grâce à nos lecteurs des différentes phases d'un siége semblable à tous les siéges de ce genre. Aussi bien le dénoûment en est connu : la place, comme on l'a vu, venait de capituler lorsqu'une malencontreuse fatalité détermina le retour du seigneur Marini par la porte, et la fuite de son suppléant par la fenêtre.

Ce suppléant en était réduit, pour le quart d'heure, à s'extasier sur les charmes d'une belle nuit d'été, dans un pays qui depuis lors devait inspirer à un grand poëte, à Byron, des strophes si pleines à la fois de pompe et de mélancolie, lorsqu'un bruit de pas retentit à peu de distance, et fut bientôt suivi d'un cri d'angoisse et de désespoir. Le comte de Ferriol et le valet de chambre tressaillirent et se dirigèrent instinctivement vers le côté de la plage où ce cri avait frappé leurs oreilles. Tout à coup un enfant, une petite fille de dix ans au plus, déboucha d'un massif de lauriers roses, et s'en vint, courant à perdre haleine, tomber aux pieds du comte, dont elle saisit en même temps les deux mains par une étreinte convulsive ; puis d'une voix entrecoupée de sanglots elle s'écria en langue grecque :

— Seigneur, seigneur, sauvez ma mère ! seigneur, sauvez-moi !

Quelques secondes étaient à peine écoulées que du petit massif de lauriers roses d'où la jeune fille avait pris sa course on vit se précipiter plusieurs soldats armés jusqu'aux dents et guidés par un homme qu'à son costume et à ses traits même l'on ne pouvait méconnaître pour un de ces misérables auxquels est confié le triste privilége de veiller en tout temps, en tout lieu, sur l'honneur de leurs maîtres. A la vue de cet homme, l'enfant se mit à pousser des cris déchirants, et s'attacha avec épouvante au protecteur qu'elle venait de se donner. Aussi bien l'eunuque approchait, et, pâle, la menace à la bouche, il étendait déjà vers sa victime sa main redoutée.

Soit qu'il fût déterminé à accepter le rôle que la Providence ou le hasard lui offrait, soit qu'il obéît simplement dans cette circonstance à un instinct de curiosité, monsieur de Ferriol écarta par un geste impérieux la main de l'eunuque, et, lui adressant à son tour la parole en langue franque, alors comme aujourd'hui en grand usage dans toutes les échelles du Levant :

— Qui t'a fait si hardi, — s'écria-t-il, — que d'oser toucher à une personne qui est venue se placer sous ma protection ?

— Je ne vous connais pas, — répondit l'eunuque ; — rendez-moi cette jeune fille, qui est l'esclave de mon maître, le très-illustre et très-vénéré Soliman-Pacha, gouverneur de cette province.

— Quand ton maître serait le sultan en personne, apprends, drôle, que je ne lui rendrais pas cette enfant, et tâche en même temps de ne pas oublier que tu parles au comte de Ferriol, ambassadeur du roi de France Louis XIV.

A ce nom révéré et qui avait retenti alors jusqu'au fond des harems de l'Asie Mineure, l'eunuque baissa la tête et récula instinctivement. Pendant ce temps-là, la jeune fille attachait sur son protecteur deux grands yeux noirs noyés de larmes, et dans lesquels l'espérance commençait à poindre à travers la terreur. Il y eut un silence, puis l'eunuque reprit d'un ton plein d'humilité :

— Seigneur, je respecte en votre personne le représentant d'un grand monarque, mais il faut que la justice de mon maître ait son cours, et vous ne voudrez pas que moi et tous ceux qui m'accompagnent nous encourions sa terrible colère pour avoir méconnu ses volontés.

— Ces volontés, quelles sont-elles?

— Seigneur, cette enfant, qui a imploré votre appui, est condamnée à mourir avec sa mère; il faut que la sentence s'accomplisse !

— Condamnée à mourir ! elle, cette enfant ! c'est impossible !... Qu'a-t-elle donc fait?

— Seigneur, elle était criminelle avant de naître, car elle est le fruit du crime. Sa mère est une Circassienne, longtemps esclave favorite du très-illustre Soliman-Pacha. Hier, notre maître a découvert que la Circassienne le trahissait depuis longues années avec un Grec de Smyrne. Le Grec a été égorgé. Quant à la Circassienne, elle doit être enfermée dans un sac avec sa fille, puis le sac étant cousu sera jeté dans les eaux du golfe. Ainsi l'a ordonné le pacha. Laissez-moi donc exécuter son ordre.

Comme l'eunuque parlait ainsi, le comte de Ferriol aperçut en effet, à peu de distance, une femme, ou plutôt un fantôme enveloppé de la tête aux pieds d'un long voile noir, et qui, muette, impassible et la tête baissée, semblait attendre, avec cette résignation particulière aux populations de l'Orient, l'exécution de l'arrêt cruel qui l'avait frappée. Deux esclaves étaient à ses côtés, et deux autres, un peu en avant, disposaient déjà le linceul funèbre où elle allait être ensevelie toute vivante avec son enfant.

Le comte de Ferriol frémit. Depuis qu'il résidait en Turquie, c'était la première fois qu'il se trouvait appelé à être le témoin d'un de ces spectacles d'autant plus terribles qu'ils sont toujours plus environnés de mystère et que les victimes, par leur âge, leur sexe, leur faiblesse même, sont plus dignes de toutes les sympathies. Cependant, si l'instinct d'une généreuse pitié et ces sentiments chevaleresques, de tout temps apanage distinctif d'un gentilhomme en France, inspiraient à l'ambassadeur la pensée de s'opposer à l'exécution d'une sentence cruelle, il ne pouvait se dissimuler toutes les difficultés attachées à la réalisation d'une pareille pensée.

Il était seul avec son valet de chambre contre une troupe nombreuse de soldats, d'eunuques et d'esclaves habitués à obéir aveuglément aux ordres de leur maître. En outre, il s'agissait d'un des plus puissants feudataires de la Sublime-Porte, contre les sentences duquel la volonté d'un ambassadeur ne pouvait en aucune façon prévaloir, alors surtout qu'il s'agissait de ce qu'il y a de plus sacré en pays musulman, les droits du maître sur l'esclave, de l'époux sur l'épouse infidèle. Monsieur de Ferriol garda quelques instants le silence, pendant que toutes ces réflexions se présentaient à sa pensée, puis invita par un signe l'eunuque à le suivre; il fit quelques pas à l'écart, en tenant toujours par la main la jeune fille, qui n'avait pas voulu se séparer de lui un seul instant.

— Ecoute, — dit-il à cet homme, — je ne te demande qu'une chose, c'est de suspendre pendant une heure l'exécution de l'ordre que tu as reçu. Je vais, pendant ce temps-là, trouver le pacha; mon nom, ma qualité, me feront bien parvenir jusqu'à lui, et, s'il persiste à condamner la mère, du moins, j'en suis sûr, il fera grâce à l'enfant.

— Seigneur, le pacha est parti pour aller inspecter les frontières; il ne reviendra que dans un mois.

— Parti ! parti ! quelle fatalité ! Eh bien ! mais j'y songe : s'il est parti, s'il ne doit revenir que dans un mois, qui t'empêche d'attendre son retour? Je prends sur moi toute la responsabilité de cette affaire; je verrai le grand vizir, je verrai le sultan.

— Seigneur, ce que vous me demandez est impossible. Je suis déjà coupable d'avoir tant tardé. Ainsi donc rendez-moi cette enfant, et ne me mettez pas dans la nécessité d'employer pour la reprendre l'assistance de ceux qui sont venus avec moi. — En même temps, l'eunuque étendit ses deux bras, s'apprêtant à frapper ses mains l'une contre l'autre pour appeler à son aide, et la jeune fille, qui n'avait pas perdu un mot du dialogue qui précède, éclata en sanglots. Monsieur de Ferriol tressaillit, car à travers ses mauvais penchants, ses habitudes libertines, perçaient quelquefois la générosité native, l'ardeur chevaleresque et spontanée d'un gentilhomme issu d'une des plus illustres familles du royaume, tant est vrai cet adage qui, à lui seul, justifierait les préjugés attachés à la naissance : *Noblesse oblige*. Et alors monsieur de Ferriol retrouvait pour le bien comme pour le mal, pour le dévouement comme pour la corruption, cette volonté de fer, cette persévérance à la fois souple et tranchante comme l'acier qui le faisaient inévitablement arriver à son but, alors même qu'il eût dû en être immédiatement précipité. Monsieur de Ferriol saisit vivement son interlocuteur par le bras. — Arrête, misérable ! — s'écria-t-il ; — cette enfant est venue à moi et a imploré ma protection ; il ne sera pas dit qu'elle se sera adressée en vain dans cette circonstance au comte de Ferriol, à l'ambassadeur du roi de France. Je ne veux pas qu'elle meure, entends-tu bien ? Choisis donc à l'instant entre les deux partis que j'ai à te proposer ; fixe toi-même le prix de la rançon de cette victime ; je te l'achète, et, si élevé que puisse être ce prix, il te sera payé fidèlement ; j'engage ici ma foi de gentilhomme. Mais si tu refuses, j'engage aussi ma foi que, à l'instant même, je te fais sauter la cervelle.

Et, pour appuyer sa déclaration d'une preuve évidente et palpable, le comte tira des poches de sa veste un pistolet qu'il arma. Tremblant, à demi mort de frayeur, l'eunuque sentit ses genoux fléchir, et d'une voix à peine articulée il balbutia :

— Seigneur, vous voulez donc que je meure dans un mois, au retour du pacha?

— C'est ton affaire.

— Eh bien ! donnez-moi vingt mille livres de France.

— C'est beaucoup... pour une enfant. Il n'importe, tu as ma parole, et tu peux te présenter à Constantinople, au palais de l'ambassade, quand bon te semblera.

Un cri dont nulle parole humaine ne saurait rendre l'expression s'échappa de la poitrine de la jeune fille, qui, abandonnant aussitôt la main de son généreux bienfaiteur, courut se jeter dans les bras de sa mère. La malheureuse créature, qui jusqu'alors, comme on l'a vu, avait gardé un sombre silence et une immobilité presque sépulcrale, écarta vivement les plis du long voile noir dont elle était enveloppée, et, se laissant tomber à genoux, elle couvrit son enfant de baisers et de larmes ; puis, se tournant vers monsieur de Ferriol, qui était revenu avec l'eunuque après avoir accompli son marché :

— Seigneur, — lui dit-elle avec un accent déchirant, — soyez béni dans votre présent et dans votre avenir, vous qui avez sauvé ma pauvre enfant de cette cruelle mort ! Seigneur, ma fille vous appartient maintenant, c'est votre esclave. Qu'elle soit votre bien, votre plaisir, votre orgueil bientôt, votre consolation et votre soutien plus tard. Que la malédiction de sa mère la poursuive si jamais elle oubliait un moment que toutes ses pensées doivent être pour vous seul et que pour vous seul elle doit vivre et mourir !

Après avoir ainsi parlé, la Circassienne donna à sa fille un dernier baiser, un baiser où elle avait mis toute son âme, un baiser de mère, et elle se remit aux mains des exécuteurs. Ceux-ci l'enfouirent rapidement dans le sac funèbre, qui devait contenir d'abord deux créatures humaines, et où ils avaient jeté d'avance une lourde pierre. Pourtant, quand ce fatal linceul fut prêt de se fermer sur la tête de la malheureuse mère, elle se redressa vivement pour contempler encore une fois son enfant, qui pleurait à chaudes larmes dans les bras du comte de Ferriol.

Quelques instants après on entendit retentir le bruit d'une masse pesante qui disparut sous les eaux argentées du golfe de Smyrne.

— Rien ne nous retient plus, monseigneur, — dit La Roche, — la barque nous attend, partons.

— Partons, — répéta le comte en soupirant. — Voici une nuit dont je me souviendrai longtemps.

— Et qui, si j'ai bien entendu, va vous coûter un peu cher, monseigneur.

— Qu'importe, La Roche. J'ai fait ce que je devais faire, et puis regarde cette petite, elle promet d'être charmante.

— En effet, monseigneur, et vous connaissez le proverbe : Un bienfait n'est jamais perdu.

Le comte ne répondit pas.

En arrivant à Constantinople, où il trouva le palais de l'ambassadeur dans un désarroi complet, ainsi que le lui avait annoncé son valet de chambre de confiance, le premier soin de monsieur de Ferriol fut de demander le trésorier de l'ambassade.

— Monsieur, — lui dit-il, — j'ai contracté une dette de vingt mille livres, il faut qu'elle soit acquittée sur-le-champ. Ce soin vous regarde.

— Monseigneur, — répondit timidement le trésorier, — Votre Excellence n'ignore pas que les coffres sont entièrement vides et qu'il y a même beaucoup de dettes à payer.

— Je le sais ; mais enfin il me faut vingt mille livres, et, si vous ne les avez pas, il y a lieu de les emprunter.

— Hélas ! monseigneur, je doute fort qu'il se trouve à Constantinople une personne qui veuille faire crédit à Votre Excellence.

— Qu'est-ce à dire, monsieur ? Je vous trouve bien hardi d'oser me tenir un pareil langage. Je vous répète qu'il me faut vingt mille livres, et que c'est à vous, en votre qualité de trésorier d'ambassade, de me les procurer. — L'infortuné trésorier se retirait en gémissant lorsqu'on vint annoncer l'arrivée d'un courrier de France.

— A la bonne heure ! — dit le comte, — je gage qu'il apporte de l'argent. Qu'il soit le bienvenu ! — Monsieur de Ferriol ne s'était pas trompé dans sa prévision. Le courrier était en effet porteur de quelques fonds, en même temps que d'une dépêche de monsieur de Torcy, ministre secrétaire d'État des affaires étrangères. Cette dépêche annonçait à l'ambassadeur que le roi était fort mécontent de sa conduite, et qu'il se verrait forcé, s'il n'en changeait promptement, de lui retirer son ambassade. En même temps, et pour apaiser la Sublime-Porte, qui avait jugé devoir faire quelques représentations sur les griefs de tout genre qu'assumait incessamment sur sa tête monsieur l'ambassadeur de France, il était enjoint à monsieur de Ferriol de faire acheter, avec trente mille livres qu'on lui envoyait, un caftan, le plus riche qu'on pût trouver à Constantinople, et de l'offrir au grand vizir. — Par la sambleu ! — s'écria le comte après avoir lu la dépêche de monsieur de Torcy, — le grand vizir se passera de caftan, et je garde les trente mille livres, vingt mille pour l'eunuque et dix mille pour le pharaon.

Ce qui fut dit fut fait ; mais deux mois ne s'étaient pas écoulés qu'un nouveau courrier, porteur de dépêches de monsieur de Torcy, arrivait à Constantinople. Cette fois, le message ne se bornait plus à une réprimande. Il était ordonné à monsieur de Ferriol de remettre ses pouvoirs entre les mains du successeur qui lui était désigné, et de ne pas reparaître à la cour, ni même en France, sans une autorisation expresse du roi.

Le soir même de cette disgrâce, un étranger se présenta au palais de l'ambassade et demanda à parler en particulier au comte de Ferriol. Cet étranger n'était autre que le seigneur Marini, celui-là même qui, ainsi qu'on l'a vu, était revenu à Smyrne d'une façon si malencon-

treuse pour le comte, et l'avait mis dans la nécessité de déguerpir par la fenêtre de sa belle.

— Ma foi ! — dit monsieur de Ferriol lorsqu'on lui annonça cette visite, — je ne l'attendais plus maintenant ; mais il n'importe, qu'il soit le bienvenu ; il ne pouvait venir plus à propos pour me demander raison de son déshonneur, car j'éprouve un violent besoin de me couper la gorge avec quelqu'un. Au moins, si je succombe, ruiné comme je le suis, je ne perdrai pas grand'chose.

Le seigneur Marini fut introduit.

— *Monsu* le comte, — dit-il en s'avançant d'un air assez obséquieux et le sourire sur les lèvres, — ce que j'ai appris est-il bien vrai ? Votre Excellence est disgraciée ?

— Je comprends, — murmura mentalement Ferriol ; — cet homme n'a pas osé me provoquer tant que j'étais ambassadeur, et maintenant ses scrupules ont cessé. Pardieu ! il fallait qu'il me connût bien peu. — Puis il ajouta à haute voix ? — Oui, monsieur, l'on vous a dit vrai, je suis disgracié et tout à vos ordres, maintenant comme auparavant.

— A mes ordres ! Ah ! de grâce, *monsu* le comte, c'est moi qui suis aux vôtres.

— Comme il vous plaira, et finissons-en bien vite.

— Vous me faites trop d'honneur.

— Je vous fais, c'est-à-dire que je vous ai fait... l'honneur dont vous parlez... Cela vous a déplu et vous venez...

— En aucune façon.

— Oh ! pour le coup, voilà qui est fort ! Ainsi vous ne venez pas pour me demander raison ?

— Pardon, *monsu* le comte ; mais je ne comprends pas du tout.

— Au fait, monsieur, que voulez-vous de moi ?

— Je veux vous présenter mes devoirs, *monsu* le comte.

— Après ?

— Après, je veux vous demander, pardon si elle est un peu indiscrète, ma question ; je veux vous demander vous comptez vous fixer à Constantinople.

— Ah çà ! — murmura Ferriol, — est-ce qu'il voudrait par hasard m'offrir un gîte chez sa femme ? Voilà un plaisant original ! Monsieur, — reprit l'ex-ambassadeur, — s'il faut vous parler franc, je n'en sais rien encore ; mais que vous importe ?

— Oh ! il m'importe beaucoup, *monsu* le comte ; c'est que, pour le cas où vous seriez encore incertain sur le choix de votre résidence future, je suis chargé de vous offrir un logement.

— Nous y voilà !... O la comique aventure ! Et où donc, monsieur, ce logement ? Dans cette ville ?

— Non pas, *monsu* le comte, un peu plus loin.

— Que disais-je ?... A Smyrne peut-être ou dans les environs... sur la côte...

— Oh ! *monsu* le comte, encore un peu plus loin.

— Je n'y suis plus ; mais où donc enfin ?

— Dans le palais de Sa Majesté l'empereur d'Autriche.

— Que voulez-vous dire, monsieur ? J'ai peine à concevoir à quel titre l'empereur, dont je ne suis pas le sujet...

— Il est vrai, *monsu* le comte ; aussi c'est un de vos compatriotes dont je suis auprès de vous le mandataire en cette circonstance. Je vous parle au nom de Son Altesse le prince Eugène de Savoie, généralissime des armées de l'empereur.

— Le fils de la comtesse de Soissons ! un traître qui porte les armes contre son roi et son pays !

— Eh ! mais, *monsu* le comte, n'est-ce pas ce roi qui vous a disgracié ? N'êtes-vous point ruiné ?

— C'est possible, monsieur ; mais si j'ai cessé d'être ambassadeur, je n'ai point cessé d'être Français. Retirez-vous.

— Comme il vous plaira, *monsu* le comte, mais j'espère être plus heureux une autre fois.

En parlant ainsi, le seigneur Marini s'inclina profon-

dément et sortit comme il était entré, avec le sourire sur
les lèvres.

— Disgracié et ruiné, c'est vrai,—dit Ferriol en voyant
sortir son étrange visiteur.

— Disgracié et ruiné,— répéta une voix auprès de lui.

— Ah! c'est toi, La Roche?— reprit le comte en apercevant son valet de chambre qui venait d'entrer ; — je
t'avertis que je n'aime pas les échos quand ils n'ont que
de pareils mots à répéter.

— A qui la faute, monseigneur?

— Eh! mais à tout le monde, aux femmes d'abord.
Pourquoi sont-elles belles?

— Aux femmes! allons donc, monseigneur, soyez plus
sincère, à un enfant.

— Un enfant! Que veux-tu dire?

— Oui, monseigneur, à un enfant, à cette petite esclave
que vous avez eu la folie d'acheter vingt mille livres et
qui a été la cause de votre perte ; car si vous n'aviez pas
eu cette somme à payer, le grand vizir aurait eu son
caftan et vous seriez encore ambassadeur. Maintenant
nous voilà bien avancé avec votre petite esclave! Je gage
que, si vous vouliez vous en défaire, vous n'en trouveriez
pas cent pistoles.

— Aussi je ne m'en déferai point.

— Vous avez tort, monseigneur. Qu'en ferez-vous
alors?

— Ecoute, La Roche, tu n'es pas exilé, toi, n'étant pas
ambassadeur. Tu vas partir pour la France, tu emmène-
ras avec toi cette petite, et tu la remettras entre les mains
de ma belle-sœur, madame la marquise de Ferriol.

— Un beau cadeau que Votre Excellence fait à madame
la marquise!

— Qui sait, La Roche? Ne m'as-tu pas dit toi-même
qu'un bienfait n'était jamais perdu?

— Certainement, monseigneur, car un bienfait devient
toujours une charge.

— Allons, trêve de discours! tu m'as entendu; demain
tu dois être en route.

— A la bonne heure! Mais vous, monseigneur, qu'allez-
vous devenir en Turquie?

— Pardieu! c'est ce qui m'inquiète le moins. Je fumerai, je jouerai, je... En voilà plus qu'il n'en faut pour
occuper ma vie. Et puis, La Roche, le roi et madame de
Maintenon sont bien vieux, bien cacochymes, à ce qu'on
prétend. Ce règne-là ne saurait durer bien longtemps,
et tout nouveau gouvernement a pour amis naturels les
ennemis de l'ancien. Crois moi, je n'en suis pas encore à
ma dernière ambassade.

— Que Dieu vous entende, monseigneur!

— *Amen!* Va faire tes paquets et reviens-moi vite, car
tu m'es nécessaire et je t'aime, La Roche, tu as tant de
vices!

Cinq semaines après cet entretien, par une vilaine soirée d'automne de l'année 1712, une chaise de poste s'arrêta dans le paisible quartier du Marais, rue Culture-
Sainte-Catherine, devant la porte d'un de ces hôtels sécu-
laires qu'on ne retrouve plus guère que dans cette partie
de la capitale, et qui présentent encore aujourd'hui dans
leur solidité vénérable toute la puissance de l'indestruc-
tibilité et toute la majesté de la ruine. Aux claquements
de fouet du postillon, la porte massive de l'hôtel roula
sur ses gonds et livra passage au véhicule, dont la fange
des chemins avait couvert les panneaux et les roues
d'épaisses et capricieuses arabesques, indice d'une longue
route. Alors on vit descendre de la chaise un valet déjà
sur le retour. A peine ce valet eut-il mis pied à terre
que ses deux bras, couverts d'une riche livrée, sortirent
de son manteau de voyage et s'étendirent vers la voiture. Une petite fille, vêtue d'un costume oriental, s'y
élança, et tous deux entrèrent dans l'hôtel, où ils furent
reçus par la marquise douairière de Ferriol. Ce valet était
La Roche; cette petite fille était Aïssé, la Circassienne.

AL. DE LAVERGNE.

I

UNE REPRÉSENTATION EXTRAORDINAIRE A L'OPÉRA.

Voici le spectacle qu'offrait en 1715, rue Culture-Sainte-
Catherine, au Marais, une de ces chambres à hauts pla-
fonds, à lambris rehaussés d'or, dont les dimensions,
aujourd'hui hors d'usage, semblent calculées pour des
familles de géants, et où un architecte pourrait aisément,
de nos jours, construire la moitié d'une maison.

Sous l'abri d'un paravent de velours fané, dont chaque
feuille offrait aux regards en se déployant un écusson
mythologique brodé en tapisserie, deux femmes étaient
assises devant une large fenêtre à petits carreaux, dont
les vitres vertes laissaient apercevoir un jardin à figures
géométriques encadrées de buis et de petits ifs taillés en
spirales, avec un couvert de tilleuls et une charmille en
perspective, dans le goût du célèbre Lenôtre. De ces deux
femmes, l'une, grande, maigre, sèche et raide, se tenait
comme perchée sur un fauteuil recouvert en damas flétri
par un long usage; l'autre, de taille moyenne, mais
onduleuse et voluptueusement cambrée, était posée plutôt
encore qu'assise sur un pliant, et tenait dans ses mains,
de petites mains blanches, délicates et effilées, un livre
dont elle paraissait faire la lecture à haute voix à sa
compagne.

La première de ces deux femmes, dont une épaisse
couche de rouge ne dissimulait pas entièrement les rides,
accusait au moins soixante ans d'âge; son maintien froid
et sévère, sa robe de soie puce et les grandes barbes de
dentelle noire sous l'ombre desquelles son visage angu-
leux se détachait, lui prêtaient une vague ressemblance
avec ce portrait de madame de Maintenon que chacun a
pu voir dans les galeries du palais de Versailles, avant
d'entrer dans le salon de la Paix.

L'autre femme, blanche, rose et toute charmante, annonçait à peine quinze ans. Elle était vêtue avec une
grande simplicité, et ses cheveux, bouclés et coiffés comme
on les voit dans le portrait de la duchesse de Bourgogne
par le peintre Rigault, dessinaient autour de son front
éclatant de blancheur une gracieuse auréole.

La plus âgée de ces deux femmes était la marquise
de Ferriol, veuve d'un président au parlement de Metz,
et belle-sœur de l'ex-ambassadeur de Louis XIV à Constantinople; la plus jeune était Aïssé, la Circassienne.

Comme on le voit, un grand changement s'était opéré
dans les traits de cette dernière depuis le jour où, belle
seulement de ses grâces enfantines, elle était venue se
jeter en pleurant aux pieds de monsieur de Ferriol, sur
les bords du golfe de Smyrne. C'est que cinq années
s'étaient écoulées depuis lors, cinq années durant lesquelles sa riche organisation s'était merveilleusement
développée et avait réalisé toutes les promesses qu'avait
fait concevoir son enfance.

Ce n'était pas seulement ses grands yeux noirs fendus
en amande, ses sourcils pleins de finesse, ses dents dont
la blancheur rappelait si bien les perles du pays où elle
était née, sa taille svelte et flexible, et l'ovale si pur de
son visage, qui étaient dignes en elle d'attirer l'attention.
A ces dons précieux de la nature elle en joignait d'autres
dont elle était redevable à son séjour en France.

Soit en effet que la marquise de Ferriol eût voulu
prendre à tâche de partager avec son beau-frère les honneurs d'une bonne action, soit qu'elle n'eût fait en cela
qu'accomplir les instructions de l'ex-ambassadeur, elle
n'avait négligé aucun soin pour donner à la pupille que
le sort lui avait léguée une éducation digne en tous points
des protecteurs par lesquels elle avait été recueillie. Une
instruction solide, des talents agréables avaient développé

son esprit, en même temps que toutes les merveilles de la civilisation européenne frappaient et exaltaient son imagination. En effet, les idées nouvelles qui se révélaient incessamment à la jeune étrangère, dans le monde inconnu où elle était entrée depuis cinq ans, n'avaient point affaibli la vivacité native de ses sensations. C'était l'intelligence d'une Européenne qui s'ouvrait sous un front charmant, mais c'était toujours le cœur d'une fille de l'Orient qui palpitait dans son sein.

Le petit nombre d'amis restés fidèles à la marquise de Ferriol depuis la chute de son beau-frère, dont l'exil durait toujours, s'était attaché à sa pupille et ne savait ce qu'il devait le plus admirer en elle de sa beauté, de sa candeur ou de ses talents. Mais c'était dans une étroite sphère que rayonnait ce jeune astre.

En effet, la majeure partie de la fortune de madame de Ferriol s'était trouvée engloutie dans le naufrage de son beau-frère. Il avait fallu dès lors introduire de grandes réformes dans le train de la maison, se condamner à une existence de plus en plus retirée, et, malgré ces réformes, comme aussi malgré son empire sur elle-même, la maîtresse de cette maison déchue avait peine à dissimuler ses cruelles inquiétudes sur un avenir de détresse chaque jour plus rapproché.

Longtemps on avait espéré dans l'assistance de madame de Maintenon, et c'est ce qui explique pourquoi l'on respirait dans l'hôtel de la rue Culture-Sainte-Catherine comme un parfum d'ascétisme et de sacristie ; mais, soit que la concurrence fût grande sous ce rapport auprès de la favorite, soit par tout autre motif, madame de Maintenon avait toujours éludé les requêtes qui lui avaient été adressées pour venir en aide à monsieur de Ferriol et obtenir du roi le rappel d'exil et la rentrée en grâce de l'ex-ambassadeur. Dans cette extrémité, que faire ? quel parti prendre ? Telle était l'incessante question que s'adressait mentalement la marquise de Ferriol, tout en paraissant à l'extérieur préoccupée uniquement de pieuses pratiques ; telle était la pensée qu'elle ne pouvait bannir, même en écoutant un magnifique sermon sur la vanité des grandeurs humaines, dont Aïssé lui faisait la lecture à haute voix.

Cette lecture durait depuis près d'une heure, et la jeune fille avait bien de la peine à réprimer quelques bâillements plus ou moins involontaires, lorsque entra, sans se faire annoncer et comme un habitué de la maison, un personnage assez singulier.

C'était un homme maigre, jaune, à visage de femme ; son costume était à peu près celui d'un ecclésiastique ; mais son ton, ses manières, décelaient un membre de cette classe métisse qui ne craignait pas d'afficher, en dépit du caractère sacré dont elle était revêtue, les ambitions profanes, les habitudes mondaines et les faciles plaisirs de l'état séculier. Dans les devoirs de leur profession ils ne voyaient que des droits à la fortune ; leur vœu de chasteté était pour eux tout simplement une dispense de fidélité et de mariage. En un mot, le personnage dont nous parlons était un *abbé* dans toute l'acception qu'avait reçue cette dénomination au dix-huitième siècle, c'est-à-dire la honteuse parodie du prêtre, la personnification d'une apostasie orthodoxe qui attrista si longtemps à la fois le monde où elle se répandait et l'Eglise qu'elle avait désertée.

Le nouveau venu, après avoir baisé la main des deux femmes, en accompagnant cette familiarité d'un regard tel que la plus jeune ne put s'empêcher de baisser les yeux, se laissa tomber en s'éventant dans un fauteuil et se mit à fredonner un air d'opéra.

— Eh bien ! l'abbé, — s'écria la marquise, — quelle nouvelle ? Avez-vous vu monsieur de Torcy, et pouvons-nous enfin avoir quelque espoir ?

— Je quitte à l'instant le ministre, — répondit l'abbé d'un ton de petit-maître : — il n'y faut plus penser. Le roi est inexorable, et le cher beau-frère ne sera point encore replacé cette fois.

A ces paroles, prononcées avec une légèreté si cruelle, une larme roula dans les beaux yeux noirs d'Aïssé. Quant à la marquise, elle poussa un profond soupir et murmura d'un ton plein de componction :

— J'avais pourtant espéré qu'une neuvaine que j'ai fait faire à Aïssé fléchirait la colère royale.

— Il n'y a pas de neuvaine qui tienne en pareil cas, — reprit l'abbé en haussant les épaules. — Aussi, il faut en convenir, ce pauvre Ferriol n'a jamais eu le sens commun. Il aurait dû savoir qu'il ne s'agit point, pour un ambassadeur qui veut rester en crédit, de bien représenter la France, mais de reproduire parfaitement ses maîtres. Sous une cour bigote, on n'est pas libertin aux frais du gouvernement, que diable !... on est plus adroit que cela, et, pour comble de malheur, dans des circonstances où les bonnes actions rapportent, Ferriol s'arrange de façon qu'elles lui coûtent. Payer une petite esclave vingt mille livres, c'est pousser la bienfaisance jusqu'à la dissipation. Je sais bien que notre cher comte a donné tant d'âmes à Satan qu'il se devait d'en racheter une des mains des infidèles ; mais il faut tout faire à juste prix, même la charité, et si la vertu coûte aussi cher que le plaisir, il n'y a plus moyen de s'en retirer.

A ces paroles, que l'abbé accompagna d'un éclat de rire, la marquise de Ferriol ne répondit qu'en se signant.

— Il est vrai, — dit-elle, — que mon frère n'a point agi très-prudemment en payant une somme aussi forte une jeune fille dont l'éducation reste encore à notre charge au moment où notre fortune nous échappe ; mais que la sainte volonté de Dieu soit faite ! et j'espère qu'il me sera tenu compte de ce sacrifice dans le ciel.

— Y compris la paroisse ! — murmura l'abbé, qui n'était pas dupe de la comédie religieuse que jouait, sans le moindre entr'acte, madame de Ferriol.

A ce moment, l'infortunée créature qui se trouvait ainsi involontairement le témoin et l'objet de la conversation qui précède, sans qu'aucun des deux interlocuteurs eût paru même s'en apercevoir, ne put résister davantage aux douloureuses impressions que cette conversation avait fait naître dans son âme ; elle se mit à fondre en larmes, et puis, tout à coup, s'agenouillant devant la marquise,

— Madame, — balbutia-t-elle d'une voix entrecoupée de sanglots, — pardonnez-moi si jusqu'à ce jour j'ai joui de vos bienfaits et de l'éducation que vous m'avez fait donner sans m'inquiéter d'autre chose que de vous en témoigner toute ma reconnaissance. Aujourd'hui, je le sens, j'ai d'autres devoirs à remplir. Je reconnais, bien tard, il est vrai, que je suis ici pour vous une charge... oh ! rien qu'une charge. Permettez, madame, que je retourne auprès de monsieur le comte de Ferriol. Ma place est auprès de lui puisqu'il m'a achetée. Puisqu'il est en exil, je ne dois pas être ici, moi. Il est proscrit, malheureux, souffrant peut-être... Eh bien ! je l'entourerai de mes soins, je veillerai auprès de lui ; je le servirai..... Oh ! madame, madame, laissez-moi partir, et soyez bénie pour tout ce que vous avez fait pour moi.

La marquise et l'abbé se regardèrent avec stupéfaction et non pas peut-être sans un peu d'attendrissement. Il y avait dans la voix de la Circassienne un accent si doux et si pénétrant. ses beaux yeux noirs, ses lèvres tremblantes avaient tant d'éloquence ! Jamais jusqu'à ce moment sa beauté ne s'était révélée sous un aspect aussi triomphant. L'abbé surtout en parut frappé ; et, tendant lui-même la main à la jeune fille, qu'il releva presque de vive force :

— C'est à moi, — s'écria-t-il, — à vous demander pardon, ma chère demoiselle ; et, en vérité, je suis presque tenté de me jeter à vos genoux ; car c'est moi qui, étourdiment, ai engagé cette conversation, dont vous avez été peinée, je le vois, mais qu'il ne faut pas prendre au pied de la lettre, entendez-vous ? Madame de Ferriol vous le dira comme moi, n'est ce pas, ma chère marquise ? Tout n'est pas désespéré, allez ! Monsieur de Ferriol rentrera en grâce tôt ou tard, je vous le promets, surtout si vous voulez-vous faire son avocat. Peste ! avec d'aussi beaux yeux que les vôtres, je voudrais bien voir qu'on perdît une cause !...

— En effet, — murmura la marquise, — je suis fâchée que mes paroles...

— Allons ! — interrompit l'abbé, — n'en parlons plus, c'est moi qui suis seul coupable de tout ; c'est à moi de tout réparer, et j'en ai heureusement aujourd'hui le moyen, car j'ai passé la matinée au Palais-Royal. Monseigneur le duc d'Orléans est un peu indisposé, il ne pourra se rendre ce soir à la représentation extraordinaire qu'on donne à l'Opéra, et il m'a offert sa loge ; je la mets à votre disposition, marquise. Votre charmante pupille ne connaît pas encore notre premier spectacle, et je suis curieux de voir l'impression que produira sur elle la vue de toutes ses pompes.

— Y songez-vous, l'abbé ? — repartit madame de Ferriol, — nous à l'Opéra ! Que dira notre directeur ?

— S'il y a péché, je le prends sur moi... Allons ! c'est chose convenue...

La marquise fit bien encore quelques objections, mais elles furent victorieusement combattues par l'abbé, qui se retira en chantonnant, et non pas sans avoir jeté sur la Circassienne un regard qui la couvrit de rougeur.

Peut-être ce sentiment de pudeur et cet effroi instinctif paraîtront-ils plus explicables quand on saura que le personnage dont il s'agit n'était autre que l'abbé Dubois, ex-précepteur de monsieur le duc de Chartres, et devenu son secrétaire des commandements depuis que monseigneur était duc d'Orléans.

Bien qu'éloigné encore en 1715 du degré de luxe intelligent où il est arrivé aujourd'hui, l'Opéra n'en était pas moins alors déjà l'un des plus brillants et des plus curieux produits des arts et des splendeurs de l'époque.

Ce soir-là, on devait représenter *Armide*, une des œuvres les plus heureuses dues à l'association de Lulli et de Quinault. Marie Antier, la Lyonnaise, qui avait débuté quelque temps auparavant avec un succès dont seule elle ne s'était pas montrée satisfaite, rentrait au théâtre après une absence dont elle avait profité pour prendre les leçons de la célèbre Marthe Le Rochois. Cette fois, Marie Antier remplissait le rôle de la Gloire dans le prologue d'*Armide*, rôle dont sa grande beauté lui assurait la possession. Marie Antier avait été engagée spécialement pour les rôles dits *à baguette*.

C'était l'époque où Louis XIV, après avoir vu passer à l'ennemi la victoire qu'il avait si longtemps fatiguée, expiait déjà son ambition par des revers, et ses conquêtes par l'invasion étrangère. Hochstedt, Turin, Ramillies, Malplaquet avaient tellement affaibli la France, qui s'essayait déjà à lutter contre l'Europe entière, que le vieux roi, après avoir envoyé à Villars l'ordre de risquer sur le champ de bataille de Denain le dernier enjeu du royaume, disait au duc d'Harcourt que si ce vaillant maréchal succombait, il monterait lui-même à cheval, volontaire de soixante-quatorze ans, rassemblerait sa brave noblesse, et irait s'ensevelir avec elle sous les ruines de la monarchie.

Le sort avait épargné heureusement au vieux lion de mourir ainsi sous les épieux ennemis. Villars avait sauvé la France en forçant victorieusement ces retranchements que les impériaux appelaient déjà le grand chemin de Paris.

C'était en quelque sorte en souvenir de cette mémorable journée, qui avait répandu l'allégresse dans tout le royaume, qu'avait lieu la représentation à laquelle assistait la jeune Aïssé. Le bruit courait que Villars et les principaux officiers qui avaient conquis sous ses ordres une paix glorieuse devaient faire partie des spectateurs, parmi lesquels des places leur avaient été réservées.

La foule encombrait la salle de l'Opéra, et Aïssé ne pouvait se lasser de contempler cet immense amphithéâtre de lumières et de parures. L'attention publique se fixa un moment sur la jeune étrangère, dont la singulière aventure commençait déjà à faire bruit à la ville, et dont la beauté naissante achevait de justifier les titres à l'intérêt général ; mais bientôt tous les regards se reportèrent sur les glorieux et véritables héros de la fête.

Des loges, du parterre, on voyait et l'on nommait à sympathie plusieurs braves officiers assis aux places d'honneur, sur les banquettes disposées de chaque côté de l'avant-scène ; mais on cherchait vainement parmi eux le vainqueur qui avait apporté à Louis XIV « un rameau d'olivier pour en couronner tous ses lauriers. »

Bientôt aux préludes succédèrent les premiers accords de l'ouverture. La toile se leva, laissant voir aux yeux éblouis d'Aïssé des rochers, un ciel, des montagnes, renfermés avec elle dans l'enceinte du cirque resplendissant.

Marie Antier parut revêtue d'un de ces costumes prétentieux qui parodiaient alors magnifiquement les antiques époques dont ils cherchaient à reproduire l'expression. De vifs applaudissements accueillirent l'actrice favorite retrouvée par le public, et celle-ci se mit en devoir de réciter les vers qui commencent le prologue de Quinault :

> Tout doit céder dans l'univers
> A l'auguste héros que j'aime.
> L'effort des ennemis, les glaces de l'hiver,
> Les rochers, les fleuves, les mers,
> Rien n'arrête l'ardeur de sa valeur extrême.

A peine avait-elle prononcé ces paroles que, détachant sa couronne d'or, elle s'avança vers les gradins où Villars, profitant du lever du rideau et de l'apparition de l'actrice, venait de se glisser furtivement parmi ses frères d'armes. En vain avait-il dissimulé sa taille imposante en se courbant à demi, l'œil de Marie Antier l'avait aperçu, et, s'agenouillant devant lui, elle lui tendit son diadème en s'écriant :

— A Villars !

Dans la voix émue de Marie Antier, il n'y avait alors rien de la comédienne, ce n'était plus qu'une Française qui faisait entendre un cri de reconnaissance et de joie nationales. Il est impossible de décrire l'enthousiasme qui succéda dans la salle à cet élan de l'artiste ; une acclamation immense, unanime, répétée pendant plusieurs minutes sembla ressusciter les cris de victoire du combat de Denain, et l'on eût dit qu'au lieu de rochers, de bois et de forêts en peinture, s'ouvraient sur la scène élargie les champs glorieux de la Flandre française ; mais à ce bruyant transport de fierté et d'allégresse succéda bientôt un murmure d'intérêt et de compassion.

A côté de Villars, qui s'inclinait modestement devant les acclamations de la salle, apparut un jeune homme de la physionomie la plus intéressante qu'il soit possible d'imaginer, mais d'une pâleur mortelle. Une large cicatrice sillonnait son front plein de noblesse et de dignité ; l'un de ses bras était en écharpe, l'autre pouvait à peine, en s'étayant d'une longue canne, soutenir un corps brisé. C'était le jeune chevalier d'Aydie.

Le jour de la bataille de Denain, porteur d'un ordre du maréchal de Villars, il s'était aventuré seul dans les positions des ennemis, et, surpris par eux, il était tombé sous leurs coups.

Laissé pour mort sur le champ de bataille, la victoire seule l'en avait retiré ; on l'avait vu revivre sans qu'on pût y croire à l'examen de tant de blessures ; à l'heure même où le brave jeune homme se traînait dans l'enceinte de l'Opéra à la place qui lui avait été réservée, il était douteux encore qu'il survécût longtemps à son dévouement héroïque.

D'Aydie semblait représenter le deuil à côté de la gloire, revers sanglant d'une médaille éblouissante, et, à la vue de cette pâle figure, on ne pouvait s'empêcher de songer aux veuves et aux orphelins qui pleuraient peut-être non loin de la joyeuse enceinte. Le spectacle des fatales nécessités attachées aux victoires humaines en fit oublier un instant le passager éclat. Mais parmi les yeux qui se mouillèrent, parmi les cœurs qui battirent à la vue de la courageuse victime, il y eut deux yeux dont les pleurs furent brûlants ; il fut un cœur où s'imprima pour jamais cette touchante image. C'était Aïssé qui venait de recevoir cette ineffaçable impression, Aïssé enfant encore, que le soleil de l'Asie avait déjà mûrie pour les passions.

II

LA MAITRESSE DU RÉGENT.

C'était le 1er septembre 1715, peu de temps après la représentation d'*Armide* à l'Opéra ; il y avait cercle dans le salon de la marquise de Ferriol. A la maigre lueur que laissaient pénétrer les volets à demi fermés pour éviter la grande chaleur, on voyait se profiler un conciliabule de silhouettes renfrognées, toutes plus ou moins voûtées, outes plus ou moins caduques, et dont les costumes sombres et sévères semblaient choisis à dessein pour exagérer l'austérité de mise que madame de Maintenon était parvenue à substituer au luxe élégant qui avait si longtemps caractérisé la cour de Louis XIV.

Cependant, au milieu de tous ces visages jaunes et ridés, au milieu de tous ces nez à lunettes, on pouvait voir se détacher dans un coin du salon, comme un beau lis épanoui au milieu d'une touffe d'orties, le frais et charmant visage de la jeune Aïssé.

Penchée sur un ouvrage de tapisserie, elle semblait complètement étrangère aux conversations qui s'entrecroisaient en tous sens autour d'elle, probablement quelque commentaire dévot sur la bulle *Unigenitus*, ou des réflexions de monseigneur Godet ; car la ville s'était mise sous ce rapport à l'unisson de la cour, en attendant qu'un nouveau règne (le roi était malade, et disait-on même à l'extrémité) déterminât une réaction complète et inévitable.

Tout à coup un pas précipité se fit entendre dans l'antichambre, et l'abbé Dubois, ouvrant lui même la porte du salon sans se faire annoncer, parut tout poudreux.

— Eh bien ! qu'y a-t-il donc, monsieur l'abbé, — dit madame de Ferriol, — et quelle nouvelle vous amène si précipitamment ?

— Une bien grave, madame, — répondit l'abbé ; — le roi est mort ce matin à huit heures. — Une émotion indicible succéda dans l'assemblée à cette annonce, dont les derniers avis venus de Versailles devaient pourtant avoir diminué l'imprévu, et à peine Dubois eut-il terminé d'une voix presque attendrie le récit de ces dernières heures où Louis XIV s'était retrouvé grand par le repentir, après tant de faiblesse et de malheurs, que chacun, demandant son carrosse ou sa chaise, s'empressa de quitter la maison de madame de Ferriol. On savait la lutte engagée entre monseigneur le duc d'Orléans et les bâtards du feu roi pour la possession de la régence, peut-être même de la royauté, et, outre les craintes de la guerre civile, qui déjà préoccupaient tous les esprits, on voulait, dans l'incertitude des événements, éviter de se prononcer sur cette question devant l'abbé Dubois, dont on connaissait la position auprès de monseigneur le duc d'Orléans. Dès qu'il se vit seul avec la douairière, Dubois, revenant à son ricanement ordinaire, dit à mi-voix à son interlocutrice :— Ils se sont envolés à cette nouvelle, comme des alouettes à un coup de feu ; veuillez renvoyer à son nid cette jeune tourterelle,—ajouta-t-il en lui désignant Aïssé, qui avait un instant interrompu son ouvrage pour écouter les détails touchants de la mort du grand roi, et qui l'avait ensuite repris avec ardeur. Sur un signe de la marquise, Aïssé se leva, et, ayant fait une profonde révérence à l'abbé Du-

bois, sans oser même regarder cette face de satyre, elle disparut. — Cette petite est décidément charmante, — grommela l'abbé. — Or çà, ma chère marquise, si j'ai laissé à peine au vieux roi le temps de mourir pour venir vous annoncer un nouveau règne, c'est dans votre intérêt, vous le pensez bien. Monseigneur le duc d'Orléans se rend demain au parlement pour lui demander de confirmer ses droits à la régence, que le testament du feu roi pouvait bien compromettre quelque peu.

— Et vous voulez sans doute intéresser Son Altesse à notre cause... obtenir par elle le rappel de mon beaufrère, son rétablissement dans ses dignités? Ah ! que le ciel vous récompense de cette généreuse pensée !

— J'espère bien, — répondit toujours en riant l'abbé, que le ciel prendra pour ce soin un fondé de pouvoir sur cette terre ; mais laissons là ce langage mystique, marquise, nous nous connaissons Que vous cherchassiez à me tromper si j'étais votre directeur de conscience, passe encore ; mais nous ne sommes pas à confesse, allons au fait : ce que vous désirez n'est pas facile. Entre nous, le cher beau-frère n'a été que trop légitimement disgracié. Si on lui remettait son ambassade, cela ferait crier, et, au commencement de leur pouvoir, les rois, voire même les régents, sont tenus d'être justes ; on obtient tout du peuple, pourvu qu'on ne débute point par lui inspirer de la défiance et par le mettre sur ses gardes. Ainsi donc, ce n'est pas sans de puissantes protections que monsieur de Ferriol obtiendra le droit de réparer ses fautes.

— Mais la vôtre, mon cher abbé...

— Oh ! avant que de songer à protéger les autres, il faudrait d'abord me protéger moi-même ; mais, disgracié, ce serait déjà un grand acte de témérité que de me présenter personnellement au Palais-Royal. Que voulezvous? tant que je n'avais contre moi que la mère de Son Altesse la princesse palatine, je résistais encore, j'avais pour raffermir mon crédit les heures de plaisir, et elles sont multipliées avec monseigneur ; mais madame de Parabère, la favorite qui a remplacé madame d'Argenton, me fait la guerre à son tour. Être à la fois proscrit par la morale et repoussé par le plaisir, vous avouerez que c'est du malheur, et je ne voudrais pas, par une intervention maladroite en votre faveur, rendre mon infortune contagieuse pour vous ; mais vous avez ici un avocat qui plaiderait merveilleusement auprès de monseigneur la cause de monsieur de Ferriol.

— Qui donc ?

— Cette jeune Aïssé, qui pourrait être auprès de monseigneur mieux qu'une protection accidentelle, mais un appui constant et solide. Les relations du régent avec la Parabère, relations qui n'ont pour le prince rien de bien piquant ni de bien neuf, ne sauraient durer éternellement, et vous comprenez combien je serais heureux d'abréger moi-même le pouvoir d'une maîtresse qui remplace auprès du prince jusqu'aux amis.

— O ciel !... et vous prétendriez qu'Aïssé.....

— Ce serait là quelque chose de piquant et de neuf. Monseigneur, en fait de femmes et de plaisirs faciles, a épuisé la France, et qui dit la France dit l'Europe ; mais une innocence de Circassie, une vertu véritablement sauvage, il ne faudrait rien moins que cela pour obtenir la grâce de votre beau-frère.

— Mais à quel prix ! et ne serait-ce pas un grand péché ?

— Peut-être ; mais à coup sûr ce serait une grande faute de ne pas saisir la seule occasion que vous avez de rétablir votre fortune. Songez donc, songez, madame la marquise, que la pruderie a cessé de régner sur la France en la personne de madame de Maintenon. Une seule chose m'embarrasse, c'est de faire arriver naturellement Aïssé jusqu'au prince.

— Oh ! ce serait impossible !

— Non pas, mais énormément difficile. Monseigneur, occupé des soins nombreux d'un commencement de régence, s'est résolu pour quelque temps à la fidélité ; dans les courts instants de loisir que lui laisseront les affaires, il ne peut voir que madame de Parabère, dont il est encore, à l'heure qu'il est, assez amoureux. C'est par elle-même qu'il faudrait arriver, si l'on veut arriver à temps; car, sous quelques jours, il sera pourvu à un choix pour l'ambassade de France à Constantinople, qui sera renouvelée par le régent avec tout le matériel politique; et si monsieur de Ferriol ne revient pas immédiatement à son ancien poste, il est à craindre que la partie ne soit perdue pour jamais.

— Mais, y pensez-vous? madame de Parabère se prêter au rappel de monsieur de Ferriol!

— Avez-vous oublié que, il y a quelques années, il fut très-aimé de la dame? Monsieur de Ferriol était encore alors fort bien, et, comme elle ne l'a pas vu depuis lors, elle sera favorablement influencée pour lui par une illusion que l'avenir dissipera sans doute, mais seulement quand nous en serons arrivés où nous voulons; elle ne se montrera donc point opposée au retour de votre beau-frère. L'embarrassant, c'est qu'elle permette à Aïssé de présenter elle-même la requête. Aïssé est bien jolie pour ne pas inspirer de défiance, et les favorites des grands ne veulent pas pour protégées de personnes qui puissent devenir leurs rivales.

— Oh! sans doute, madame de Parabère s'abuserait dans ses craintes. Monseigneur le régent, toujours généreux, quoi que vous en disiez, ne ferait point expier à Aïssé un mouvement de reconnaissance si naturel en faveur de son sauveur, mouvement dont j'arrêterais l'élan s'il pouvait en résulter quelque danger pour elle.

— Vieille cagote, — murmura Dubois, — qui grimace encore pour remplacer le masque qu'on lui arrache!

— Mais enfin, — reprit la marquise, — madame de Parabère, vous le dites avec raison, ne verra point sans inquiétude la jeunesse et la beauté d'Aïssé.

— Sans doute, — dit Dubois; — il faudrait que votre jeune élève, charmante aux yeux du régent, parût vieille et laide aux regards de la régente de France. — Et en articulant ces deux qualifications, les yeux de Dubois se fixaient instinctivement sur le visage flétri et ridé de la marquise de Ferriol, comme pour y chercher l'idéal de la physionomi rassurante qu'il rêvait. Tout à coup son front rayonna d'un feu que lui donnaient seuls la malice et la luxure; ses lèvres s'entr'ouvrirent, animées par une joie de singe. — J'ai une idée, — dit-il en rapprochant son fauteuil de celui de la marquise.

Si l'on veut savoir quelle était l'idée de l'abbé Dubois, il faut se transporter incontinent dans le riche boudoir d'un hôtel de la rue Saint-Honoré; c'est là que, sur un sofa d'étoffe de soie perse, est couchée nonchalamment une belle personne, dont un peignoir de soie blanche brochée fait ressortir sans désavantage le teint brun et les magnifiques cheveux noirs.

Madame de Parabère (car nos lecteurs l'ont sans doute devinée) froissait entre ses mains un petit billet parfumé dont, grâce à notre pouvoir discrétionnaire, nous pouvons révéler le contenu à nos lecteurs:

« Ma toute belle,

» Voilà trois jours que je ne vous ai vue; c'est à me faire
» maudire la régence et cette grandeur passagère qui
» m'est si vivement disputée. Je ne puis me résoudre ce-
» pendant à me priver plus longtemps de votre chère
» personne. Ce soir, je donnerai ordre de laisser passer la
» personne qui se présentera à la petite porte de la rue
» de Valois. Cette personne, je n'ai pas besoin de vous
» dire son nom: du dernier jour où je vous vis, il est
» dans mon cœur. »

— Est-ce assez de malheur! — s'écria la Parabère en relisant le billet de monseigneur le duc d'Orléans.—Voilà trois jours que je n'ai vu Son Altesse, et il faut que pour notre première réunion je sois laide à faire peur. Je n'ai

pas dormi un seul instant cette nuit; j'ai envie d'écrire au régent que je suis malade, et de ne point aller ce soir au Palais-Royal. Qu'en dites-vous, Lise? — ajouta-t-elle en se tournant vers sa femme de chambre.

— Moi, madame, je pense que vous feriez mieux de vous rendre à l'invitation de monseigneur le régent. Il ne faut jamais se laisser oublier.

— Oui, mais il est quelquefois plus funeste encore de se rappeler maladroitement au souvenir des gens; c'est qu'en vérité la fatigue a creusé autour de mes yeux des sillons qu'on prendrait presque pour des rides, et puis le temps est humide, ma frisure ne tiendra pas. Oh! c'est véritablement désolant.

La belle capricieuse reprenait sans cesse son miroir et lui demandait avec obstination un encouragement, tandis que celui-ci ne voulait lui donner que des avis, lorsqu'on lui annonça la marquise de Ferriol.

Le nom de Ferriol répandit un léger incarnat sur les joues décolorées de la marquise. Quelques années auparavant, ainsi que l'avait fait remarquer l'abbé Dubois, monsieur de Ferriol, qui avait conservé fort tard ses avantages extérieurs, s'était fait aimer de madame de Parabère, séduite par sa réputation d'homme à bonnes fortunes. Appelé à l'ambassade de Constantinople, le galant comte s'était séparé de sa belle avec une promptitude cavalière, qui, tout en blessant l'amour-propre de celle-ci, avait rendu dans son cœur le souvenir de l'infidèle plus vivant; la colère (on a pu le remarquer chez toutes les femmes) produit sur l'amour un effet essentiellement conservateur.

Madame de Parabère, un moment interdite et étonnée à l'annonce de la visite de la marquise de Ferriol, allait se décider à ne pas recevoir une personne qui lui rappelait un coupable sans avoir l'avantage d'être ce coupable lui-même, lorsque madame de Ferriol, forçant la consigne, parut à la porte de l'appartement.

— Ah! c'est vous, chère dame, — dit-elle froidement à la marquise; — que puis-je pour votre service?

— Rien pour moi, madame, — reprit la marquise, — tout pour mon beau-frère.

— Votre beau-frère!... Ah! oui... en effet, le comte de Ferriol... Eh bien! qu'est-il devenu, ce cher comte?

— Il a perdu son ambassade et a reçu l'ordre de ne pas rentrer en France, sous le dernier règne.

— Ah! il était en ambassade! Au fait! il est parti si brusquement qu'il n'a pas pris le temps de me le dire.

— Hélas! madame, esclave des ordres du roi, il a dû accepter sa grandeur aussi vite que depuis elle lui a été retirée; mais il a été victime de calomnies dont madame de Maintenon s'était faite l'écho auprès de Louis XIV.

— Mais qu'y puis-je, moi?

— Madame de Maintenon ne règne plus, et le sceptre, dit-on, est passé avec le régent à la jeunesse, à la beauté. — Madame de Ferriol chercha à deviner l'effet de cette flatterie, madame de Parabère demeura inflexible. — On dit, — continua madame de Ferriol, — que monseigneur le régent continuera de vous accorder une confiance qu'il devait à une sage amie.

— Le régent, madame, n'a aucune confiance en moi, je ne puis rien auprès de lui.

— Cependant, m'a-t-on dit, madame, vous seule pouvez avoir en ce moment accès auprès de Son Altesse, en proie à toutes les agitations d'un quasi-avénement, et il suffirait que la vérité fût dite par votre bouche pour que le comte de Ferriol rentrât en faveur. On a assuré méchamment qu'il avait détourné à son profit personnel des fonds de l'Etat; ils ont été employés par lui en œuvres pies, et qui ne pouvaient qu'honorer le monarque dont il était le représentant, et, pour preuve, il a racheté une jeune esclave qui allait périr par ordre d'un maître cruel.

— Ah! votre beau-frère achète des esclaves! — reprit madame de Parabère; — s'il ne peut citer que des œuvres de piété semblable, je ne suis point étonnée qu'elles n'aient point paru suffisantes pour justifier sa conduite auprès du feu roi. Je conçois parfaitement que monsieur de Ferriol ait pris les habitudes du pays où ses fonctions l'ont appelé ; mais enfin on n'est ni un parfait ambassadeur, ni un chrétien irréprochable pour se composer un sérail avec les deniers de l'Etat.

A ces mots articulés avec l'accent de la plus amère jalousie, car c'était une jalousie où l'amour-propre dominait, madame de Ferriol comprit qu'elle avait mal attaqué l'ennemi dont elle voulait triompher par la ruse.

— Cette esclave, madame, c'est une enfant, — dit-elle en répondant sans affectation à madame de Parabère ; — mais je suis d'autant plus affligée de ce que vous refusez votre appui à monsieur de Ferriol, que votre rigueur n'est pas seulement l'arrêt de son exil, mais celui de sa mort.

— Celui de sa mort ! Que dites-vous ? Que signifie...

— Madame, le comte de Ferriol, éloigné de France, est dévoré par une sombre inquiétude, par un malaise perpétuel que j'appellerais le mal du pays, si je croyais que le sol de la patrie eût eu la première place dans ses regrets.

— Et que pensez-vous qu'il regrette tant ? — reprit madame de Parabère avec une physionomie à la fois incrédule et attentive ; — l'objet de quelque passion malheureuse laissé par lui en France ?

— Je ne le pense pas, madame, car dans ses tristes lettres, je ne vois aucun nom de femme ; le vôtre même, qui était répété à chaque ligne dans la première qu'il m'écrivit après son départ si brusque et si forcé, a cessé de se trouver sous sa plume depuis un an.

— Depuis un an !

Et la marquise se rappela qu'à cette époque l'attention que le duc d'Orléans lui témoignait avait commencé seulement à s'ébruiter.

— Mon beau-frère est perdu à tout jamais, — continua madame de Ferriol fixant sur madame de Parabère un œil qui, pour ainsi dire, incisait sa pensée ; — car, à l'annonce de la maladie du feu roi, il m'a défendu d'intercéder pour lui auprès du prince qui allait devenir pour si longtemps l'arbitre du royaume ; je ne sais à quoi attribuer sa haine contre monseigneur le régent ; mais elle m'étonne autant qu'elle m'afflige : « Je ne veux rien devoir, » m'écrivait-il encore dans sa dernière lettre (tenez, que je vous la montre. Ah ! je l'ai oubliée), « je ne veux rien devoir à « celui qui a détruit tout le bonheur de mon avenir, qui « m'a dépouillé de ma plus chère espérance. »

— Ah ! il vous écrivait cela ?

— Oui, madame, sans expliquer davantage sa pensée ; mais je crois la comprendre.

— Et vous croyez...

— Je crois qu'il attribue à monseigneur le duc d'Orléans une part dans sa disgrâce et dans son exil ; il n'a pas réfléchi sans doute que monseigneur le régent était très-peu en faveur sous le dernier règne. Le comte de Ferriol est injuste et se trompe, raison de plus pour ne point respecter un ordre que nous ne devons attribuer qu'à une erreur, raison de plus pour le servir malgré lui.

— Oui, en effet, s'il en est ainsi et s'il ne veut pas s'aider, il faut bien que ses amis viennent à son secours, et je suis toujours son amie, quoique ayant eu à me plaindre de lui ; d'ailleurs, vous pouvez avoir raison : peut-être l'a-t-on calomnié. Je parlerai donc à monseigneur le régent demain ou après-demain, car aujourd'hui je ne pense pas voir Son Altesse.

— Mais, madame, les concurrents qui demandent à remplacer le successeur de mon beau-frère, dépossédé à son tour lui-même par le nouveau pouvoir, sont nombreux et pressants, et, si l'on tarde d'un instant, il est à craindre qu'un d'eux ne l'emporte.

— Oui, vous avez raison. Eh bien ! j'y songe, annoncée par moi, vous aurez autant de crédit que moi-même, et vous serez introduite ce soir auprès du régent.

— Mais comment ?...

— Je vais vous en dire le moyen : vous irez à ma place.

— Mais je crains, madame, que monseigneur le régent

n'accepte pas ma visite pour la vôtre, et que cette substitution ne soit dangereuse.

— Au contraire ; et c'est parce qu'il n'y a aucun danger (et la maligne favorite ajouta entre ses dents : *pour moi*) que je vous le propose ; d'ailleurs, j'en préviendrai monseigneur le régent. Je vous l'ai dit, ce soir ma chaise ira vous prendre chez vous ; ayez soin d'être voilée jusqu'au moment où vous arriverez chez le prince. Dès que vous paraîtrez devant lui, cette précaution deviendra inutile, ajouta-t-elle avec un demi-sourire où se glissait une expression imperceptible de méchanceté.

— Oui, soyez tranquille, le voile ne s'abaissera que devant le régent, — répondit madame de Ferriol en réprimant à son tour un sourire. — Ah ! combien je vous remercie, madame !

— Oh ! je vous en tiens quitte. A ce soir donc, et tenez-vous prête.

Et pendant que madame de Ferriol sortait en s'inclinant humblement, madame de Parabère se mettait à sa toilette et écrivait sa réponse au billet du régent.

III

UNE AUDIENCE AU PALAIS-ROYAL

Le soir même du jour où la marquise de Ferriol avait ainsi obtenu l'appui de madame de Parabère, le régent était dans son cabinet au Palais-Royal. Il y prolongeait ce jour-là jusque dans la soirée le temps qu'il donnait habituellement aux affaires, vu la gravité des circonstances. Son attention hésitait entre une foule de papiers qui réclamaient tous à la fois son examen et sa signature, lorsqu'on annonça l'abbé Dubois.

Les visites de l'ex-précepteur devenaient de plus en plus rares auprès de lui ; nous en avons expliqué la cause. Toutefois, le régent le recevait toujours avec cette débonnaireté familière qui lui était si habituelle ; mais il avait pour le moment cessé de lui témoigner une confiance qu'il aurait dû lui retirer pour toujours.

— Ah ! c'est toi, l'abbé, — fit le régent sans tourner la tête, — que me veux-tu ?

— Monseigneur, — dit Dubois, — vous voilà au pouvoir ; vous êtes entouré de flatteurs, je viens vous montrer un visage d'ami.

— Si tu représentes l'amitié, je ne lui en fais pas mon compliment ; mais tu n'es pas venu ici sans quelque motif personnel ; parle vite, que je te refuse tout de suite et que ce soit fini.

— Au fait, — se dit Dubois, — si je ne lui demande rien, ma visite paraîtra invraisemblable, et il se doutera de quelque chose. Eh bien ! monseigneur, sachez qu'une place de conseiller d'Etat d'Église est venue à vaquer par la mort de monseigneur de la Haguette, archevêque de Sens ; je vous la demande.

— Toi, l'abbé, conseiller d'Etat ! ceci est par trop drôle.

Et le régent partit d'un grand éclat de rire.

— Riez tant que vous voudrez, monseigneur, vous ne me l'accorderez pas moins.

— Allons, l'abbé, tu es fou ! Mais que diraient le chancelier, les maîtres des requêtes ? Ils ne voudraient plus siéger à côté de toi !

— Nous verrons s'ils seront aussi humiliés d'avoir été assis sur le même banc que l'abbé Dubois lorsque, grâce à vous, il sera devenu ministre et cardinal.

— Toi !... de mieux en mieux ! Eh bien ! je suis décidément charmé de t'avoir vu, l'abbé ; tu m'as fait passer... au milieu de mes affaires... un moment... des plus agréables. — Et le régent se livra de nouveau à un long accès d'hilarité auquel Dubois assista avec la gravité la plus imperturbable. — Mais tu ne sais pas, malheureux ! que ma mère, que le duc de Saint-Simon, que tout ce qu'il y a d'honnêtes gens à la cour ont réclamé et obtenu de moi le serment de ne jamais t'employer aux affaires.

— Cela ne m'étonne pas, monseigneur, ces honnêtes gens-là ne vous servent qu'avec des scrupules ; moi j'ai mis de côté ces entraves quand il s'est agi de vos intérêts. Ils m'en veulent, c'est tout simple, ils ont leurs raisons pour cela. L'étonnant et le fâcheux (pour vous du moins), c'est que vous m'en vouliez, vous...

— Je ne t'en veux pas, mais j'ai juré...

— Monseigneur, qu'y aurait-il d'étonnant à ce que l'on manquât par hasard à ses serments ? Il arrive bien quelquefois qu'on les tient.

En ce moment un valet entra et remit un billet au régent de la part de madame de Parabère.

A peine le prince l'eut-il lu, qu'il frappa du pied avec colère.

— Allons, — dit-il, — tout aujourd'hui va au rebours du sens commun ; l'abbé Dubois vient me demander une place d'honnête homme, et madame de Parabère, que j'attendais, me propose en échange de sa visite un rendez-vous avec une vieille femme.

— En vérité ! — dit avec une surprise affectée Dubois, qui n'était venu que pour parer l'effet de ce coup de théâtre.

— Oui, tu peux voir toi-même, l'abbé ; pour me distraire et me reposer des affaires qui m'accablent, j'ai en perspective un tête-à-tête avec la douairière de Ferriol, qui me demande la grâce de son beau-frère. Mais cela ne se passera pas ainsi, pardieu ! Va-t'en, je me remets au travail, j'y passerai la nuit plutôt que de recevoir madame de Ferriol ; je préfère m'ennuyer inutilement. Va, l'abbé, et tu diras en descendant que l'on ferme à tout le monde pour ce soir la petite porte de la rue de Valois.

— Je me garderai bien d'oublier de recommander le contraire, — dit tout bas Dubois en regardant le fond de son chapeau. — Ainsi, monseigneur, j'irai demain à la chancellerie chercher ma nomination de conseiller d'Etat.

— Veux-tu te sauver enfin, l'abbé !... c'est trop d'audace...

— Pour ne pas réussir, n'est-ce pas, monseigneur ? Au revoir, je vous remercie...

Et il sortit, laissant le régent confondu de tant de témérité, mais déjà familiarisé avec l'élévation que rêvait le futur favori.

Il y avait une heure à peu près que le prince était replongé dans son travail, lorsqu'une petite porte tourna sans bruit sur ses gonds et se referma après avoir livré passage à une femme voilée.

— Monseigneur... — dit timidement cette femme après quelques minutes pendant lesquelles l'attention du régent ne s'était pas distraite.

— Qu'est-ce ? — dit le régent, — une femme ici ! Est-ce qu'on n'a pas exécuté mes ordres ?

— Monseigneur, — reprit la nouvelle venue d'une voix éteinte par la terreur, — madame de Ferriol...

Et elle ne put dire un mot de plus.

— Madame de Ferriol, précisément ; désolé de ne pas vous recevoir, madame ; mais j'ai besoin d'être seul.

— Alors, monseigneur, je me retire, — dit la solliciteuse, d'une voix qui, cette fois un peu plus assurée par la pensée d'une retraite prochaine, fit tressaillir et retourner le prince, surpris de cet accent juvénile.

Il demeura pétrifié à l'aspect de la plus charmante figure de jeune fille qu'il eût jamais rencontrée. C'était Aïssé.

Celle-ci, après s'être inclinée en tremblant devant le régent, reprenait déjà le chemin de la porte dérobée lorsque le duc, s'avançant avec précipitation, lui tendit une main pour la faire revenir, et de l'autre lui montra un fauteuil.

— Pardonnez-moi, mademoiselle, mais je ne m'attendais pas... vous aviez prononcé le nom de madame de Ferriol.

— C'est elle qui m'envoie, monseigneur, et c'est madame de Parabère qui a bien voulu m'ouvrir accès jusqu'à vous.

— La Parabère ! — fit le régent, — ceci m'étonne.

— Monseigneur, — continua Aïssé en se jetant à genoux, — je viens demander la grâce de monsieur le comte de Ferriol, de mon sauveur ; je suis Aïssé la Circassienne.

— Aïssé la Circassienne ! En effet, j'avais entendu vaguement parler d'une bonne action du comte ; mais je ne savais pas qu'elle fût si bien placée.

— Ah ! monseigneur, — s'écria Aïssé, — justice ! justice pour le comte de Ferriol !... Ceux qui l'ont accusé l'ont calomnié, sans doute. Si vous saviez avec quel courage et quelle générosité, au prix de quels sacrifices il m'a soustraite à l'esclavage et à la mort ! Non, non, monseigneur, personne n'est plus digne que lui de la noble mission qu'on lui a enlevée ; car, dans cet Orient où je suis née, j'ai entendu dire que pour représenter la France il fallait reproduire deux caractères distinctifs des Français : l'humanité et la bravoure !

— Oui, je n'ignore pas que monsieur de Ferriol est brave et généreux. Malheureusement, des fautes qui ne sont pas incompatibles avec ses qualités lui ont mérité sa disgrâce. Je ne nie pas, du reste, qu'il n'eût, s'il l'avait voulu, tout ce qu'il fallait pour représenter dignement le roi qui l'employait ; je ne dis même pas qu'il ne soit homme à réparer ses torts, et il ne pouvait à coup sûr choisir pour répondre de lui un plus éloquent avocat.

Et en parlant ainsi le régent, tenant la main d'Aïssé, contemplait avec admiration cette beauté asiatique sous ces riches vêtements français, comme il eût contemplé une brillante fleur exotique dans un vase de porcelaine de Sèvres.

— Madame de Ferriol a pensé, monseigneur, que personne n'était en droit de défendre monsieur le comte comme celle qu'il a si bien défendue lui-même. Aussi, monseigneur, — continua-t-elle en remarquant l'avide attention du régent, — permettez-moi de croire que je n'aurai pas intercédé en vain pour l'homme à qui je dois tant ! Monseigneur, promettez-moi que pour le bonheur du comte de Ferriol vous le rendrez à sa famille, et que pour son honneur vous lui rendrez son poste.

— Mais se peut-il, — dit le prince qui écoutait la voix de la jeune fille et non ses paroles, — vous Circassienne ! vous déjà si Française par la grâce du langage et par l'esprit !

— Jugez quelle doit être ma reconnaissance, monseigneur, puisque c'est encore à la famille de Ferriol que je dois tout cela. Grâce à d'immenses sacrifices, elle m'a fait donner cette éducation qui me permet de répondre sans trop rougir aux indulgentes paroles que Votre Altesse veut bien m'adresser. Eh bien ! monseigneur, — s'écria Aïssé en osant serrer, dans un élan imprudent de son dévouement et de sa reconnaissance, la main que le prince lui tendait ; — eh bien ! ne me donnerez-vous pas quelque bonne espérance pour le comte de Ferriol ?

— Le comte de Ferriol, — reprit le régent, — qui avait cessé complètement de penser à l'ambassadeur d'Orient, — le comte de Ferriol, oui... je ne dis pas... bientôt nous reparlerons de cette affaire... à une condition.

— Et laquelle, monseigneur ?

— C'est que, pour ne pas me laisser oublier les droits de monsieur de Ferriol à son pardon, je vous reverrai quelquefois. C'est dans l'intérêt même de votre bienfaiteur ; n'êtes-vous pas pour lui un titre vivant ? Ecoutez ; demain je donne un souper, vous viendrez, n'est-ce pas ?

Aïssé ignorait encore quelles idées réveillaient dans les esprits les soupers clandestins du Palais-Royal ; cependant elle vit les yeux du prince briller d'un tel feu en se fixant sur elle, que, dans un trouble involontaire, elle rougit et répondit en retirant sa main :

— Oui, monseigneur, je viendrai avec la marquise de
Ferriol.

— La marquise... diable ! — fit le régent. — Ah ! bah !
— ajouta-t-il à part, — cette prude-là n'est pas gênante ;
je puis même inviter cette pauvre Parabère, puisqu'elle y
met tant de complaisance. Rassurez-vous, belle Aïssé, —
dit-il tout haut, — demain vous souperez avec la marquise de Ferriol et avec madame de Parabère, cette sage
amie qui vous a introduite auprès de moi... Ainsi donc,
à demain.

— A demain ! répéta Aïssé en se retirant.

Et elle avait disparu de l'appartement que le prince
avait encore les yeux fixés à la place qu'elle venait de
quitter, contemplant encore dans sa pensée cette gracieuse apparition qui avait laissé comme un parfum de
pudeur et de chasteté dans les petits appartements du
Palais-Royal.

IV

ENTRE DEUX FEMMES.

Lorsque madame de Parabère reçut un billet du prince,
qui l'attendait pour le lendemain à souper avec l'aimable solliciteuse introduite par elle, elle éprouva un sentiment qui excéda les limites jusqu'où peut s'étendre
l'étonnement humain ; toutefois, quoique assez jalouse
de son pouvoir et de sa faveur pour leur sacrifier même
sa coquetterie, il ne lui vint pas la moindre pensée de la
substitution qui s'était opérée d'une manière si menaçante
pour ses droits.

Pendant ce temps le régent, rempli du souvenir de la
belle étrangère, n'avait cessé de parler à Simiane, à Biron,
à Nocé, à Canillac, à tous les commensaux habituels de
ses soupers, de la délicieuse entrevue qu'il devait à la
Parabère. Cette aventure, dont l'amour naissant et ex-
pressif du régent faisait facilement entrevoir les conséquences, avait beaucoup diverti les roués, qui n'en con-
naissaient pas encore toutefois le plus piquant. Canillac
surtout avait ri ; Canillac, qui avait été distingué par madame de Parabère avant que le prince eût paru à ses
yeux en conquérant, et qui n'avait point pardonné à la
coquette favorite une infidélité dont il avait par politique
absous son rival.

L'audience du régent n'avait pas laissé chez la jeune
pupille de madame de Ferriol moins de souvenirs ; l'accueil gracieux du prince avait agi sur sa jeune imagination ; elle n'avait pu impunément subir ce regard qui,
quoique perçant, était doux et flatteur. Un charme fasci-
nateur s'attachait à toutes les paroles du prince et animait
son maintien, bien que, au témoignage du duc de Saint-
Simon, il eût toujours assez mal dansé et médiocrement
réussi à l'académie. Aïssé n'avait pas été séduite à l'aspect
du régent, mais elle avait été éblouie, et son émotion
n'avait point échappé au regard de madame de Ferriol.

Le lendemain, le souper avait été servi dans un petit
appartement du Palais-Royal, où mille lumières proje-
taient leur éclat sur les peintures voluptueuses.

Déjà les roués étaient rassemblés et riaient encore de
l'aventure que le prince venait de leur raconter ; mais le
sourire s'arrêta sur leurs lèvres à l'aspect de la Parabère.

— Ah ! vous voici enfin, chère belle, — dit le duc ; —
en vous voyant, j'ai plus que jamais sujet de maudire
mon avénement à la régence, qui a causé dans notre tendresse un si cruel interrègne.

— Monseigneur, je suis heureuse de ce que vous vou-
ez bien rappeler de l'exil votre humble sujette ; mais,
pour la première fois, — ajouta-t-elle à mi-voix, — j'es-

pérais que notre réunion aurait lieu en moins nombreuse
compagnie.

— Vous ne vous plaindrez pas de moi, puisque je vous
réunis à la charmante personne à qui vous vous intéres-
sez et que je vous dois de connaître.

— A la... charmante personne... — fit la Parabère en
réprimant un violent éclat de rire : — Son Altesse n'est
pas difficile.

— Pas difficile ! mais je trouve, ma belle, que vous usez
un peu trop du droit que vous avez de l'être.

— En effet, je devais craindre auprès de Votre Altesse
tant de jeunesse, de beauté, — reprit la Parabère avec un
accent ironique.

— Vous n'avez rien à craindre de personne, même de
celle que vous m'avez envoyée.

— Monseigneur est trop aimable. Toutefois je serais
tentée de croire que, en arrivant au pouvoir, il est devenu
un peu trop courtisan, puisque toutes les majestés ont
droit à ses hommages, même la majesté des années...

— Des années ! mais nous ne nous entendons plus, —
dit le prince ; — et la personne que vous m'avez adressée
ne compte pas assez d'années pour qu'on puisse les lui
reprocher encore.

— Il faut donc que les ombres du soir aient été bien
favorables à la solliciteuse, — reprit la Parabère étonnée
à son tour.

Tout allait se découvrir, sans doute, lorsqu'on annonça
madame de Ferriol.

— On y voit mieux aujourd'hui chez vous qu'on n'y
voyait hier, — dit madame de Parabère au régent en lui
désignant la douairière qui entrait : — voyez et regardez
mieux l'enchanteresse qui vous tient sous un charme véritablement fantastique. — Mais quant à la suite de la figure
sévère et ridée de la dévote marquise, la favorite vit poindre la gracieuse silhouette d'Aïssé, elle tressaillit et dit à
mi-voix au régent avec un accent de colère : — Mais
vous lui aviez donc dit hier d'amener cette jeune fille ?

Cette révélation fut un coup de foudre pour le régent
et pour tous les gentilshommes, mais qui ne produisit
parmi eux qu'une électricité de gaieté difficile à contenir ; ils comprenaient enfin combien dans une lutte d'esprit une dévote est supérieure à une coquette.

— Monseigneur... — dit madame de Ferriol.

— Madame, — interrompit précipitamment le régent,
— enchanté de vous recevoir ainsi que votre charmante
pupille. Mais, — ajouta-t-il tout bas, — pas un mot de la
visite d'hier... on croit que c'est vous qui êtes venue.

Un regard significatif de la marquise lui prouva que
la recommandation était inutile.

On se mit à table. Le commencement du souper fut
froid et silencieux ; personne n'était à l'aise, ni la Parabère, inquiète et jalouse, ni Aïssé, intimidée par l'accueil
hautain de la favorite, ni Canillac, qui n'osait encore
laisser percer la joie d'une vengeance satisfaite.

Le régent seul cherchait à animer ses convives par
quelques joyeux propos, et se montrait tour à tour galant
et empressé des deux beautés assises auprès de lui.
Pourtant ses yeux étaient plus tendres, son regard plus
doux quand il s'adressait à Aïssé ; et cette différence n'é-
tait point perdue pour les convives, confidents et complai-
sants à la fois des penchants du prince.

— Messieurs, — dit le prince reprenant la parole après
un des longs silences qui témoignaient de l'embarras général, — il manque à ce souper quelque chose de nécessaire.

— Et quoi donc ? — s'écria-t-on généralement.

— Un poëte qui célèbre dignement les attraits des deux
divinités qui président à notre fête. Vraiment, ma maison
n'est pas complète. Et, pour ce soir, l'occasion nous ayant
fait défaut, j'aurais dû en avoir un à mes gages. Un
poëte, c'est commode et ce n'est pas ruineux. Autrefois
j'en avais un qui cumulait avec ses fonctions celle de capitaine de mes gardes. Ce pauvre Lafare ! mais c'était en
même temps mon ami, et un véritable ami ; il avait eu la

constance de faire un opéra dont j'avais composé la musique : *Panthée*. C'est ce qui pouvait s'appeler du dévouement ! Oui, messieurs, ce pauvre Lafare m'aimait en cinq actes et en vers.

— Que ne faites-vous représenter cet opéra, monseigneur ?

— Y pensez-vous, mon cher Canillac ? Donner le droit au parterre de huer le régent pour quinze sous ! Les Parisiens payent, grâce aux impôts, plus cher que cela le droit de me chansonner par la ville, songez-y ! Encore faut-il tenir son rang quand on a l'honneur d'être régent du royaume, et ne pas se faire siffler au rabais... Mais à défaut de ce pauvre Lafare, n'est-il personne qui puisse improviser quelque hommage aux reines de notre souper ?

— Monseigneur, à défaut d'un plus habile, j'essayerai, si vous voulez le permettre, dit Canillac.

— Bravo, Canillac ! je ne vous connaissais pas tant de talent.

— Hélas ! monseigneur, vous ne le connaîtrez pas davantage quand vous aurez entendu mes vers. Mais enfin cela vous tiendra lieu de poésie... et à moi d'une revanche, — ajouta-t-il tout bas.

Là-dessus il se recueillit quelques minutes, puis il récita les vers suivants :

> Deux astres rayonnent sur terre
> A nos yeux et dans notre cœur ;
> L'un encor voilé du mystère,
> L'autre à l'horizon luit vainqueur.
> Jour radieux !... Charmante aurore !
> Chacun hésite en les voyant ;
> Mais toujours enfin l'on adore
> L'astre qui vient de l'Orient.

Pour que l'allusion fût plus transparente, Canillac s'était tourné en achevant ce huitain vers Aïssé. La Parabère, pâle de rage, allait éclater, lorsqu'un valet parut et annonça précipitamment au régent que l'un des lieutenants de ses gardes demandait à lui parler pour affaire qui ne souffrait pas de retard.

— Qu'il revienne demain, — dit le régent, — l'heure du plaisir est arrivée ; je suis muré pour les affaires...

Le valet sortit.

Ce délai avait donné le temps à la Parabère de se calmer un peu... Toutefois elle reprit en regardant fixement Canillac :

— Aurez-vous la franchise ou le courage, monsieur, de nous donner en prose la traduction de vos vers, et de nous dire où régnera ce jeune astre, ce soleil levant, vers lequel vous vous êtes tourné en adroit courtisan ?

Canillac allait répondre, mais le régent l'interrompit avec un rire hâtif.

— Je crois que Canillac n'a voulu et n'a pu faire d'allusion en se tournant vers la jeune protégée de monsieur de Ferriol qu'au retour possible de ce gentilhomme disgracié ; l'astre dont Canillac a parlé est sans doute celui de la maison de Ferriol, astre longtemps éclipsé, mais qui peut briller encore d'un vif éclat.

— Je n'en doute pas, avec de si beaux yeux pour précurseurs, — dit la Parabère jetant à sa rivale un regard qu'elle s'efforçait de ne rendre que dédaigneux, mais qui trahissait sa fureur : — et sans doute la famille de Ferriol, par qui mademoiselle est adoptée, ignore tout l'honneur qui l'attend.

Ces paroles furent prononcées avec un tel accent d'amertume qu'il n'y avait plus à s'y méprendre.

Aïssé elle-même en fut troublée dans sa sécurité. Cet éclair rapide de haine découvrit vaguement un abîme à ses yeux.

Mais en ce moment des clameurs sourdes retentirent autour des bâtiments du Palais Royal ; un jeune officier revêtu de l'uniforme de lieutenant aux gardes entr'ouvrit brusquement les deux battants de la porte, et, s'adressant au régent :

— Pardonnez-moi, monseigneur, dit-il, si je force la consigne ; mais il y a quelque chose au-dessus de l'obéissance, c'est la fidélité ; en ce moment, des hommes gagnés par le duc du Maine parcourent les rues en proférant des cris séditieux, des insultes...

— Contre le roi ou contre moi ?

— Contre le régent, nommé par le parlement au mépris du testament de Louis XIV.

— Alors laissez-les dire, — répondit le prince, qui s'était levé avec tout le monde et qui reprit paisiblement le chemin de la table.

— Vous ne voulez pas qu'on les disperse à coups de plats de sabre ?

— Non pas !... le sabre dans vos mains pourrait blesser, et les injures dans leurs bouches ne m'atteignent pas. — L'officier allait se retirer, lorsque son regard se rencontra avec celui qu'Aïssé attachait avidement sur lui... Aïssé avait oublié la Parabère, le régent et tout l'honneur de sa glorieuse conquête ; elle avait retrouvé dans le jeune homme qui venait d'entrer cette physionomie entrevue trois ans auparavant à la représentation d'*Armide* et qui, conservée dans sa pensée, s'y était transfigurée avec un poétique idéal. Le lieutenant aux gardes était le chevalier d'Aydie. Celui-ci demeura à la fois ravi et attristé en découvrant cette jeune et chaste figure au sein d'une réunion vouée d'habitude au culte des plaisirs faciles et corrupteurs. L'expression douloureuse de son regard pénétra jusqu'au fond du cœur d'Aïssé, qui comprit soudain toutes les douleurs de la honte dont elle était menacée dès que d'Aydie put en être témoin. — Eh bien ! messieurs, — dit le régent, — laissons crier les gens de monsieur du Maine, il faut bien au moins qu'ils aient cette satisfaction après avoir été battus, et nous, remettons-nous à table.

— Non, monseigneur, — reprit la Parabère, — je ne me remettrai point à table avec celle qui vient de m'attirer un si cruel affront. D'ailleurs le souper est à peu près terminé ; suivez-moi ; ne pouvez vous me donner quelques heures après une si longue séparation ?

— Mais mes hôtes... la politesse... — balbutia le régent.

— La politesse ! — reprit la Parabère. — En effet, vous en faites si bien observer les lois par vos convives !... Dites plutôt tout de suite que c'est à moi de céder la place à mademoiselle, et qu'elle a déjà droit de régner désormais seule en ce palais comme dans votre cœur.

La favorite, irritée, n'avait même plus pris la précaution de baisser la voix en achevant cette phrase. Aïssé, rougissant comme si cette phrase l'eût frappée au visage, s'écria :

— Moi, madame, régner sur le cœur de Son Altesse ! ah ! ne le croyez pas ! Monseigneur n'est pour moi que le pouvoir souverain et bienveillant à qui je demande justice pour mon bienfaiteur. Quel empire puis-je avoir sur monseigneur le régent, moi humble envoyée d'un exilé, et qui n'ai mis le pied ici que d'hier ?

A ce dernier mot échappèrent à la fois un cri à la Parabère, un geste de douleur et d'impatience au régent, ainsi qu'à la douairière ; mais en même temps une inexprimable satisfaction se répandit sur les traits de d'Aydie. Cet accent d'innocence l'avait rassuré sur la noble créature à la sympathie de laquelle toute la sienne avait instinctivement répondu.

Madame de Ferriol n'avait pas été sans instruire en quelques mots Aïssé du secret qu'il fallait garder sur sa visite de la veille, et la jeune fille jusque-là avait pris sa part de la dissimulation générale ; mais devant d'Aydie elle sentait que, fût-ce pour s'excuser, elle ne pouvait plus mentir.

— D'hier !— répéta la Parabère,—d'hier...? Monseigneur, — ajouta-t-elle en s'approchant du régent, — je suis jouée... Je comprends tout ; mais je ne prolongerai pas plus longtemps le ridicule de mon rôle... Il faut que vous choisissiez ici entre nous deux, monseigneur... Suivez-moi... ou suivez-la !

Le prince demeura atterré sous le coup de cette mise en demeure si directe. Son cœur, inconstant et avide d'émotions, n'eût pas mieux demandé que de pouvoir se donner librement à la jeune Circassienne ; mais il y avait quelque chose de plus caractérisé en lui que l'inconstance, c'était la faiblesse ; de plus dominant que ses fantaisies, c'était le joug de ses vieilles habitudes.

— Mesdames, — dit-il en se tournant vers Aïssé et la marquise de Ferriol, — je crains que cette petite émeute, si elle s'aggravait, ne rendît difficile votre retour au Marais : ce serait là son plus grand danger. Veuillez donc partir... Je vous mets sous la garde d'un de mes plus braves officiers, le chevalier d'Aydie, qui vous reconduira lui-même jusqu'à votre hôtel.

Madame de Ferriol voulut prendre le bras d'Aïssé ; mais d'Aydie, la prévenant, s'empara de la jeune fille, et d'un regard d'honnête homme indigné repoussant la douairière interdite :

— Madame. — s'écria-t-il, — soyez tranquille, mademoiselle est plus en sûreté avec moi.

En parlant ainsi, il sortit vivement avec Aïssé, dont le bras tremblait sous le sien ; la marquise les suivit avec dépit.

V

LA FORÊT DE MARLY.

Après les événements qui avaient marqué le souper dans lequel madame de Parabère s'était trouvée face à face avec la jeune Aïssé, le régent retomba sous le joug de la favorite en titre, comme il était facile de le prévoir ; toutefois le souvenir de la charmante Circassienne n'en était pas moins demeuré profondément gravé dans sa mémoire ; et, comme tous les gens faibles et irrésolus, il s'accusait incessamment d'avoir laissé échapper une si belle conquête, car il désespérait d'en retrouver l'occasion. L'abbé Dubois, qui savait lire à merveille dans le cœur de son maître, crut devoir lui rendre l'espérance, et obtint, sans doute en témoignage de gratitude anticipée, cette place de conseiller d'État que le prince avait eu d'abord la conscience de lui refuser. Le duc d'Orléans se borna seulement, en la lui donnant, à lui adresser ces paroles, qui achevèrent de peindre d'un trait toute la loyauté native en même temps que toute la faiblesse de son caractère :

— Monsieur l'abbé, de grâce, un peu plus de droiture !

Cependant madame de Ferriol avait tenté à plusieurs reprises de ramener Aïssé chez le régent. Elle lui avait représenté qu'il n'y avait pas un moment à perdre pour faire rentrer en grâce l'homme à qui elle devait tant. Ruiné par la perte de sa position, le comte de Ferriol, sans crédit, sans ressources dans un pays étranger, allait être réduit aux dernières extrémités.

— Quant à moi, — disait la marquise, — j'avais cru pouvoir compter sur l'intérêt que monsieur le régent a paru vous témoigner, et, pensant dès lors que sa faveur ne nous manquerait pas, j'avais écrit à monsieur de Ferriol pour l'engager à casser lui-même l'arrêt de son exil et à rentrer en France. Je ne sais ce qu'il aura résolu ; mais jugez, ma chère enfant, de sa douloureuse surprise, si, trompé par les espérances que je lui ai fait concevoir, il allait arriver à Paris ! Faudrait-il donc alors lui apprendre qu'une démarche, à coup sûr bien louable comme bien innocente de sa pupille, eût suffi pour lui faire rendre tous ses honneurs, toutes ses dignités, et que sa pupille a reculé devant cette démarche ?

Ebranlée par ces perfides discours, Aïssé se demandait parfois s'il n'était pas de son devoir de tout braver pour hâter le retour de son bienfaiteur et pour rétablir sa fortune si gravement compromise ; mais le regard d'Aydie, triste et prophétique, était toujours présent à sa pensée. D'ailleurs la fureur jalouse de la Parabère l'avait trop éclairée sur sa situation pour qu'elle acceptât de nouveau le rôle dangereux de solliciteuse.

Les choses en étaient là lorsqu'un soir Dubois parut à l'antique hôtel du Marais.

— Eh bien ! chère marquise, — dit-il à madame de Ferriol, — on ne vous voit plus à la cour ni vous, ni votre charmante pupille ?

— Est-ce que monseigneur le régent l'aurait remarqué ? — répondit sournoisement la marquise.

— C'est-à-dire, — reprit Dubois, — qu'il commence à ne plus s'en apercevoir, et c'est ce qui m'inquiète ; dans les premiers jours qui ont suivi le souper du Palais-Royal, il me parlait sans cesse de la charmante Aïssé ; mais je vois bien que la Parabère a triomphé de ce souvenir. Je n'en ai pas été fâché d'abord, parce que je crois mon royal élève un peu capable d'abuser de la reconnaissance qu'aurait pu lui devoir la charmante envoyée de monsieur de Ferriol ; mais maintenant il se console trop de son absence. On a déjà pourvu à l'ambassade de Constantinople. On s'occupe des autres ambassades, dont une ou deux à peine restent encore vacantes, et si au milieu de cette curée diplomatique le nom de monsieur de Ferriol n'est point rappelé au régent, malgré les titres incontestables que Son Altesse lui reconnaît à une réparation, on ne rendra pas justice à votre beau-frère... Que voulez-vous !... c'est une triste vérité, mais il n'y a rien qui ait besoin de la faveur comme le bon droit.

Dubois observait l'effet de ses paroles sur Aïssé, dont une palpitation involontaire trahissait l'émotion.

— Mais, — reprit hypocritement madame de Ferriol,— Aïssé ne veut pas revenir dans les appartements du Palais-Royal ; moi-même je ne puis lui donner tort sur ce point ; je crois encore que madame de Parabère se trompait dans ses suppositions malveillantes ; mais enfin elle pourrait s'y tromper encore, et malheureusement elle n'est pas la seule. Or, si précieuse que doive m'être la réhabilitation de monsieur de Ferriol, je ne saurais sacrifier la réputation d'Aïssé.

— Mais vous ne savez pas que madame de Parabère part ce soir pour aller prendre possession d'un château que Son Altesse lui a donné dans le Nivernais, et en son absence il suffirait que la cause de monsieur de Ferriol fût plaidée une fois auprès du régent pour qu'elle réussît. J'avais imaginé d'ailleurs un moyen de vous épargner, ainsi qu'à mademoiselle Aïssé, de reparaître dans ces appartements du Palais-Royal qui vous épouvantent tant. Toutes les fêtes sont interrompues depuis deux mois que le roi est mort ; mais monseigneur le régent va partir pour courre le cerf à Marly. La chasse est un plaisir discret qui se concilie avec une funèbre étiquette ; le deuil défendrait de danser, mais il permet tout naturellement de tuer ; j'avais apporté à tout hasard une invitation que Canillac m'a donnée pour assister à une de ces chasses, avec le droit de loger dans un des pavillons. Si vous aviez voulu accepter cette lettre, vous vous seriez trouvée comme par hasard sur le passage du régent, vous l'auriez vu justement ce qu'il faut pour assurer, sans danger pour personne, le triomphe de votre beau-frère.

— Je ferai ce que vous voudrez, Aïssé, — dit la marquise ; — interrogez-la, mon cher abbé ?

Il y eut un moment de silence et d'hésitation assez prolongé.

— Je m'étais promis, — répondit enfin Aïssé,—après la scène cruelle qui s'est passée au Palais-Royal, de ne plus m'exposer à des soupçons qui sont déjà le déshonneur ; mais puisque l'intérêt de monsieur le comte de Ferriol... de mon sauveur, l'exige absolument, puisque monsieur l'abbé se porte garant des honorables intentions de monseigneur le régent à mon égard, eh bien ! j'irai à Marly.

Les yeux de Dubois étincelèrent comme s'il entrevoyait déjà sous son bras le portefeuille de secrétaire d'État, et au-dessus de son front les rebords écarlates du chapeau de cardinal. Il remit l'invitation et se retira en échangeant avec madame de Ferriol un regard triomphant.

Le lendemain, de grand matin, on se mit en route pour Marly. Les deux habitantes du Marais furent reçues avec beaucoup de courtoisie lorsqu'elles arrivèrent dans ce splendide château, dont les ruineuses magnificences ont inspiré au duc de Saint-Simon, dans ses Mémoires, plus d'une page éloquente, et dont il ne reste plus aujourd'hui qu'un simple portique tombant en ruines et que surmonte encore l'écusson royal de France, avec les trois fleurs de lis presque effacées par le temps. Tout retentissait des apprêts d'une chasse ; les aboiements des chiens se mêlaient aux fanfares du cor... Enfin le régent parut lui-même à cheval ; mais lorsque madame de Ferriol et sa pupille s'approchèrent de lui, c'est au plus s'il répondit à leur profonde révérence par une légère inclination de tête ; il ne complimenta même pas Aïssé sur le galant costume dont elle était vêtue, et qui, par un compromis alors si heureusement consacré, empruntait au vêtement masculin tout ce qu'il y avait à cette époque de svelte et d'élégant, sans abdiquer les plis onduleux et la grâce flottante d'une jupe féminine.

En toute autre circonstance, Aïssé eût été troublée d'un si froid accueil, mais en ce moment elle n'en éprouva que de la joie. Pourtant le prince s'était approché d'elle, et, lui ayant demandé d'un air distrait si c'était la première fois qu'elle venait à une chasse, elle se hasarda, sur un signe de la douairière, à répondre en hésitant qu'elle avait toujours été privée de ce passe-temps comme de bien d'autres, par suite de l'absence forcée de celui-là seul qui eût pu lui servir de guide dans de pareils exercices, de son bienfaiteur, monsieur le comte de Ferriol.

Le régent sourit et répondit avec bienveillance que, sous peu de jours, il comptait faire pour monsieur de Ferriol tout ce que comportaient les nombreuses exigences auxquelles il avait à satisfaire au début d'un nouveau règne. Mais il ne parut cette fois s'occuper que de la demande et non de la solliciteuse.

Aïssé se sentit alors tout à fait rassurée sur les suites de la démarche nouvelle qu'elle avait consenti à faire pour complaire à la marquise, et, désormais sans contrainte et sans inquiétude, elle se promit de jouir de tous les plaisirs de la journée. On vit bientôt approcher de riches carrosses dans lesquels prirent place toutes les belles dames conviées à cette fête. Plus d'un gentilhomme s'étonnait pourtant de ne point y voir madame de Parabère. On savait que souvent, sous le feu roi, elle avait trouvé moyen de se glisser déguisée dans le château et de violer secrètement l'étiquette austère que madame de Maintenon avait fait succéder à la loi du plaisir proclamée par Louis XIV à son avènement. Aussi croyait-on en général deviner pour la Parabère une disgrâce dans un prétendu voyage en Nivernais, sans s'apercevoir qu'on attribuait ainsi au régent une force de résolution que le descendant de Henri IV n'avait que devant l'ennemi.

Aïssé laissa monter la douairière dans l'une des voitures préparées pour suivre la chasse ; quant à elle, sentant tout à coup se réveiller dans ses veines, sous un beau soleil d'automne, l'ardeur semi-tartare du sang dont elle était issue, et à l'exemple des filles du régent et de quelques jeunes femmes de leur suite, elle demanda un cheval, et s'élançant légèrement sur sa croupe elle s'y posa avec cette grâce que prête à une amazone son mobile et vivant piédestal. Toute la chasse se mit en mouvement ; mais, au bout d'un quart d'heure environ, soit hasard, soit dessein prémédité, Aïssé, que l'ardeur de sa monture avait mise dans le cas de prendre les

devants, se trouva tout à coup seule dans une allée de traverse, au milieu de cette magnifique et sévère forêt de Marly, qui lui semblait avoir en ce moment comme une charmante et ineffable harmonie avec la rêverie à laquelle elle se sentait prédisposée par sa situation même et par tous les aspects du monde extérieur.

Aïssé erra longtemps dans la forêt, tantôt ne distinguant à travers les arbres touffus que quelques rayons du soleil étincelant dans le feuillage, tantôt voyant dans une percée subite se dérouler à ses yeux le magnifique amphithéâtre des collines que couronne l'aqueduc de Lucienne, semblable à un pont jeté par les fées pour aller du palais de Marly au palais de Versailles. Souvent elle n'entendait plus que le bourdonnement de quelques insectes ou le chuchotement du vent dans les feuilles ; d'autres fois, les fanfares du cor, le galop d'un cheval qui labourait à temps égaux une allée voisine, attestaient que toute cette nature calme et sauvage était encore vivante de la présence de l'homme.

Enfin ces bruits s'éteignirent, l'air devint épais, et le ciel rougeâtre parut fondre ses teintes avec celles du feuillage jauni par l'automne.

Aïssé était descendue de son cheval, qu'elle laissait errer à l'aventure. Nous ne savons quelle pensée l'absorbait, mais il fallut que les approches du soir réveillassent en elle le sentiment de sa solitude pour qu'elle commençât à jeter un regard d'anxiété sur les lieux qui l'environnaient. Elle remonta à cheval et crut reprendre l'allée qu'elle avait suivie ; mais, au milieu de ce dédale naturel, elle s'égara et commença bientôt à rêver ; dans les ombres qui s'épaississaient, elle crut voir quelques-uns de ces braconniers douteux qui chassaient au besoin le voyageur quand le gibier leur manquait. Tout à coup, au détour d'une allée, elle jeta un cri perçant : un homme s'était présenté sur son passage ; mais à l'émotion de la peur en succéda une autre plus douce, quoique non moins violente, quand elle entendit une voix déjà bien connue de son cœur lui dire :

— Ne craignez rien, c'est un ami.

— Vous ici, monsieur d'Aydie ? — dit-elle d'une voix entrecoupée, tandis que son cœur battait à rompre sa poitrine, — vous que je retrouve quand je m'étais égarée !

— Oui, moi-même ; ne suis-je pas lieutenant aux gardes de monseigneur le régent ? ne dois-je pas le suivre partout à la chasse comme ailleurs ? Cette fois, je l'avoue, je suis dans mon tort, car j'ai perdu la trace de Son Altesse, et je faisais reposer mon cheval à quelques pas d'ici ; j'ai entendu le vôtre approcher. Il m'a semblé que son trot inquiet cherchait une route perdue, et je suis heureux de n'avoir pas mieux fait mon devoir auprès de Son Altesse, puisqu'il m'est permis encore de vous être utile. — D'Aydie s'arrêta, et tous deux restèrent quelques instants plongés dans un silence de trouble et de bonheur. L'un et l'autre étaient alors arrivés à cet état charmant où l'amour, immatériel et à peine distinct, n'a pas de projets, mais des rêves, pas de but, mais des visions ! Sensations nobles et tendres, pressentiments divins d'un bonheur terrestre qui semblent pour l'âme humaine des éclairs prématurés de cette lumière immortelle qui doit un jour descendre sur notre tombeau ! D'Aydie remonta à cheval, et tous deux s'engagèrent silencieusement dans l'allée qui devait les conduire à Marly. Leurs cœurs étaient trop pleins pour leur permettre d'engager une conversation indifférente, leur amour trop timide pour qu'ils osassent encore parler du seul objet de toutes leurs pensées. Enfin, lorsque d'Aydie vit approcher le moment de se séparer d'Aïssé, lorsqu'il fut sur le point de la voir revenir à la discrétion du régent, la douleur et l'inquiétude lui donnèrent du courage pour rompre le silence.

— Oh ! — s'écria-t-il, — il faut que je vous quitte ; mais du moins, avant de nous séparer, un dernier conseil... Mademoiselle, défiez-vous... !

— Que voulez-vous dire ?

— Je ne puis. m'expli·quer ; mais, par pitié, défiez-vous. Oh ! ce n'est pas l'officier du régent qui vous parle ici, c'est un ami qui n'a pu vous voir sans trouble et sans attendrissement jetée seule dans ce monde qui vous est inconnu, dans ce monde à la fois corruptible et impitoyable, où la raillerie s'attache à la vertu qui résiste, et le mépris à la faiblesse qui succombe.

— Que dites-vous ? mais je ne suis pas seule ; madame de Ferriol ne me protége-t-elle pas ? Et d'ailleurs, monsieur le comte, son beau-frère, mon bienfaiteur, n'est-il pas lui-même attendu à Paris d'un moment à l'autre ?

— Monsieur le comte de Ferriol est attendu à Paris, dites-vous ? Oh ! loué soit Dieu ! Si je pouvais le prévenir ! Mais peut-être arrivera-t-il trop tard Quant à la marquise, je ne puis encore vous dire sur elle toute ma pensée ; mais, songez-y, souvent l'appui sur lequel on comptait vous devient plus fatal que le coup qui vous vient en face.

— Vous m'épouvantez... Oh ! par grâce, par pitié, ne m'abandonnez point !

— Eh ! que puis-je faire ? Déjà je suis coupable de m'être séparé un instant du régent... Avoir un cheval moins prompt que le sien, c'est presque une désertion, un crime. Tout à l'heure, à la fin de cette chasse, je dois aller chercher ses ordres, et, s'il le commande, je passerai la nuit aux portes du château pour servir le régent, même contre ceux qui voudraient vous défendre.

— Me défendre !... Mais je suis donc menacée ?

— Je l'ignore... Mon pressentiment est sans doute une folie, une calomnie peut-être... Je n'ai pas le droit de noircir à vos yeux le vaillant soldat de Turin, le vainqueur de Lérida, celui à qui seul le parlement a cru devoir confier la garde du jeune roi et la tutelle de la France, moi comblé de ses bienfaits, moi chargé de le défendre ; mais Dubois est toujours près du régent, comme son démon et le mauvais génie de la France ; je sens qu'il doit creuser quelque piége sous vos pas ; je le sens, comme je sens en moi un désir ardent de vous sauver, comme je sens en moi l'impuissance de mon dévouement au milieu de ces périls que je ne connais pas.

— Oh ! comment reconnaître la générosité de ce dévouement ?

— Ne m'en remerciez point.

— Mais pourquoi...

Un moment de silence suivit cette interrogation ; la nuit était tout à fait venue ; les deux chevaux étaient rapprochés et marchaient du même pas ; le genou d'Aydie frôlait sans cesse la robe de satin et le justaucorps de velours d'Aïssé. Tous deux, le front frissonnant au souffle du soir, se sentaient comme entraînés par leurs coursiers dans un monde idéal et fantastique. D'Aydie, enhardi par l'ombre et la solitude, saisit la main d'Aïssé.

— Vous me demandez pourquoi ? C'est ce que ce dévouement n'est pas entièrement pur ; c'est que cette sollicitude n'est pas désintéressée ; c'est que, sans espoir certain, sans pouvoir m'en rendre compte, il me semble que vous défendre contre un autre c'est vous conserver à moi ; c'est que je vous... — Il n'acheva pas sa phrase, mais ses lèvres en murmurèrent tout bas le dernier mot sur la main palpitante de la jeune Circassienne. — Vous voyez bien, — dit-il après un instant, — que, si ce dévouement existe, il n'est point de la générosité.

— Mais s'il n'existait pas, — s'écria Aïssé, — ce serait de l'ingratitude.

Et, avec cette confiance ardente et spontanée qu'inspirait à la jeune fille d'Orient tant de loyauté et d'amour, elle conta à d'Aydie toutes les impressions qui avaient assailli son cœur le jour où Villars fut couronné à l'Opéra. Alors ce fut entre eux, comme après une digue rompue, des flots de douces paroles entremêlées de serments ;

chastes aveux, douces espérances, première félicité immense, inépuisable, infinie comme l'avenir.

Bientôt les lumières des douze pavillons du château royal de Marly étincelèrent dans la nuit. D'Aydie, si heureux qu'il avait oublié ses inquiétudes, recommanda pourtant à sa bien-aimée, en serrant sa main une dernière fois, de bien garder un bonheur qui désormais devait leur être commun ; puis, laissant rentrer Aïssé la première au château, il se rendit auprès du régent.

VI

LA NUIT TERRIBLE.

Aïssé fut grondée par la marquise de Ferriol sur sa longue absence, mais les aigres remontrances de l'hypocrite douairière glissèrent sur sa joie ; toutefois elle se sentit prise d'un trouble instinctif lorsque la marquise lui annonça qu'elles passeraient la nuit toutes deux dans le pavillon réservé autrefois au régent, celui-ci occupant actuellement les appartements du feu roi. Toutes les appréhensions du chevalier d'Aydie revinrent chez Aïssé comme des terreurs en songeant qu'elle allait se trouver renfermée durant toute nuit dans un asile mystérieux auquel se rattachaient vaguement dans sa pensée des souvenirs inquiétants qu'elle ne pouvait ni ne voulait comprendre. Toutefois elle suivit en silence avec la marquise le valet qui les conduisit à travers le parc à leur pavillon. Celui-ci, après leur avoir fait monter un élégant escalier, leur ouvrit successivement deux portes, en s'écriant d'une voix officiellement nasillarde :

— La chambre de madame de Ferriol ! La chambre de mademoiselle Aïssé !

Puis il descendit rapidement l'escalier.

A la pensée d'être séparée de la marquise, dont la présence était du moins une sauvegarde, si son caractère n'était pas une protection, Aïssé frémit.

— Madame, madame, — s'écria-t-elle, — oh ! je ne veux pas me séparer de vous !

— Qu'avez-vous donc ? pourquoi cet effroi ? — répondit avec hauteur la marquise.

— Madame, excusez-moi, je ne sais, mais nous ne sommes pas ici dans votre hôtel du Marais... et ces lieux inconnus m'épouvantent involontairement. Daignez choisir de ces deux chambres celle qui vous convient ; mais, je vous en supplie, ne nous séparons point.

La marquise se contenta de répondre en haussant les épaules.

— Vous êtes une petite sotte. Cependant, puisque vous le voulez, prenons celle qui vous était destinée.

C'était une chambre de dimension médiocre, formant l'angle du pavillon. De grandes tapisseries des Gobelins, représentant des sujets mythologiques, en garnissaient les parois, et ne laissaient de place que pour la porte et pour une immense fenêtre donnant sur un fossé profond ; une grande armoire de Boule était appliquée contre une des tapisseries, qui la dépassait en hauteur. Aïssé, en promenant ses regards sur cette chambre, ne vit que des sujets de se rassurer, et cependant l'effroi était plus fort chez elle que le raisonnement même.

Madame de Ferriol, après avoir fait ses prières, alla prendre sa place au fond d'un lit riche et spacieux qui élevait dans un coin de la chambre ses quatre colonnes cannelées et son dais couronné d'un écusson. Après qu'Aïssé, sur une sèche injonction faite par la douairière, eût été la rejoindre, celle-ci, tournant le dos à la jeune fille, ne tarda pas à s'endormir. Aïssé chercha aussi le repos ; mais le sommeil capricieux ne voulut pas descendre sur cette âme secrètement agitée. Il semblait à la jeune fille, dans une sorte de cauchemar, que la douairière allait disparaître ; que, sous la coiffe de nuit qui se dessinait au-dessus de la couverture, il n'y avait plus aucune forme humaine, qu'elle était seule dans cette chambre inconnue, et qu'un pas retentissait dans le corridor et s'arrêtait à l'entrée, ou qu'un bras faisait trembler en les ébranlant les carreaux de la fenêtre. Cependant lorsque, levée sur son séant, elle ouvrait les yeux pour se rendre compte de ses visions funestes, tout était calme, la clef était dans la serrure, deux verrous tirés protégeaient la porte, la fenêtre était inaccessible, les tapisseries clouées au mur ne pouvaient cacher aucun passage mystérieux. Le bruit égal et méthodique de la respiration de la douairière attestait son sommeil. Pour dernière précaution, Aïssé, se levant pieds nus, alla prendre la clef dans la serrure, la mit sous son oreiller. Sûre dès lors qu'elle ne pouvait pas plus être abandonnée par la marquise que surprise par un ennemi étranger, elle sentit bientôt le sommeil se glisser doucement sous ses paupières.

Quand elle se réveilla, la lampe, à demi éteinte, ne jetait plus que de tremblantes lueurs. Les nymphes légères semblaient tressaillir sur les tapisseries, les satyres semblaient grimacer, et la main d'Aïssé, s'étendant à côté d'elle, y trouva la place vide. Aïssé se leva convulsivement sur son lit, comme si un ressort soudain l'avait fait mouvoir... Son cœur bondit. Il n'y avait plus à en douter, la douairière avait disparu, et pourtant sa main, en fouillant sous l'oreiller, y trouva encoe la clef protectrice.

Quelle était donc cette mystérieuse issue qui avait laissé fuir la marquise et qui bientôt sans doute allait livrer passage à un autre ?

Aïssé s'avança hors du lit, examinant la porte, ébranlant la fenêtre, interrogeant les murail   Elle pensa à fuir, mais la clef eut beau tourner dans l   .rure, la porte ne s'ouvrit pas...

Elle était fermée extérieurement.

Livrée dans cette prison à un péril qu'elle sentait plus terrible que la mort, Aïssé invoqua, en tombant à genoux, ce Dieu des chrétiens qu'on lui avait fait connaître comm à un sauveur, et qui semblait ne l'avoir enlevée à l'esclavage que pour la réserver à la honte. Mais à peine avait-elle eu le temps de dire une courte prière dont ses dents entre-choquées par la terreur entrecoupaient chaque mot, que tout à coup la lourde armoire, que quatre hommes n'auraient pu enlever, tourna légèrement d'elle-même dans le mur, et découvrit une petite porte pratiquée dans la tapisserie. Aïssé sentit que l'instant fatal était venu. Se disant instinctivement que contre la force qui déshonore il n'y a de refuge que la mort qui anéantit, elle s'élança vers la fenêtre, et, l'ouvrant d'un effort désespéré, elle allait se précipiter dans l'abîme, lorsque la porte livra passage à une femme. Pétrifiée à cet aspect, Aïssé crut deviner d'abord la douairière qui revenait ; mais quelle ne fut pas sa surprise en reconnaissant la physionomie hautaine et narquoise de madame de Parabère.

— Ah ! c'est vous, la belle ! on ne m'avait pas trompée, — fit celle-ci. — Eh bien ! pendant mon voyage dans le Nivernais, il paraît que vous ne perdiez pas de temps ; ce n'est pas mal pour une Circassienne.

— Ah ! madame, accusez-moi si vous voulez ; il y a quelque chose de plus pressé ici que de me justifier à vos yeux, c'est de me sauver... Sauvez-moi ! sauvez-moi !...

— Vous sauver ! et de qui ? de celui que vous veniez chercher...

— Moi ?

— Vous-même... Je n'ai pas été la dupe de votre feinte vertu le jour où j'ai vu les regards du régent s'attacher à vous. Je connais son inconstance ; c'est un adorateur qu'une femme ne repousse jamais.

— Le repousser, madame! je ne l'aurais pu sans doute, mais j'aurais pu mourir.

— Mourir !...

— Oui, au moment où j'ai vu s'ouvrir cette porte secrète, j'allais me précipiter par cette fenêtre pour échapper à celui que je venais chercher ici, comme vous dites.

— En vérité, — dit la Parabère en jetant un regard par la fenêtre entr'ouverte, —c'est qu'il y a de quoi se tuer !... Et pour échapper au régent vous alliez...! Il n'y a plus moyen de douter de votre innocence avec une pareille preuve... J'avoue que, pour ma part, si le duc m'eût déplu, j'aurais eu de la peine à pousser la vertu plus loin que ce balcon... Mais vous êtes donc ici malgré vous ?

— J'étais venue demander la grâce de monsieur de Ferriol, qu'on attend en ce moment à Paris ; j'y étais venue sur la garantie de l'abbé Dubois, sous la sauvegarde de madame de Ferriol.

— La sauvegarde de madame de Ferriol... qui s'est si bien jouée de moi ! La garantie de l'abbé Dubois, qui se joue de tout le monde ! Ah ! que ne le disiez-vous plus tôt, pauvre enfant !... Avec un abbé et une dévote, ne deviez-vous pas vous attendre à quelque chose de bien... en fait de piége ? Heureusement, moi qui ne suis ni l'un ni l'autre, je vous garde, ou plutôt je garde le régent... Soyez tranquille... Son Altesse va venir sans doute, et je me charge de la recevoir.

— Son Altesse, oh ! je dois fuir sa présence.

—C'est très-facile, grâce aux mêmes moyens qui m'ont permis de m'introduire ici.

— Et quels sont ces moyens ?

— Je vais tout vous dire : prévenue par des gens de la maison du régent, des gens gagnés par moi, je me suis arrêtée dans mon voyage à la deuxième poste, où l'avis secret m'est parvenu. Je suis repartie en toute hâte pour Paris ... J'ai su que mon infidèle était à Marly. Je suis accourue immédiatement ; seulement il fallait pénétrer dans ce château ; s'il n'y avait eu que des valets du régent à la grande porte, je n'eusse pas été embarrassée ; je sais combien vaut la fidélité des collègues de Dubois Mais on y avait posté un escadron de gardes ; la sentinelle a refusé de me laisser entrer à cette heure avancée ; heureusement j'ai eu l'idée de demander le lieutenant de service, un très-jeune et très-joli cavalier, ma foi ! cela m'a inspiré de la confiance ; je lui ai dit tout franchement le but de ma visite, et aussitôt il m'a introduite avec un empressement... Il aurait agi pour lui-même qu'il n'y eût pas mis plus de zèle.

— Ah ! c'est encore lui qui m'a sauvée ! — s'écria intérieurement Aïssé en remerciant Dieu.

— Une fois ici, j'ai deviné où je devais aller d'abord. J'ai une clef de la petite porte d'en bas ; je connais le secret de l'issue par où vous m'avez vue paraître ; c'est pour moi que ce traître de régent l'a fait pratiquer dans son pavillon, au temps du feu roi ; un chef-d'œuvre de mécanisme qu'il a payé trente mille livres... au temps de son amour pour moi. Je ne m'étonne pas, du reste, qu'il ait supporté si galamment cette dépense, il prévoyait tout ce qu'elle devait rapporter un jour. Ainsi, partez, ma belle enfant ; descendez cet escalier, prenez l'allée qui vous fait face, elle vous conduit à la grande porte... Le galant lieutenant vous ouvrira, vous y trouverez mon carrosse ; mon cocher est prévenu ; vous lui direz que je reste à Marly, et il vous reconduira à Paris. Allez, ne perdez pas un moment.

— Ah ! que je vous remercie, madame !

— Embrassez-moi plutôt... Vous ne me devez rien... je fais mieux que de me défendre... je me venge !

Aïssé disparut, et madame de Parabère, s'asseyant sur un sofa, attendit tranquillement le régent.

VII

LE RETOUR IMPRÉVU.

Pendant qu'Aïssé, joyeuse et sauvée, après avoir conté à d'Aydie tous ses dangers, montait dans le carrosse de la Parabère ; pendant que celle-ci reprenait possession de son ancien domaine, de joyeux éclats de rire retentissaient dans l'appartement du régent. Botté et éperonné, celui-ci semblait se disposer à partir, et adressait à un personnage en costume noir l'interpellation suivante, qui suffisait pour le faire connaître.

— Es-tu bien sûr que la Parabère m'attend en ce moment à mon pavillon ?

— J'en suis sûr... monseigneur... j'avais su d'avance tout son plan... Il faut bien que la police serve à quelque chose... Je n'avais pas cherché à entraver ses projets, mais je les déjoue. Autrement elle aurait fait quelque éclat scandaleux, et, dans cette époque de deuil, c'est ce que vous devez éviter à tout prix. Je l'ai battue avec ses propres armes. Dès que j'ai eu appris par mon espion que Aïssé allait monter dans le carrosse de la marquise, j'ai fait gagner son cocher ; cet homme versera la belle à la descente de Bougival.

— Y penses-tu ? mais s'il la blesse ?...

— Oh ! soyez tranquille, c'est un garçon qui a de l'usage... il a conduit déjà une foule de grands personnages politiques, et vous savez qu'ils versent tous sans se faire mal. Quant à vous, monseigneur, un de vos carrosses à quatre chevaux est prêt. Vous partez et rattrapez bien vite l'attelage de la Parabère. Vous aurez soin de laisser verser bien tranquillement le carrosse qui emporte la belle. Elle sera peut-être déjà tout évanouie... Vous apparaîtrez alors comme un sauveur ; vous recueillerez l'infortunée, et vous la conduirez à Rueil, où monsieur d'Aiguillon vous offre l'hospitalité pour cette nuit... car ici il n'y avait pas de sécurité pour vous avec cette Parabère qui vous adore... et un autre ennemi...

— Qui donc ?...

— Le plus charmant de vos officiers aux gardes, le jeune d'Aydie, qui, à ce qu'il paraît, est fort épris de notre Circassienne, et qui pourrait bien en être payé de retour. Mes espions m'ont rapporté que de la journée on n'a pu les retrouver tous deux qu'un instant, à la tombée de la nuit, et ensemble. Tout à l'heure encore, l'un de mes émissaires a entendu le chevalier s'entretenir avec Aïssé de la manière la plus passionnée. C'est même ce qui lui a donné le temps de gagner le cocher.

— Que me dis-tu ?... Quoi ! cette innocence que je croyais si farouche ?...

— Civilisée complétement, monseigneur...

— Et moi qui avais des scrupules !...

— Des scrupules... Vous voyez bien qu'on a toujours tort de changer ses habitudes. Eh bien ! monseigneur, que dites-vous de mon plan ?

— Je dis, l'abbé, que, lorsque j'avais le temps de m'occuper de sorcellerie et que j'allais dans les carrières de Vanvres et de Montmartre avec mon ami Mirepoix évoquer le diable, je perdais mon temps.

— Parce que le diable était trop occupé ailleurs pour vous répondre.

— Non, parce qu'il se trouvait alors chez moi en qualité de secrétaire.

— Vous pensez que ce grand personnage de l'autre monde aurait fait l'honneur à votre serviteur de revêtir sa maigre forme sur cette terre pour voyager incognito ?

— Incognito... tu as raison, l'abbé, le diable n'aurait jamais choisi ta figure, ça ne l'aurait pas assez déguisé.

En achevant ces mots, le régent jeta les yeux sur la pendule, et quitta l'appartement par une petite porte devant laquelle son carrosse l'attendait ; puis il sortit du château de Marly.

Moins d'une petite heure après, une voiture était renversée dans un fossé au bas de la côte de Bougival, et le cocher, sain et sauf, s'occupait à en faire sortir une jeune fille un peu meurtrie de la secousse. Quand cette jeune fille eut repris ses sens, le cocher lui déclara que le carrosse était brisé, et qu'il ne pouvait aller plus loin.

Aïssé cependant, malgré toute l'adresse du cocher, se ressentait trop fâcheusement de sa chute pour songer à continuer sa route, surtout à pied et par une bise glaciale qui soufflait sous un ciel clair et pâle. A ce moment, on vit apparaître sur la route, comme par enchantement, un carrosse entraîné au grand galop de quatre vigoureux chevaux, et que précédaient et suivaient des piqueurs portant des torches à la main. Témoin de l'accident qui venait de se passer, le maître du carrosse donna l'ordre d'arrêter, et, ayant ouvert lui-même la portière, il s'élança auprès de la jeune fille,

— Que vois-je ! — s'écria-t-il en affectant une hypocrite surprise ; — vous ici ! mademoiselle, lorsque je vous croyais au palais de Marly ! .. M'expliquerez-vous par quel prodige ?... Mais d'abord rassurez-moi sur votre situation ; vous n'êtes point blessée, n'est ce pas ?

— Non, monseigneur, — balbutia Aïssé toute tremblante, — et je vous rends grâce de l'intérêt que...

— Ah ! le ciel en soit loué ! j'arrive à propos pour vous offrir un abri dans mon carrosse, où nous poursuivrons, s'il vous plaît, cette conversation beaucoup plus à notre aise que sur cette grande route. Il fait un froid diabolique, veuillez accepter mon bras.

— Monseigneur... pardon... je ne puis.

— Quel enfantillage ! Allons, venez, je le veux.

En même temps le régent s'empara en souriant du bras de la jeune fille, qu'il chercha à entraîner ; mais elle, le rouge au front, les yeux noyés de larmes,

— Monseigneur, — s'écria-t-elle, — c'est impossible... Vous n'invoquerez pas votre rang pour rendre vos fantaisies toutes-puissantes, vous ne les ferez pas aussi tyranniques qu'elles sont cruelles. Ayez pitié d'une pauvre fille qui préférerait la mort au déshonneur.

Au mot de déshonneur, les lèvres du prince se rouvrirent par un sourire sardonique ; car son amour-propre humilié ayait toujours présente à la pensée la révélation trop vraisemblable de Dubois.

— Ma foi ! — reprit-il, — si l'amour de Philippe d'Orléans, régent de France, peut être le déshonneur, qu'est-ce donc que celui d'un simple gentilhomme ?

— Monseigneur, que voulez-vous dire ?

— Rien, sinon que vous ne voudrez pas sans doute me mettre dans l'obligation de solliciter l'entremise d'un de mes officiers pour vous déterminer à accepter l'offre que je vous fais.

— Monseigneur, vous voulez donc me perdre ?

— Au contraire, ma toute belle, venez. Oh ! vous ne m'échapperez pas cette fois.

— Seigneur, mon Dieu ! nul ne viendra-t-il à mon secours ?

— La nuit, à une pareille heure ! Allons, vous rêvez, ma charmante. Le sort en est jeté, et nul maintenant ne saurait vous arracher de mes bras.

— Votre Altesse se trompe peut-être, — dit une voix étrangère qui retentit à côté du prince.

Les deux acteurs de cette scène, dans leur préoccupation, ne s'étaient pas aperçus qu'une chaise de poste était venue rapidement du côté de Paris, et que, au moment où ce véhicule commençait à monter la côte de Bougival, un homme avait mis la tête à la portière. Ayant saisi au vol quelques mots du colloque qui précède, cet inconnu s'était élancé aussitôt sur la route.

— Qui êtes-vous donc, monsieur ? — dit le régent au

nouveau venu, — pour oser ainsi intervenir entre le régent et la femme à qui il s'adresse ?

— C'est que la femme à qui le régent s'adresse, moi j'allais à Marly pour la réclamer...

— Et de quel droit ? êtes-vous le père ou le frère de cette jeune fille ?

— Non, monseigneur, mais je suis le maître de cette esclave ; je suis le comte de Ferriol.

— Vous en France, monsieur ! mais l'arrêt qui vous interdisait de rentrer dans le royaume n'est pas encore levé, que je sache.

— Quel qu'il soit, monseigneur, cet arrêt n'entraîne pas confiscation des biens sur le sol de France ou dans l'exil. Cette esclave que j'ai achetée m'appartient.

— Sur le sol de France tous les esclaves sont libres.

— Il se peut, monseigneur, que quelques songe-creux aient fait prévaloir ces maximes attentatoires au bon droit et à la justice. Mais, si les esclaves sont libres, les personnes libres doivent-elles être esclaves à leur tour ? Et Aïssé n'aura-t-elle pas du moins la faculté de choisir entre le prince et l'exilé celui à qui elle veut confier son sort ?

Ferriol avait à peine achevé de prononcer ces paroles qu'Aïssé, qui l'avait écouté palpitante de joie, et retenue seulement par le maintien sec et glacial que son protecteur apportait dans son rôle chevaleresque, tomba à genoux en embrassant ses mains, qu'elle inonda de larmes.

— Mon bienfaiteur ! — s'écria-t-elle.

Il ne fallait pas un aussi long délai donné à la réflexion pour rappeler Philippe d'Orléans à des sentiments de générosité que l'erreur d'un amour-propre blessé lui avait fait seule abjurer un instant.

— Il est heureux, monsieur de Ferriol, — reprit le prince, — que nul ne vous ait entendu parler avec cette hardiesse. Prenons que vous vous êtes adressé au duc d'Orléans, le régent n'en saura rien, je ne le lui dirai pas. Vous pouvez emmener cette jeune fille puisqu'elle veut vous suivre ; vous attendrez mes ordres dans votre hôtel.

Le comte de Ferriol inclina froidement la tête sans articuler une parole, et quelques instants après les deux carrosses se remirent en route. Celui du régent commença à gravir la montée de Bougival, et la chaise de poste du comte disparut rapidement à l'horizon du côté de Paris, emportant l'esclave Aïssé et son maître.

VIII

LE COMTE DE FERRIOL.

Le comte de Ferriol était assis dans un grand fauteuil, au coin du feu, pendant que, à côté de lui sur un pliant, Aïssé, non moins belle de ses seize printemps et de ses merveilleux attraits que du bonheur et de la joie qui rayonnaient dans ses beaux yeux noirs et sur son front si blanc et si pur, racontait à son bienfaiteur tout ce qui s'était passé depuis trois ans qu'elle l'avait quitté ; la vie nouvelle qu'elle avait apprise, les innombrables sensations qui s'étaient succédé dans son âme. De son côté, le comte ne pouvait se lasser de contempler cette adorable créature qu'il avait laissée partir enfant et qu'il retrouvait femme. Il s'enivrait des accents de cette voix si mélodieuse et si fraîche, dans laquelle venaient se fondre doucement l'accent vif et léger de la France et les voluptueuses langueurs de l'Asie ; il embrassait d'un regard à la fois plein de surprise et de ravissement cette tête charmante, ce corps souple et flexible dont chaque détail, chaque mouvement offraient encore ou laissaient deviner

du moins tout ce qui séduit et captive les sens dans l'Orient, tout ce qui fait battre le cœur dans l'Occident. C'était pour lui comme la réalisation, ou, pour mieux parler, le résumé des plus délicieux souvenirs de toute sa vie ; souvenirs d'amour, de plaisirs et de galanterie ; et, sous ce triple rapport, monsieur de Ferriol avait bien des souvenirs.

Le comte de Ferriol, avec lequel nos lecteurs ont déjà fait un commencement de connaissance, était, à l'époque où se passe cette partie de notre histoire (novembre 1715), un homme de cinquante-quatre ans, de haute taille, d'une assez forte corpulence, l'œil vif encore, et dont toute la personne présentait un mélange indéfinissable de fougue et de commandement. Sans avoir jamais brillé par la régularité des traits, son visage, sur lequel apparaissaient quelques rides, creusées plutôt par les passions que par l'âge, était de ceux qu'on n'oublie point, n'eût-on fait que les apercevoir une seule fois. Il avait le front large et proéminent, les joues pleines et colorées, les narines ouvertes et gonflées, et, par une analogie sans doute lointaine avec les animaux chez lesquels on remarque une grande puissance musculaire, tels que le lion et le taureau, il avait le col court et vigoureusement attaché à ses épaules herculéennes ; il portait habituellement la tête haute et comme renversée en arrière, dans une attitude de défi. Bref, et pour résumer le portrait du comte de Ferriol, on peut se figurer, avec un peu plus d'harmonie dans l'ensemble, la tête énergique de Mirabeau coiffée d'une perruque à la Louis XIV.

Ajoutons bien vite que, comme Mirabeau, monsieur de Ferriol avait une de ces organisations ardentes que les obstacles qui découragent les autres ne font qu'irriter, et dont les instincts dominateurs s'étaient singulièrement développés par un séjour de plusieurs années à Constantinople, loin du contact des mœurs et des idées des pays civilisés.

Tel était le personnage qui venait de rentrer à Paris, et dont l'influence devait être si grande sur la destinée de la Circassienne.

Après avoir laissé parler Aïssé pendant longtemps, monsieur de Ferriol, dont le front jusque alors avait rayonné de sérénité et de bonheur, sembla tout à coup saisi d'un importun souvenir, et, tirant de sa poche un papier :

— Ah çà ! — s'écria-t-il, — ma chère enfant, connaissez-vous cette écriture ?

La jeune fille jeta sur le papier un regard curieux, puis elle répondit tranquillement :

— En aucune façon, monsieur le comte.

— A la bonne heure ! — répondit monsieur de Ferriol, qui avait de son côté attaché sur son interlocutrice un œil perçant, — lisez donc ce billet que j'ai trouvé hier soir en arrivant à l'hôtel. Il ne fallait rien moins, je dois en convenir, qu'un pareil avertissement pour me déterminer, fatigué comme je l'étais, à me remettre en route pour le palais de Marly. Au surplus, je m'en félicite, puisque je suis arrivé assez à temps pour vous arracher au danger qui vous menaçait, et dont l'auteur inconnu de ce billet avait jugé devoir m'informer. — A ces derniers mots, Aïssé rougit et pâlit tour à tour. Si elle ne connaissait pas l'écriture du billet, du moins elle en avait bien vite deviné l'auteur. Ferriol reprit sans s'apercevoir de son trouble : — Il est en vérité bien étrange que ma belle-sœur ne soit pas encore rentrée à l'hôtel, où elle savait que je ne pouvais tarder à arriver.

— Sans doute elle l'ignore, — répondit la jeune fille d'un ton timide et en cherchant encore à excuser une femme dont la complicité n'était que trop évidente dans tout ce qui s'était passé au palais de Marly.

— A la bonne heure ! mais le devoir de la marquise de Ferriol était de ne point vous perdre de vue d'un seul instant à Marly, et elle a failli à ce devoir. Si cela lui arrivait encore !... — Pendant que le comte de Ferriol parlait ainsi, il y avait dans ses traits une expresion si terrible qu'Aïssé, toute tremblante, baissa les yeux et ne put s'empêcher de se reculer. Le comte, auquel ce mouvement n'échappa pas cette fois, saisit la main de sa pupille, et, l'attirant ainsi doucement à lui, il imprima ses lèvres sur son front. — Qu'est-ce donc, enfant ! —s'é-cria-t-il avec un sourire, — qu'avez-vous ?

— Pardon ! monsieur le comte, — reprit Aïssé, — mais vous m'avez fait peur.

— J'avais donc l'air bien méchant ?

— Mais oui... un peu.

— Allons, si cela m'arrive parfois, du moins, Aïssé, je ne veux pas que ce soit pour vous ; car d'honneur ! petite, je te trouve charmante, et, bien que tu promisses déjà beaucoup sous ce rapport il y a quelques années, je ne me doutais certes pas alors que j'acquérais un pareil trésor.

— C'est que vous êtes indulgent pour moi, monsieur le comte.

— Indulgent, moi ! en aucune façon ; je suis sévère, au contraire, sévère pour tout le monde : tu n'as qu'à interroger mes gens. Mais, friponne, je ne suis pas le premier qui te l'ai fait apercevoir, sans compter ton miroir, hein ? — Aïssé rougit très-fort. — Il ne faut pas rougir pour cela. Seulement, maintenant que me voici de retour, j'entends bien que nul autre que moi ne s'avise de venir te dire qu'il te trouve belle. Ce soin me regarde seul, entends-tu ? — A ces dernières paroles, Aïssé tressaillit et attacha sur monsieur de Ferriol un regard plein d'étonnement et d'effroi instinctif. Aussi bien, si d'abord elle avait été tentée d'attribuer à un sentiment d'affection presque paternelle, de la part d'un homme qui vis-à-vis d'elle surtout était déjà presque un vieillard, la familiarité sans cesse croissante avec laquelle le comte la traitait depuis quelques instants, elle ne pouvait plus maintenant conserver à cet égard le moindre doute. Cette familiarité n'était point évidemment celle d'un père envers son enfant, d'un tuteur envers sa pupille. L'orgueil du rang et de la naissance en était bien plutôt le mobile. Il s'y mêlait d'ailleurs une certaine liberté de paroles faite à coup sûr pour effaroucher la pudeur d'une jeune fille élevée par une femme bien peu morale sans doute, mais dont la pruderie, l'hypocrisie même, avaient dû tromper jusque alors celle qui en était le témoin journalier. La Bruyère n'avait-il pas déjà dit alors que de tels vices étaient un hommage rendu à la vertu ! Comme si monsieur de Ferriol eût pris à tâche dans cette entrevue d'arracher à la jeune fille toutes ses illusions, il s'écria en apercevant une guitare, instrument alors fort à la mode, suspendue à la muraille : — Tu m'as parlé, Aïssé, des maîtres que ma belle-sœur t'a donnés, des talents que tu as acquis !... Voyons, je suis curieux d'en juger par moi-même : prends cet instrument, et chante-moi en t'accompagnant un des airs qu'on t'a appris.

La Circassienne se leva tristement et se mit en devoir d'obéir ; puis, après un prélude pendant la durée duquel elle sembla interroger sa mémoire, elle tressaillit comme frappée d'un souvenir subit, et, d'une voix pleine de fraîcheur et de mélodie, elle entonna ce chant d'*Armide* qu'elle avait entendu dans une circonstance importante et auquel se rattachait pour elle la première impression qui lui avait fait battre le cœur, alors que dans la vaste salle de l'Opéra le jeune chevalier d'Aydie était apparu à côté du maréchal de Villars :

> Tout doit céder dans l'univers
> A l'auguste héros que j'aime.

C'est que dans cette occasion mémorable les pompes du spectacle, le charme de la musique, la gloire du vainqueur de Denain, l'hommage même qu'il avait reçu d'une belle actrice, tout cela s'était effacé instantanément dans l'âme de la Circassienne, qui ne se souvenait plus que d'une chose, c'est que ces vers d'Armide avaient retenti à son oreille le jour où, pour la première fois, elle aussi avait

vu son héros, son vainqueur ; c'est que, quelque pénible que pût être son entrevue avec monsieur de Ferriol, elle se réfugiait déjà avec fierté dans cet amour qu'elle proclamait en quelque sorte par les vers de Quinault. Aussi, ses yeux naguère encore pudiquement baissés étincelaient d'amour et d'espoir ; son front rayonnait d'impatience ; sa voix, tout à l'heure tremblante et voilée, retentissait éclatante et harmonieuse comme le chant du bengali dans quelque site enchanté de cette terre d'Asie où elle avait vu le jour ; c'était une métamorphose complète et qui s'explique par un seul mot : l'amour.

Ravi, transporté d'admiration, monsieur de Ferriol n'attendit même pas que le morceau fût terminé pour battre des mains. Ces applaudissements, qui dans toute autre circonstance auraient peut-être été pour la cantatrice un encouragement flatteur, semblèrent au contraire exercer sur elle une influence pénible. En chantant elle était montée, comme sa voix, vers le ciel, et elle avait oublié la terre. Elle s'éveilla en sursaut au bruit que fit le comte, et c'est à peine si elle put achever son air. Le souffle lui manquait.

— Ah ! — s'écria monsieur de Ferriol, — je te fais compliment, Aïssé, tu chantes à merveille ; et j'en suis, parbleu ! fort aise, car j'aime beaucoup la musique. Quand j'étais ambassadeur à Constantinople, je ne m'endormais jamais sans avoir quelque almée qui venait m'enchanter de ses accords ; mais, peste ! ces almées-là ne te valaient pas, et, désormais je n'en veux plus entendre d'autre que toi. Oui, petite, c'est toi qui tous les jours rempliras près de moi cet office.

— Moi ! — balbutia la jeune fille.

— Oui ; n'es-tu pas mon esclave ?

— Il est vrai, — reprit la Circassienne en laissant tomber sa tête sur son sein, — je l'avais oublié.

— Je ne l'ai pas oublié, moi. A propos, tu sais danser, n'est-ce pas ?

— Oui, monsieur le comte.

— C'est à merveille. Seulement, je t'en préviens, les danses de France, le menuet, la courante, tout cela est fort ennuyeux ; il me faut quelque chose de plus piquant, pendant que je fumerai ma pipe, suivant l'habitude que j'ai contractée en Orient. Tu feras en sorte de te souvenir de ces danses voluptueuses que tu as dû voir dans ton pays au temps de ton enfance ?

— Oui, monsieur le comte.

Ce fut d'une voix à peine perceptible que la jeune fille put articuler cette dernière réponse, et deux larmes perlèrent en même temps au bord de ses paupières.

— Qu'as-tu donc maintenant, — reprit monsieur de Ferriol, — voilà que tu pleures !

— Moi ! non pas, monsieur le comte, — dit Aïssé en renfonçant ses pleurs.

— Oh ! si fait, tes yeux sont encore humides. Allons, viens me conter tes chagrins, petite, et laisse-moi essuyer tes larmes avec un double baiser.

En même temps le comte saisit Aïssé par le bras et chercha à l'attirer sur ses genoux. La jeune fille frémit ; tout son corps fut pris d'un tremblement convulsif.

— Ah ! monsieur le comte, — s'écria-t-elle, — grâce !

Ces mots furent prononcés avec un tel accent de désespoir que le comte ne put s'empêcher d'en être ému ; mais cette émotion fut passagère, et, se levant de son fauteuil, il reprit d'un ton qu'il voulut rendre doux et qui ne fut que sarcastique :

— Aïssé, tu es une enfant, et tu oublies ce que tu dois à ton maître. Je vois qu'on t'a gâtée ici. Décidément l'air de France ne vaut pas mieux pour les filles que pour les femmes, et il était grand temps que je revinsse, n'est-il pas vrai ?

En parlant ainsi, monsieur de Ferriol enlaçait la taille flexible de la Circassienne, ses yeux brillaient, sa respiration s'accélérait sensiblement... Tout à coup la porte de la chambre roula sur ses gonds et livra passage à la marquise douairière de Ferriol.

— Au diable ! — grommela le comte, qui dut pourtant s'avancer au-devant de sa belle-sœur, avec laquelle il échangea un froid et solennel embrassement.

— Ah ! le ciel soit loué ! — s'écria la marquise avec une merveilleuse hypocrisie.—Enfin je vous revois, mon frère, et Aïssé est saine et sauve ; quel bonheur !

— Pardieu, ma chère sœur, — reprit le comte, — vous n'êtes pour rien, que je sache, dans l'un de ces bonheurs-là, et peu s'en est fallu, au contraire, qu'il n'arrivât en mon absence des choses dont j'aurais eu à vous demander un compte sévère, je vous en avertis.

— Que voulez-vous dire, mon frère? — balbutia la marquise pâlissant encore sous les teintes jaunâtres de son visage, bien qu'elle essayât de cacher son trouble sous une indifférence affectée.

— J'ai peine à comprendre que vous le demandiez ; mais faites d'abord retirer cette petite.

Aïssé, encore toute tremblante, s'inclina et sortit de la chambre. Dès qu'elle eut disparu, la douairière jugea devoir aller elle-même au-devant de l'explication que le comte s'apprêtait à lui demander.

— En vérité, mon frère, vous me voyez toute surprise d'un accueil que j'avais espéré tout autre, je l'avoue, après une si longue séparation. Eh quoi ! pouvez-vous attacher tant d'importance à quelques galanteries du régent, galanteries sans conséquence, je dois l'ajouter bien vite, envers cette fille, qui s'est alarmée sottement ?

— Sans conséquence, dites-vous ! Mais si je n'étais arrivé très à propos sur la route, le régent enlevait Aïssé de vive force, oubliant ainsi qu'on qu'on ne touche pas impunément aux droits d'un Ferriol. Je suis fâché qu'il m'ait mis dans la nécessité de le lui rappeler.

— Je le sais, mon frère ; mais ne craignez-vous point que cette excessive susceptibilité déployée par vous avec le régent n'achève de vous perdre auprès de ce prince, dont votre sort dépend?

— Que m'importe ! — reprit le comte avec hauteur ; — le prince me renverra en exil, ou bien il fera ouvrir pour moi les cachots de la Bastille ; mais il ne sera pas dit que lorsqu'une femme, si humble qu'elle soit, se sera mise à l'abri sous mon écusson, je l'abandonnerai au pouvoir qui la poursuit, ce pouvoir fût-il souverain. Un Ferriol n'a jamais plus supporté un affront à son honneur qu'une résistance à ses ordres. Souvenez-vous qu'un de mes ancêtres, Aymery de Ferriol, se perdit pour avoir refusé au cardinal de Richelieu le passage sur ses terres dans une chasse ; ses biens furent confisqués, mais il ne dut céder qu'à la violence et n'abandonna pas un seul instant ses franchises ; au reste, ce n'est pas le seul qui dans ma famille m'ait donné un exemple dont je ne dévierai pas.

— Alors, que le bon Dieu nous protége ! — s'écria madame de Ferriol en reprenant avec assurance son masque dévot.

— C'est que, après tout, si j'avais dû céder quelque chose au régent, ce n'était point cette petite. J'avais à peine eu le temps cette nuit, sur la route, de la regarder ; mais ce matin je l'ai fait venir à mon lever, je l'ai écoutée parler ; elle est charmante ; vous lui avez fait donner une éducation fort au-dessus de la condition qu'elle doit conserver ici ; mais je ne m'en plains pas, puisque tous les soins qu'on a pris ajoutent à ses charmes.

— Allons, — pensa la douairière, — il n'a rien soupçonné de mon plan ; il ne serait même pas homme à le comprendre ; il est incorrigible ; tout est perdu.

Transportons-nous maintenant auprès d'Aïssé, et voyons ce qu'elle était devenue à la suite de la fatale entrevue qui avait ruiné toutes ses espérances.

Tremblante et désolée après une pareille découverte, la jeune fille était allée s'agenouiller devant son prie-Dieu ; elle en était le point de désespoir où l'âme pieuse ne se fie plus qu'en Dieu, où l'athée même souhaiterait qu'il existât. Elle était prosternée, la figure pleine de larmes, lorsque entra une femme de chambre.

— Bon Dieu ! mademoiselle, — s'écria cette fille en voyant l'altération des traits d'Aïssé,—qu'avez-vous donc? êtes-vous malade ? avez-vous besoin de quelque chose ?

— Merci, ma bonne Sophie, — répondit Aïssé, — mais j'aurais besoin de secours que je n'aurais le droit d'en demander à personne ; ce ne serait pas plus à toi qu'à d'autres de me servir.

— O ciel !

— Sophie, apprends à ton tour tout ce que ce jour fatal m'a rappelé ; je ne suis qu'une misérable esclave payée vingt mille livres par monsieur de Ferriol et qui lui appartient. Aujourd'hui il m'a fait comprendre toute la cruelle dépendance où je suis... Sophie, il veut qu'elle aille jusqu'au déshonneur.

— Se peut-il ?...

— Oui, Sophie, oui, telle est ma misère... toi, du moins, tes services sont payés, mais ta personne n'a point été mise à prix ; c'est toi maintenant qui veux bien descendre jusqu'à moi quand tu me parles, c'est toi qui maintenant serais déshonorée de recevoir un ordre de moi.

Sophie avait une de ces âmes d'élite qui, dans une condition commune, élèvent par une héroïque abnégation la servitude jusqu'au désintéressement et l'obéissance jusqu'à l'amitié. Témoin de la douleur de sa jeune maîtresse, elle saisit une de ses mains qu'elle porta avec effusion à ses lèvres, et, la couvrant de baisers :

— Ah ! que dites-vous, mademoiselle ? Il n'est pas au pouvoir de monsieur de Ferriol de changer votre condition pas plus que la mienne ; vous n'en êtes pas moins faite pour être aimée, estimée, adorée de tout le monde. Je suis faite, moi, pour vous servir et vous obéir à genoux. Mademoiselle, au nom du ciel ! prenez courage.

— Je te remercie, bonne Sophie, mais mon sort est fixé, j'appartiens à monsieur de Ferriol ; je lui payerai par un service assidu tout ce que je lui ai coûté, il peut attendre de moi tout ce qu'il y a de plus amer dans la servitude ; mais il n'ira pas au delà... car on peut toujours mourir avant son déshonneur... Sophie, je ne crains pas le déshonneur...

— Ah ! tremblez toujours, mademoiselle, si vous saviez...! Monsieur de Ferriol a près de lui une âme damnée, un misérable, ce La Roche... Quand il ne fait pas le mal pour lui, il met aux gages de son maître son astuce et ses trahisons. Je le sais par mon propre exemple. Ecoutez-moi, et vous allez frémir. Il y a quelques années, c'était avant le départ de monsieur de Ferriol et de La Roche pour Constantinople ; j'étais plus jeune alors et j'avais fixé l'attention du factotum de notre maître ; je lui résistai, et sa haine m'aurait fait chasser de cette maison s'il n'avait pas craint en m'éloignant de perdre sa victime... J'avais alors auprès de moi une jeune sœur, et ce misérable, que chacune séparément nous aurions tant redouté, ensemble nous pensions pouvoir le braver. Un soir que nous croyions La Roche éloigné de l'hôtel, nous allions souper ensemble avec un peu plus de sécurité ; tout à coup, au moment de se mettre à table, on m'avertit que madame de Ferriol avait besoin de moi... J'y cours à l'instant ; les soins que réclamait l'indisposition qu'elle éprouvait me retinrent assez longtemps auprès d'elle ; quand je revins, ma sœur était couché la tête sur la table... Je l'appelle, elle ne me répond pas ; je la saisis, elle ne paraît pas sentir ma main. Cédant à son appétit, elle avait en mon absence touché aux mets et porté à ses lèvres le vin qui avait été préparé pour nous, elle était plongée dans un sommeil léthargique qu'inutilement je cherchai à dissiper. Quelques instants après, La Roche entra ; mais devant le regard que je lui jetai il recula ; il se sentait démasqué, et dès ce jour il n'osa plus approcher de moi. Bientôt après il partit avec monsieur de Ferriol. Vous voyez bien, mademoiselle, qu'on n'est pas toujours assurée d'éviter la honte, même au prix de la vie.

— Oh ! c'est affreux !... Quoi ! on oserait employer tant de perfidie !... Mais alors plutôt mourir à l'instant ! Si je n'ai pas d'autre asile que la tombe, je ne saurais m'y réfugier assez vite.

— Non, non, du courage, mademoiselle, je veillerai sur vous ; je ne vous quitterai pas d'un instant, vous ne prendrez rien qui ne soit passé par mes mains jusqu'à ce que vous quittiez cette affreuse maison, car vous ne pouvez y demeurer.

— Mais où veux-tu que je trouve asile ?

— Quoi ! vous n'avez pas un ami, pas un protecteur ?

— Un ami ! un protecteur !... oh ! si fait, j'en ai un, j'en ai un !

En parlant ainsi le visage de la Circassienne se rasséréna soudain, et un éclair de bonheur apparut dans ses yeux noyés de larmes ; puis, saisissant avec une vivacité convulsive une plume et une feuille de papier, elle traça à la hâte les lignes suivantes :

« Menacée dans le seul bien que je possède au monde,
» dans mon honneur, par celui en qui j'avais espéré trou-
» ver un protecteur au lieu d'un maître, je n'ai que vous,
» monsieur, à qui je puisse m'adresser. Sauvez-moi ! par
» pitié, sauvez-moi ! Je crains bien que ma démarche ne
» vous paraisse au moins extraordinaire et peut-être même
» coupable ; mais vous l'excuserez, n'est-ce pas ? en son-
» geant que, étrangère aux idées et aux mœurs du pays où
» j'ai reçu l'hospitalité, je n'ai appris à y connaître jus-
» qu'à ce jour que les droits des autres, et qu'on a négligé
» de m'y instruire de mes devoirs. Souffrez donc que je
» m'abandonne à votre générosité ; vous du moins, j'en
» suis sûre, monsieur, vous ne me trahirez pas ; car il se-
» rait trop cruel pour la pauvre Aïssé de perdre à la fois,
» avec sa dernière croyance, le dernier espoir qui lui reste
» ici-bas. »

Après avoir plié et cacheté ce billet, non sans le mouiller plus d'une fois de ses larmes, Aïssé dit à Sophie :

— Ma bonne Sophie, puisque heureusement pour moi l'on ne te soupçonne pas encore et que tu veux bien me continuer tes services, pars à l'instant, je t'en supplie, et promets-moi de remettre cette lettre toi-même à monsieur le chevalier d'Aydie, lieutenant aux gardes de monseigneur le régent.

Moins d'une minute après la cameriste quittait l'hôtel de Ferriol et se dirigeait en toute hâte vers le Palais-Royal.

IX

MARINO MARINI.

Ebruitée par les gens de la suite du régent, l'aventure du comte de Ferriol sur la route de Marly, son retour imprévu, et l'audacieux défi qu'il avait jeté à un prince tout-puissant, avaient fait grand bruit à la cour et à la ville. En conséquence, l'hôtel de la rue Culture-Sainte-Catherine fut assiégé par une foule de gentilshommes non moins empressés de faire ainsi acte d'opposition au nouveau régime que de saluer le retour du proscrit. De tout temps, dans notre belle France, qui a si longtemps passé cependant pour le plus monarchique des royaumes, l'esprit d'insurrection a été fort en honneur, et l'homme qui donne, fût-ce sans péril pour lui, le signal d'une résistance quelconque au pouvoir, est toujours sûr d'être traité de héros ; il ne manquait plus à Ferriol, pour passer à l'état de demi-dieu, que d'être envoyé à la Bastille. Au surplus, cela ne devait guère tarder, et comme chacun avait hâte de venir offrir ses félicitations au prisonnier futur pendant qu'il était encore en état de les recevoir, il en résulta que du matin au soir l'hôtel ne désemplit pas.

Aussi bien c'était le temps où les esprits, revenus de la première stupeur qui avait suivi la cassation du testament de Louis XIV, commençaient à s'agiter et où déjà

se tramait activement sous les ombrages du parc de Sceaux la fameuse conspiration de Cellamare. Les mécontents affichaient d'autant plus hautement leurs plaintes et leurs prétentions, qu'ils pouvaient le faire sans péril sous un prince aussi débonnaire que le régent.

Le soir venu, monsieur de Ferriol, fatigué d'un long voyage dans une saison aussi mauvaise, et peu curieux d'avoir à essuyer encore de nouvelles protestations de dévouement de la part de gens qui étaient presque tous devenus pour lui des inconnus, eu égard au laps de temps qu'il avait passé éloigné de son pays, donna ordre au suisse de l'hôtel de ne plus recevoir personne. Cependant, à peine cet ordre était-il donné, qu'on vint lui dire qu'un étranger demandait avec les plus vives instances à l'entretenir sur-le-champ. Cet étranger, invité à décliner son nom, avait déclaré qu'il ne pouvait le faire qu'en présence de monsieur de Ferriol lui-même.

Désireux d'approfondir ce mystère, monsieur de Ferriol donna l'ordre d'introduire le nouveau venu, et, quelques instants après, il vit entrer dans l'appartement un homme de très-haute taille et d'une maigreur extraordinaire, qui se trahissait même à travers les plis du manteau dans lequel il était enveloppé. Les traits de cet homme avaient cela de remarquable que, à une physionomie vraiment patibulaire, il joignait un air souriant et je ne sais quoi de bénin et d'obséquieux qui semblait appeler la confiance. Il avait le nez fort prononcé et les yeux saillants, le teint olivâtre, la bouche grande, et portait la moustache retroussée en double accent circonflexe, avec une large royale au menton, suivant la mode espagnole. En s'approchant du comte de Ferriol, qu'il salua profondément, son manteau s'entr'ouvrit et laissa apercevoir un surtout de velours noir avec des passementeries d'or, dont les années ou l'intempérie des saisons avaient singulièrement compromis l'éclat, et au milieu desquelles miroitait une riche collection d'ordres empruntés à toutes les monarchies ou principautés de l'Europe.

Monsieur de Ferriol invita le nouveau venu à s'asseoir à côté de lui au coin du feu, et, comme il gardait le silence, il lui demanda à qui il avait l'honneur de parler. L'étranger sourit, et avec un accent italien croisé d'espagnol des plus caractérisés :

— Eh quoi ! *monsu* le comte, — s'écria-t-il, — vous ne me reconnaissez pas ?

— En aucune façon.

— Nous nous sommes pourtant déjà vus.

— Eh ! mais... en effet... attendez donc... N'est-ce pas vous qui, certain soir, êtes venu me trouver à Constantinople, il y a trois ou quatre ans ?

— Votre mémoire est fidèle, Excellence.

— Vous étiez marié, autant qu'il m'en souvient ?

— Oui, *monsu* le comte, de la main gauche.

— Ah ! je comprends, et cette union...

— Je suis veuf, Excellence.

— Eh quoi ! cette personne est morte ? Tant pis !

— Vous la connaissiez donc, Excellence ?

— Que vous importe maintenant ?

— *E vero ;* mais rassurez-vous, Excellence, cette personne est morte pour moi, voilà tout, attendu qu'elle s'est sauvée un beau soir avec un secrétaire d'ambassade.

— Ah ! fi donc ! N'en parlons plus, mais veuillez me rappeler votre nom, monsieur.

— Je suis, pour vous servir, le signor Marino Marini, comte du Saint-Empire romain, brigadier des armées du roi d'Espagne, Sa Majesté Catholique Philippe V, que Dieu conserve ! chevalier de Saint-Lazare, de Sainte-Isabelle, et d'une infinité d'autres ordres des plus distingués, conseiller privé de notre saint-père le pape, chambellan de monseigneur le duc de Savoie, premier écuyer de monseigneur le prince de Monaco.

— Au fait ! — dit monsieur de Ferriol, un peu sur-

pris de cette longue nomenclature, — que voulez-vous
de moi?

— *Monsu* le comte, veuillez jeter les yeux sur ce
papier.

En parlant ainsi, le seigneur Marino Marini avait tiré
mystérieusement de sa poche un petit billet qu'il avait
tendu au comte, non sans avoir jeté dans la chambre plus
d'un regard scrutateur. Ce billet, que monsieur de Ferriol
ouvrit nonchalamment, était ainsi conçu :

« M..... aura la bonté d'ajouter foi au porteur du pré-
» sent, et pourra s'y fier entièrement sur tout ce dont
» il voudra le charger.

» Signé : ALBERONI,
» *cardinal de la sainte Eglise romaine.* »

— Eh bien ! — dit le comte, — je vois que ce billet est
émané de monsieur le cardinal Alberoni, actuellement
ministre d'Espagne ; mais je n'ai pas l'honneur de connaître monsieur Alberoni, et je ne vois pas quelle autre
commission je pourrais vous donner pour lui, monsieur,
que de lui présenter mes très-humbles devoirs.

— Pardonnez-moi, *monsu* le comte, — reprit le signor
Marino Marini avec son aimable sourire.— Ah ! *per Dio !*
vous pouvez beaucoup plus pour ce bon cardinal
Alberoni.

— A la bonne heure ! Mais permettez-moi, monsieur,
de vous faire une autre observation : c'est que rien ne
prouve que ce billet me soit personnellement adressé,
puisque mon nom ne s'y trouve même pas.

— Votre nom ne s'y trouve pas, Excellence ?... *E vero,
è verissimo.* Eh quoi ! — ajouta-t-il en baissant la voix,
— vous ne comprenez pas pourquoi votre nom ne se
trouve point sur ce papier ?

— Non, certes.

— C'est qu'on n'a pas voulu vous compromettre. Oh !
voyez-vous, *monsu* le comte, il est prudent, trop prudent,
ce bon cardinal Alberoni.

— Je le crois ; mais enfin, monsieur, daignerez-vous
me dire à quel motif je dois l'honneur de votre visite?

— Tout l'honneur il est pour moi, Excellence, et il y
a longtemps déjà que je le recherche. Regardez-moi
bien : tel que vous me voyez, il y a deux mois que je
suis sur vos traces.

— Ah ! bah !

— J'arrive comme vous de Constantinople, où l'on
m'avait assuré que je vous rencontrerais, et j'ai failli
vous rejoindre à Vienne ; mais vous aviez vingt-quatre
heures d'avance sur moi, si bien que cela m'a obligé à
venir jusqu'à Paris, où monsieur le lieutenant général de
police m'a fait dire tout à l'heure de ne pas trop prolonger mon séjour si je ne voulais aller loger à la
Bastille.

— Tout cela me semble fort étrange.

— Non pas, *monsu* le comte, c'est tout naturel. Ecoutez-
moi. Ce bon cardinal Alberoni m'a dit un jour : « Eh !
Marino Marini, j'ai une mission importante à te confier,
mio caro (il me fait l'honneur de me tutoyer, ce bon
cardinal). — Parlez, Eminence, — ai-je répondu, — vous
savez que Marino Marini est tout à votre service. — Tu
connais le comte de Ferriol, l'ex-ambassadeur de France
à Constantinople? — Oui, Eminence... »

— Pardon, monsieur, — interrompit le comte ; — mais
il me semble que, pour m'avoir vu une seule fois, vous
ne devez guère me connaître ?

— Erreur ! Excellence, erreur! je vous connais à mer-
veille. Donc, ce bon cardinal a ajouté : « Le comte de
Ferriol est en ce moment victime d'une grande injustice.
On lui a retiré son ambassade. Le roi mon maître,
Sa Majesté Philippe V, que Dieu conserve! veut la lui
rendre.... »

— Ah ! le roi Philippe veut me rendre mon ambassade.

— Oui, Excellence, telle est l'intention de ce grand
monarque.

— Je lui en sais infiniment gré : mais le roi Philippe V
règne en Espagne. De plus, il n'est pas, que je sache,
en très-bonnes relations avec son cher cousin, monseigneur le régent. Dans cette situation, j'ai peine à comprendre...

— Comment ! Excellence, vous ne comprenez pas que
si le roi d'Espagne devenait roi de France, il lui serait
on ne peut plus facile de vous rendre votre ambassade ?

— Oui, mais il ne l'est pas.

— Ne peut il donc le devenir, Excellence ?...

Ces derniers mots furent prononcés avec une intention
marquée et un regard des plus significatifs.

— Je commence à comprendre, — dit monsieur de Ferriol ; — il s'agit d'une conspiration.

— Eh ! mon Dieu ! oui, *monsu* le comte, une conspiration; mais une toute petite conspiration, *per Dio !*

— Et l'on a compté sur moi !...

— On *y* compte encore.

— Eh bien ! l'on s'est trompé, vous pouvez l'aller dire
au cardinal Alberoni.

En parlant ainsi, le comte jeta au feu le papier qu'il
tenait à la main.

— *Santa Maria !* — s'écria Marini, — que faites-vous,
monsu le comte? Mais ce bon cardinal qui compte sur
vous ; mais ce bon Philippe V, que Dieu conserve! que
leur dirai-je à tous deux, *povero?* Ne voulez-vous donc
plus être ambassadeur ?

— Non pas au prix d'une trahison.

— Une trahison ! Ah ! le vilain mot, Excellence ! Mais
le roi Philippe V n'est-il pas le petit-fils de votre grand
roi Louis XIV ? N'est-ce pas à lui qu'appartient le trône,
par ordre de primogéniture, si le petit Louis XV ne
survit pas, comme c'est bien à craindre ?

— Monsieur, épargnez-vous des discours inutiles; je
ne saurais être des vôtres.

— Ah ! vous rétracterez cette parole, *monsu* le comte ?

— Non pas.

— Tenez, si vous voulez seulement me promettre
votre appui, à un jour donné, contre monseigneur le
régent qui est damné, je puis vous le confier à l'avance,
notre saint-père le pape me l'a dit, à moi qui suis son
conseiller privé, je vous promets, au nom du souverain
pontife, un an d'indulgences.

— Je n'en ai que faire.

— L'absolution de tous vos péchés.

— Je m'en suis absous moi-même.

— Ah ! *diavolo!* alors ce sera pour madame votre sœur
ou monsieur votre frère.

— Je n'en ai point.

— *O che miseria! che miseria!* Eh bien ! écoutez, tel
que vous me voyez, je suis parent par les femmes d'une
des plus grandes saintes du paradis, sainte Cunégonde.

— Que m'importe ?

— Sainte Cunégonde, morte en état de virginité.

— Tant pis pour elle !

— Je vous promets, si vous voulez conspirer avec nous,
d'intercéder auprès d'elle pour vous faire obtenir une
petite place dans le paradis.

— J'aime mieux l'enfer.

— *Jesus Maria !* monsu le comte, — dit Marino en se
signant, — vous ne croyez donc à rien ?

— Si fait, je crois aux fâcheux depuis que je vous
vois.

— Je me retire donc.

— Vous ferez bien. Adieu, monsieur.

— Oh! non pas adieu, *monsu* le comte, mais au revoir.

En parlant ainsi, l'étranger s'inclina en souriant avec
cette politesse obséquieuse dont il ne s'était pas départi
un seul instant. Le comte de Ferriol haussa les épaules
et se mit à tisonner en songeant aux événements qui
avaient déjà marqué d'une façon si bizarre les quel-

ques heures qui s'étaient écoulées depuis son retour d'Orient.

Entre tous les souvenirs qui s'attachaient déjà à ces vingt-quatre heures de son existence, il en était un qui effaçait momentanément tous les autres : c'était celui de cette jeune fille que, trois ans auparavant, il avait sauvée de la mort et dont son imagination se plaisait à escompter la reconnaissance. Habitué par un long séjour en Turquie à l'existence toute matérielle et toute voluptueuse des Orientaux, à leur aveugle despotisme envers le sexe féminin, il ne lui venait pas même dans l'idée que ce serait un sacrilége à lui, déjà presque un vieillard, de flétrir cette fleur d'innocence et de beauté si richement épanouie sous le ciel de France. Tout se résumait pour lui dans ces mots solennels d'une signification si puissante encore à cette époque : « Les droits du maître, les devoirs de l'esclave. »

Il en était à ces rêves lorsqu'on vint lui annoncer une seconde visite. Celui qui se présentait cette fois avait pris soin de tracer son nom sur un papier. Le comte n'eut pas plutôt jeté les yeux sur ce papier qu'il tressaillit, et une sueur froide monta jusqu'à son front ; il venait de reconnaître l'écriture du billet mystérieux dont il avait vainement cherché à connaître l'auteur. Est-il besoin d'ajouter que ce nouveau venu n'était autre que le chevalier d'Aydie?

Le jeune lieutenant aux gardes fut introduit. Il était lui-même en proie à une émotion facile à concevoir, et l'attitude froide et hautaine que le comte avait prise à sa vue n'était pas faite pour l'encourager beaucoup dans l'accomplissement de la démarche qu'il avait cru devoir entreprendre. Aussi les deux interlocuteurs demeurèrent-ils quelques instants face à face, muets, immobiles, et se contemplant l'un l'autre avec une expression bien différente. A la fin, le chevalier crut devoir rompre le premier le silence.

— Monsieur, — dit-il, — pardonnez-moi d'avoir insisté pour vous voir aujourd'hui même, lorsque votre porte, je le sais, est défendue pour tout le monde ; mais il est des devoirs qu'un gentilhomme doit remplir à tout prix, même au risque de s'attirer la colère d'un homme dont il aurait tant désiré l'estime et l'amitié.

— Que voulez-vous dire, monsieur? — reprit monsieur de Ferriol étonné.

— Monsieur, il y a chez vous une jeune fille que vous avez acquise à titre d'esclave ; cette jeune fille s'est vue l'objet à son arrivée en France de la sympathie générale. Elle avait attiré l'attention dangereuse du régent, aux poursuites duquel vous l'avez soustraite courageusement. Oserais-je ajouter maintenant que c'est moi qui vous ai averti du danger qu'elle courait?

— Ah! c'est vous, monsieur! Je vous remercie d'un avis arrivé fort à propos, bien que je ne comprenne pas ce qui vous fait porter un si singulier intérêt à cette... petite fille.

— C'est d'elle qu'il est question, monsieur, et non de moi... Veuillez ne pas me forcer à m'expliquer davantage ; mais le régent peut vous refuser la réparation que vous méritez sans doute et votre réintégration dans le poste qui vous a été enlevé. Qui sait même s'il ne vous faudra pas retourner en exil, peut-être? Alors la protection de madame de Ferriol serait insuffisante pour défendre mademoiselle Aïssé contre tant de piéges et de malheurs.

— Prétendriez-vous, par hasard, que la vôtre fût plus sûre?...

— Précisément, monsieur, elle le serait. Mademoiselle Aïssé sera recueillie chez une parente à moi, et je viens vous demander de vouloir bien permettre qu'elle me suive.

— Pardieu! monsieur, voilà une étrange proposition, plus étrange encore qu'audacieuse, et ce n'est pas peu dire. Ainsi, vous avez pu penser que, sur votre première ouverture, j'allais me dessaisir d'une personne qui m'appartient par des liens plus indissolubles que ceux du mariage même?

— Par ceux de la servitude, monsieur? Mais vous avez oublié que la France est une terre de liberté. Plus les mains enchaînées sont faibles, et plus la chaîne y est vite brisée, et, avant que la loi vous le rappelle, vous voudrez bien vous souvenir que l'hôtel d'un gentilhomme ne peut être la succursale d'un harem d'Asie. Au reste, puisque pour vous cette jeune fille, son honneur, sa vie entière, son honneur même, ne sont presque qu'une question de propriété, il est juste que vous soyez indemnisé du dommage qui résultera pour vous de cette perte. Evaluez-le vous-même, monsieur... Mademoiselle Aïssé est votre propriété, combien en voulez-vous?

A cette dernière parole, le comte de Ferriol bondit sur son fauteuil et tout son visage se bouleversa. Toutefois, posant la main sur sa poitrine comme pour comprimer les battements de son cœur, il reprit avec un semblant de calme et de sang-froid :

— Si votre titre de gentilhomme ne me commandait quelques égards, monsieur, si vous n'y joigniez le privilége que donne une extrême jeunesse, je répondrais autrement que je ne fais à une semblable proposition. Je me contenterai de vous dire (une dernière fois, sachez-moi gré de ma modération) que seul j'ai le droit de disposer d'Aïssé, et que ce droit je le garde. J'ajouterais que, si jamais je consentais à m'en dessaisir, ce ne serait pas auprès de vous que je croirais en sûreté ce que vous appelez si pompeusement son honneur ; car on ne prend pas facilement le change quand on a mon expérience, et je ne puis attribuer à des motifs tout à fait désintéressés votre sollicitude pour Aïssé, votre intervention en faveur de la jeune Circassienne. Vous l'aimez, je le vois.

— J'étais venu pour vous le dire, monsieur.

— Eh bien! alors de quel droit osez-vous blâmer monseigneur le régent, et à plus forte raison de quel droit oseriez-vous me blâmer moi-même d'avoir prétendu à son amour?

— Du droit qu'a tout galant homme de sauver de la honte celle dont il veut faire sa femme.

— Sa femme! Vous voulez en faire votre femme?

Et le comte partit d'un éclat de rire si violent et si prolongé que d'Aydie, oubliant que l'intérêt même de sa bien-aimée lui défendait d'exposer sa vie, s'écria d'une voix tremblante de colère :

— Monsieur le comte, je vois que je n'ai pas eu autant de bonheur que je l'aurais voulu dans la première proposition que j'ai eu l'honneur de vous faire ; je serai plus heureux, j'espère, dans une seconde dont le résultat sera peut-être moins gai.

— Une provocation! Vous vous trompez, elle ne pourrait faire tourner les choses d'une façon plus triste, car je ne l'accepterais pas. On se bat avec un ennemi; avec un insensé, jamais... Oui, insensé, — continua le comte en contenant d'Aydie, — toute ma colère se change en pitié pour tant de jeunesse et de folie, et c'est votre intérêt seul qui dicte mon refus à une demande dont vous me pardonnerez d'avoir été tellement surpris. J'ai beaucoup connu votre famille, monsieur... Un Hector d'Aydie dormait à côté de moi à Steinkerque, quand nous fûmes réveillés brusquement par l'ennemi ; votre père, sans doute? — D'Aydie fit un signe affirmatif. — Il n'existe plus, je pense. La meilleure preuve en est que vous ayez pu penser un instant à un pareil mariage... Mais, à son défaut, veuillez songer, jeune homme, que la plus grande faute que puisse commettre une personne de votre qualité, c'est une mésalliance, car cette faute rejaillit à la fois sur les ancêtres et les descendants d'un gentilhomme ; elle entache le passé comme elle compromet l'avenir d'une maison. Toutefois, il y a mésalliance et mésalliance, et jamais nul parmi nous n'en a rêvé une plus audacieuse, pour ne pas dire si déshonorante.

— Monsieur le comte...

— Mais voyez donc un peu qui vous aimez : si ce n'était encore qu'une roturière, dont la naissance fut, je ne dirai pas honorable, mais légitime...; mais une Circassienne née dans un harem de je ne sais quel païen, achetée à un chef d'eunuques, par pitié pour sa mère esclave comme elle, enfant que j'avais envoyée à ma belle-sœur pour la faire baptiser, parce que, après tout, il s'est trouvé qu'elle était blanche. Ma sœur, je ne sais dans quel dessein, a fait donner à cette petite une éducation dont je ne regrette pas la dépense, parce que, au moins, je pourrai m'entretenir avec la pauvre fille quand je n'aurai rien de mieux à faire. Mais, croyez-moi, monsieur, ne vous exposez pas à ce qu'on appelle devant vous votre prétendue d'un coup de sonnette ; croyez-moi... que ceux qui chercheraient en vain l'épouse du chevalier d'Aydie sur les nobles listes de d'Hozier, on ne les renvoie pas du moins pour trouver son nom aux registres des bazars d'Asie. — D'Aydie écoutait ces paroles les dents serrées, la poitrine haletante ; il n'eût pas supporté les premiers mots de cette remontrance insolente si la douleur n'eût, pour ainsi dire, neutralisé la rage dans son cœur... Voir ainsi tout son amour, toutes ses illusions, tout son bonheur souillés et foulés aux pieds, oh ! c'était à en mourir. — Mais vous n'avez donc jamais parlé à Aïssé de votre singulier projet ? — poursuivit le comte sans remarquer même le trouble violent auquel d'Aydie était si visiblemens en proie. — Croyez bien qu'elle-même prendrait pour une dérision le dessein que, par honneur pour vous, je dois croire supposé de votre part.

— Monsieur le comte, ma patience est à bout. Je n'ai point à m'expliquer sur les sentiments de celle dont vous voulez faire votre victime ; qu'il vous suffise de savoir que, sans crainte d'être démenti par elle, je vous somme une dernière fois de remettre en mes mains celle que vous détenez injustement ; veuillez me la remettre, vous dis-je, avant que je revienne ici armé des pouvoirs de la loi.

— Vous dites, monsieur, que votre patience est à bout ; il y a longtemps que la mienne s'est lassée. Veuillez donc vous souvenir que vous êtes ici chez moi, et que vous y êtes depuis longtemps.

— J'en sortirais à l'instant si vous consentiez à me suivre.

— Vous êtes bien jeune, monsieur, je vous l'ai dit, pour mériter un pareil honneur. En ce moment j'ai d'autres préoccupations... rien ne presse.

— Oui, en effet, vous avez raison, monsieur le comte ; rien ne presse, car je reviendrai.

Et d'Aydie, sortit laissant le comte de Ferriol en proie à un de ces orages intérieurs dont rien ne saurait exprimer la violence. Il n'en pouvait douter, malgré toute la réserve du chevalier sur ce point, c'était Aïssé qui avait réclamé sa protection contre lui... L'esclave avait voulu secouer le joug ! la colombe voulait fuir la serre du vautour !

Il sonna avec violence et ordonna qu'on fît venir Aïssé à l'instant même.

X

LE MAITRE ET L'ESCLAVE.

Lorque la Circassienne parut en présence de son maître, le premier mouvement de monsieur de Ferriol fut de lui demander compte d'une voix tonnante de la rébellion qu'elle avait osé engager contre son pouvoir ; mais il pensa qu'il ne la punirait pas assez, et, cachant momentanément son dépit et sa colère sous un masque d'insouciance :

— Aïssé, — lui dit-il, — j'ai à te raconter une aventure assez piquante ; mais tu n'y croiras pas...

— Qu'est-ce donc, monsieur le comte ?

— Tu n'y croiras pas, te dis-je. Enfin apprends d'abord que je connais le mystérieux chevalier qui veillait sur toi et qui m'avait averti du danger que tu courais à Marly. Il est venu ici tout à l'heure, et devine ce qu'il m'a demandé. Je te le donne en cent, je te le donne en mille.

La jeune fille pâlit et rougit tour à tour, et, d'une voix brisée par les émotions qui venaient l'assaillir, elle balbutia :

— Mais qu'est-ce donc enfin, monsieur le comte ?

— Il est inutile de te faire attendre plus longtemps ; jamais tu ne pourrais le deviner ; il m'a demandé ta main.

— Il vous a demandé...

— C'est étrange, n'est-ce pas ? Te voilà toute bouleversée ! quand je te disais que tu ne pourrais pas le croire. Ce n'est pas, après tout, que ce d'Aydie (il s'appelle d'Aydie) soit de la première noblesse ; mais enfin tu comprends bien que, s'il a prouvé du goût en jetant les yeux sur toi il fait un acte d'inconcevable folie en songeant à t'épouser.

— Et c'est ce que vous lui avez répondu ?... — reprit Aïssé tremblante.

— Précisément. Je lui devais de motiver mon refus ; il est encore à l'âge où les leçons doivent profiter ; eh bien ! croirais-tu qu'il s'est fâché contre moi qui ne parlais que dans son intérêt... Après tout, qu'il se fâche !... Je tiens à toi et je te garde. — Malgré son aristocratique insensibilité, Ferriol aurait pris pitié des tortures qui déchiraient le cœur de la pauvre jeune fille s'il avait pu les deviner. L'insolent mépris avec lequel elle était traitée n'eût rien encore si, pour la première fois, elle n'eût compris toute la dépendance avilissante de sa condition. Pour la première fois, elle mesurait l'abîme qui la séparait de celui qu'elle aimait ; et, pour suprême angoisse, elle se demandait si d'Aydie ne l'avait pas mesurée lui-même et n'avait pas reculé déjà devant son illusion brisée. Aïssé eût voulu pleurer, mais son cœur était trop serré. Tombée sur un fauteuil, elle se sentit évanouir. Alors elle était moins malheureuse, elle espérait presque la mort. — Eh bien ! — reprit Ferriol, — pourquoi cette nouvelle te trouble-t-elle à ce point ? Allons, oublie cet écervelé, comme je veux moi-même oublier sa démarche. Si ce jeune homme est fou, ce n'est point une raison pour partager sa folie : tôt ou tard tu aurais été malheureuse avec lui, parce que son bon sens lui serait revenu et qu'il t'aurait méprisée. Espouser une esclave ! fi donc !

La Circassienne était hors d'état d'entendre ces cruelles paroles, elle avait laissé tomber sa tête sur sa poitrine et ne respirait plus. Le comte de Ferriol s'en aperçut, et, saisissant un flacon de sels qui se trouvait par hasard sur la cheminée, il se précipita auprès de la jeune fille, qu'il chercha à ranimer.

Pour tout homme au monde c'eût été une tâche bien délicate, bien pleine de périls, que celle qu'entreprenait en cette circonstance monsieur de Ferriol. Aïssé était si belle dans cette attitude qu'on eût pu croire qu'elle était seulement endormie, n'eût été la pâleur de son visage, devenu la blancheur d'albâtre. Ses paupières abaissées et amoureusement frangées de longs cils noirs semblaient appeler les baisers. A mesure qu'elle commençait à reprendre ses sens, on voyait sa bouche s'entr'ouvrir, et ses dents, blanches comme des perles, apparaître entre ses lèvres rosées ; son corsage se soulevait... C'était Galatée naissant à la fois à la vie et à l'amour pour Pygmalion, et comme Galatée appartenait à Pygmalion, l'esclave appartenait à son maître.

Ivre de désirs, le comte de Ferriol, sans respect pour l'innocence désarmée, enlaça dans ses bras la taille flexible de la Circassienne. Mais la pudeur révoltée rendit à Aïssé toute sa force, et la rougeur de la colère succéda sur son visage à la pâleur que lui avait laissée son évanouissement. Elle s'arracha vivement des étreintes du comte.

—Laissez-moi, monsieur, laissez-moi !—s'écria-t-elle,—

je ne vous aime pas, et je ne vous aimerai jamais: j'en aime un autre.

— Et qui donc ? un de mes valets peut-être ?

— Non, monsieur le comte, mon ambition était plus grande, elle allait jusqu'à la folie. Mais, si étrange que fût ma folie, elle était partagée du moins. J'aime le chevalier d'Aydie, celui qui vous a demandé ma main.

Aïssé, en parlant ainsi, obéissait spontanément à un de ces désirs de vengeance qui viennent quelquefois à l'âme la plus douce alors qu'elle se sent outragée dans ses plus chères affections. Elle ne s'était pas méprise d'ailleurs sur l'effet que cette parole devait produire sur l'irascible gentilhomme. Ferriol bondit en pâlissant, car ce n'était plus seulement la colère du maître méconnu qui se soulevait en lui, c'était la jalousie de l'amant repoussé.

— Ah ! tu l'aimes ! — balbutia-t-il les dents serrées par la colère; — mais tu ne sais donc pas que tout en toi m'appartient jusqu'au dernier moment de ta vie, jusqu'au dernier cheveu de ta tête, jusqu'à la plus faible pulsation de ton cœur ?...

— Mais non jusqu'à mon honneur, et les droits que vous avez à ma reconnaissance peuvent détruire toute félicité pour moi, mais non me faire manquer aux devoirs que m'a enseignés la religion dans laquelle vous m'avez fait instruire vous-même.

— Il te sied bien de te targuer de mes bienfaits pour te soustraire à mon pouvoir. Mais tu ne te rappelles donc pas quelle terrible circonstance m'a livré pour jamais ton sort, par quel engagement imprescriptible tu es liée à moi ? Tu ne te souviens donc plus du golfe de Smyrne ?

— Oh ! si fait, — s'écria Aïssé en fondant en larmes; — je me souviens,.. je me souviens... Ma mère!... ma pauvre mère !

— Ta mère ! après cinq ans, as-tu donc déjà oublié ses dernières paroles ? ne sais-tu pas qu'avant d'être enveloppée vivante dans le linceul qui devait vous réunir toutes deux, ta mère m'a dit en t'embrassant pour la dernière fois: « Seigneur, ma fille vous appartient maintenant. c'est votre esclave, qu'elle soit votre bien, votre plaisir, votre orgueil, bientôt votre consolation et votre soutien plus tard ! Que la malédiction de sa mère la poursuive si jamais elle oubliait un moment que toutes ses pensées doivent être pour vous seul, et que pour vous seul elle doit vivre et mourir !...» Eh bien ! Aïssé, ma mémoire est-elle fidèle ? est-ce bien ainsi qu'a parlé ta mère?

— O ma mère ! — murmura la Circassienne, — à quoi vous servait d'obtenir ma grâce en prononçant mon arrêt ?

En parlant ainsi, la jeune fille éclata en sanglots. Ferriol parut ému et se mit à parcourir la chambre à grands pas avec une vive agitation.

Peut-être Aïssé s'était-elle aperçue de l'émotion passagère que le comte éprouvait, et voulait-elle en profiter ; peut-être encore se trouvait-elle dans un de ces moments suprêmes où le cœur fait appel à toutes les ressources de l'éloquence pour parvenir au but qu'il se propose. Quoi qu'il en soit, elle se jeta aux pieds de monsieur de Ferriol.

— Oh ! monseigneur, —s'écria-t-elle. — vous êtes plein de bonté et de générosité, et vous me l'avez prouvé jadis en me sauvant de la mort, ne voudriez-vous pas me le prouver encore une fois en me sauvant du déshonneur ? Je suis une malheureuse créature sans force, sans protection aucune, et je n'ai de recours qu'en vous ; sera-ce donc vainement que je vous aurai imploré, vous, un gentilhomme d'une des premières maisons de France ! Je vous en supplie, monsieur le comte, prenez pitié de moi ! Je vous appartiens, je le sais ; je suis entièrement sous votre dépendance, je suis votre esclave enfin. Eh bien ! usez de vos droits, punissez-moi, réduisez-moi, si tel est votre bon plaisir, au sort le plus dur comme le plus infime, je supporterai tout sans me plaindre. Ces robes de soie que vous m'avez fait donner, je suis prête à les échanger contre des robes de bure, ainsi qu'il convient à ma condi-

tion ; dépouillez-moi de mes rubans, de mes dentelles ; chassez-moi de votre salon ; mais, au nom du Dieu tout-puissant qui nous voit et nous juge, grâce pour mon honneur ! Prenez pitié de moi, monseigneur, de moi qui passerai ensuite le reste de mes jours à vous servir, à vous aimer, à vous bénir !

— Prends pitié de moi, toi-même, de moi qui, en te voyant prosternée à mes pieds, me sens mourir à la fois de honte et de jalousie, car tu m'as dit tout à l'heure encore que tu en aimais un autre!

— Il est vrai ; mais si vous vouliez me promettre de me respecter, eh bien ! monsieur le comte, je vous promettrai, moi, par tout ce qu'il y a de plus sacré au monde, par ma pauvre mère ensevelie toute vivante dans cet horrible tombeau, je vous promettrai de faire tous mes efforts pour ne plus songer à monsieur le chevalier d'Aydie.

— Encore ce nom, ce nom maudit ! Aïssé, je ne te ferai point cette promesse, car mon amour est trop violent pour me permettre de la tenir. Sais-tu bien, enfant, que je n'ai plus que toi seule au monde pour répondre à cet amour ? Oui, tu es à présent mon unique trésor, ma seule consolation, toute ma vie. Il y a vingt ans, repoussé par toi, je me serais consolé sans doute. J'étais jeune alors, j'étais riche, je semais l'or à pleines mains. Les femmes venaient à moi plus encore que je n'allais à elles. Mais maintenant l'âge vient ; je n'ai plus ni jeunesse, ni fortune, ni rien de ce qui séduit les femmes. Tu vois bien, Aïssé, qu'il faut que tu sois à moi.

— Jamais ! jamais !

— Oh ! tu rétracteras cette parole. Ecoute, Aïssé, jusqu'à présent je ne t'ai pas dit encore tout ce que j'avais sur le cœur. Si grand que puisse être dans ta pensée le sacrifice que je suis en droit de te demander, crois-tu donc qu'il égale ceux que j'ai faits pour te sauver ? Si j'ai été dépouillé de mon titre d'ambassadeur par Louis XIV, si j'ai été exilé de France pendant cinq ans, n'est-ce pas à cause de toi ? Si je suis ruiné, n'est-ce pas toi qui es l'auteur de ma ruine ? J'ai employé à payer ta rançon l'or qui m'avait été envoyé pour un tout autre usage; j'ai désobéi au roi. Aujourd'hui même encore, le titre d'ambassadeur, qui allait sans doute m'être rendu, ne suis-je pas sur le point d'en être déshérité à jamais, encore à cause de toi ? Pour avoir droit à toutes les faveurs du régent, il me suffisait de fermer les yeux sur son amour pour toi....Je ne l'ai pas voulu. Et il me faudrait céder à un autre une conquête que tant de malheurs, de désastres et de sacrifices ont dû m'assurer ! Oh ! non, cela ne sera pas, cela ne sera pas ! Si tu as pu penser un seul instant qu'il en serait ainsi, détrompe-toi, Aïssé. Défendue ou abandonnée à mon pouvoir, de par la loi ou malgré elle, tu m'appartiens pour toujours. Désormais tu ne sortiras plus de cet hôtel, qui est devenu ta prison ; désormais tu n'échapperas plus à tes bras dont je ferai pour toi des chaînes éternelles.

En parlant ainsi, Ferriol, tremblant à la fois d'amour et de fureur, s'avançait vers Aïssé, qui était demeurée agenouillée; mais elle se releva rapidement et, avec une sérénité sublime ,

— Il suffit, — dit-elle, — monsieur le comte, vous êtes inexorable et vous en avez le droit, puisque vous êtes le maître et que je suis l'esclave; mais je sais un lieu ouvert à tout le monde où le maître ne peut plus rien sur l'esclave ; et, puisque vous m'y forcez, je vous le déclare ici, je ne vous appartiendrai pas vivante.

— Ah ! tu me braves encore ! — s'écria le comte exaspéré, — eh bien ! ne t'en prends qu'à toi seule de tout ce qui va se passer ici désormais ! — En même temps le comte sonna avec violence. Un valet accourut. — Jusqu'à ce jour, — dit monsieur de Ferriol à cet homme en lui désignant du doigt la Circassienne avec un geste de mépris, — vous avez obéi à cette fille comme à ma belle-sœur, comme à moi-même. J'entends que, à partir de ce moment, il n'en soit plus ainsi. Cette fille n'est pas même votre égale, entendez-vous? C'est une esclave, et elle doit être traitée comme telle. Emmenez-la de ma présence, et qu'on lui donne des vêtements de servante ; elle n'est pas digne d'en porter d'autres. Hors d'ici, esclave ! et qu'on m'aille quérir La Roche, mon valet de chambre.

Triste, mais résignée, Aïssé leva ses yeux vers le ciel, et sortit suivie du valet, qui la contemplait avec une stupéfaction profonde.

XI

LA RUE PAYENNE.

Il est facile de se rendre compte du profond étonnement avec lequel fut accueillie à l'office de l'hôtel de Ferriol cette grande nouvelle : « Mademoiselle Aïssé quitte le salon pour l'antichambre ; mademoiselle Aïssé, qui a eu des maîtres de littérature, de musique, de danse, est condamnée à oublier tout cela pour apprendre le métier de fille de chambre ou peut-être même de fille de cuisine. » C'était à n'y pas croire ; et l'on se demandait tout bas si monsieur le comte de Ferriol n'avait pas, par aventure, laissé sa raison en gage chez le Grand-Turc.

Cependant une vieille femme de charge, mieux avisée et qui n'avait cessé de hocher la tête en écoutant tous les propos débités à ce sujet par la valetaille pendant toute la durée du souper, insinua malicieusement que, avec la figure de mademoiselle Aïssé, on pouvait bien devenir servante, mais qu'à coup sûr on ne resterait pas longtemps dans une pareille condition. Une fois engagée sur ce terrain, la conversation ne pouvait pas en demeurer là, et le chapitre des commentaires alla grand train. Pour redevenir maîtresse, mademoiselle Aïssé n'avait-elle pas à faire certaines concessions d'une nature on ne peut plus délicate ? Ces concessions, les ferait-elle ou ne les feraitelle pas ? C'était là une grande question, que chacun essayait de résoudre à sa façon, d'après son caractère et ses inclinations propres ; mais comme, en général, en matière de capitulation de conscience, les valets sont encore plus faciles que les maîtres, ce qui n'est pas peu dire, il arriva que par des voies différentes chacun parvint à la même conclusion : savoir que monsieur le comte de Ferriol n'était plus ni jeune ni beau, mais que mademoiselle Aïssé, qui était très-jeune et très-belle, ne pouvait faire autrement que d'en passer par où monsieur le comte voudrait.

Avant de continuer ce récit, notons, pour l'édification de nos lecteurs et pour la plus grande gloire des faiseurs de romans et de comédies, dont l'influence n'a jamais été plus sensible qu'au dix-huitième siècle, qu'en 1715 Richardson n'avait pas écrit *Paméla* et que Voltaire n'en était pas encore à faire jouer *Nanine*.

Une seule personne osa s'inscrire en faux contre les calomniateurs qui attaquaient ainsi la vertu de mademoiselle Aïssé, en la supposant si fragile : ce fut Sophie, cette jeune camériste qui était devenue la confidente des chagrins de la Circassienne.

—Vous devriez rougir,—s'écria cette fille,—vous tous qui oubliez en ce moment les bontés que mademoiselle a eues pour vous depuis que vous êtes au service de madame la marquise ! Qui a plaidé constamment votre cause quand on a voulu vous réprimander ou vous mettre à la porte ? n'est-ce pas mademoiselle ? Qui vous a distribué le produit de ses épargnes ? n'est-ce pas encore mademoiselle ? Et maintenant que le malheur vient la frapper, au lieu de la plaindre et de chercher à la défendre, vous osez attaquer sa vertu ! Allez, vous êtes tous des ingrats. Eh bien ! je vous dis, moi, que je connais assez mademoiselle pour répondre qu'elle ne faillira pas plus à l'antichambre qu'au salon, et qu'elle préférera plutôt la mort, s'il le faut, au déshonneur, comme doit le faire toute fille honnête.

Un éclat de rire unanime accueillit cette conclusion, et vint témoigner hautement de l'incrédulité des laquais et des servantes. A ce moment, le suisse de l'hôtel entra, et le silence se rétablit.

—Mademoiselle Sophie, — dit-il tout haut, — voici une lettre qu'un espèce de porteur de chaise vient de me remettre en secret pour vous.

Un pareil incident, venant couronner la vertueuse tirade de la camériste, était fait à plus d'un titre pour redoubler l'hilarité de toute la livrée. Aussi bien, la vertu modeste de Sophie, que l'on qualifiait d'hypocrisie, avait excité depuis longtemps l'envie des gens de monsieur de Ferriol, et le suisse, partageant les petits ressentiments communs, n'était pas fâché de prendre cette Lucrèce subalterne en flagrant délit de faiblesse humaine.

—Et de quelle part ? — reprit la camériste, qui était devenue fort rouge, mais qui était demeurée calme.

— Il n'a pas voulu le dire ; il demandait à vous parler à vous-même, mais je ne l'ai pas laissé entrer, d'après les ordres que monsieur le comte m'a donnés. Il est resté dans la rue, et vous pourrez le voir de cette fenêtre.

Sophie avança la tête, et, ne reconnaissant nullement l'individu mystérieux dont il s'agissait, elle répondit rapidement, ennuyée de l'importune curiosité à laquelle elle était en butte :

— Je ne reçois point de lettres de gens que je ne connais pas ; vous pouvez lui rendre la sienne.

— Oh ! que nenni, — reprit le suisse ; — il m'a bien recommandé de la remettre. La voici, vous la prendrez quand vous voudrez.

Et il jeta la lettre sur la table.

— Sophie ! Sophie ! — s'écria La Roche, qui parut tout à coup, — mademoiselle Aïssé se trouve mal. Allez la secourir ; elle est en ce moment avec madame la marquise.

En parlant ainsi, La Roche avait remarqué la lettre posée sur la table, et il s'empressa de demander des explications au suisse. Celui-ci les lui donna en lui montrant le messager qui stationnait toujours dans la rue.

— Cet homme, mais je le connais, — dit La Roche, — il est au chevalier d'Aydie... Oh ! il me faut cette lettre !

Bien que ce ne fût qu'à mi-voix qu'il eût laissé échapper ces paroles, le nom de d'Aydie avait frappé l'oreille de Sophie au moment où, franchissant le seuil de la porte de l'office, elle se disposait à la refermer sur elle. Plus prompte que l'éclair, elle revint sur ses pas, et, s'élançant d'un bond vers la table, elle saisit le billet lorsque déjà La Roche avançait la main pour le prendre.

— Arrêtez ! — dit-elle, — cette lettre est à mon adresse.

— Je croyais, — dit La Roche piqué, — d'après ce que vous avez dit une fois, que vous ne receviez pas de ces lettres mystérieuses qu'il suffit d'ouvrir pour se compromettre.

— Mais maintenant j'ai changé d'avis, — reprit Sophie, — et j'aurais reçu cette lettre rien que pour vous empêcher de la prendre... Quoi qu'on en puisse dire, j'aime encore mieux être en butte à la méchanceté qu'à la trahison.

Après ces paroles, accompagnées d'un regard d'indignation que La Roche put à peine soutenir, Sophie s'élança hors de l'office, et laissa le champ libre aux interprétations médisantes des valets désappointés.

Arrivée à la chambre d'Aïssé, elle trouva celle-ci seule et en proie à une crise de nerfs affreuse ; il lui avait fallu subir le mépris de l'altière douairière, après avoir lutté contre les violences du comte. Epouvantée de l'état où se trouvait la jeune fille, Sophie saisit à la hâte sur un meuble de l'eau de fleur d'oranger, et lui en fit avaler quelques gouttes... Seulement elle fut étonnée, quand elle alla remettre à sa place le flacon, de le trouver un peu plus rempli encore qu'il n'aurait dû l'être d'après l'usage qu'on en avait fait précédemment.

Aïssé revint bientôt à elle, moins encore par l'effet du breuvage que par le calme et la confiance que lui rendit l'aspect de son humble et fidèle amie, et bientôt celle-ci put donner connaissance à la pauvre affligée d'un message qui ne pouvait s'adresser qu'à elle. C'était en effet d'Aydie qui, ayant apprécié tout le dévouement de Sophie pour sa jeune maîtresse, adressait à Aïssé, sous ce nom d'emprunt, le billet suivant :

« Je quitte le comte de Ferriol sans avoir rien pu obte-
» nir de lui. Je ne puis penser sans frémir que vous pas-
» serez la nuit sous le même toit que cet homme, qui n'a
» ni frein ni remords. La porte du jardin de cet hôtel, dont
» il ose faire pour vous un cachot, donne sur la rue
» Payenne, qui est toujours déserte ; ce soir, au coup de
» dix heures, quand tout le monde sera endormi, échap-
» pez-vous, et venez me retrouver à cette porte ; dussé-je
» la briser, elle s'ouvrira devant vous. Venez et confiez-
» vous à moi sans crainte, et je vous jure de vous res-
» pecter autant que je vous aime. Ai-je besoin d'en dire
» davantage pour que vous ayez confiance en moi.

» Le chevalier D'AYDIE. »

Après avoir achevé la lecture de cette lettre, les deux jeunes filles échangeaient un regard où brillait l'espoir de la délivrance, lorsque tout à coup l'on frappa à la porte de la chambre. Sophie, qui tenait en ce moment le billet de d'Aydie, le cacna rapidement dans la poche de son tablier, afin d'éviter tout ce qui pourrait compromettre sa jeune maîtresse, puis elle alla ouvrir et se trouva face à face avec La Roche.

Celui-ci lui dit d'un ton brusque :

— Suivez-moi, monsieur le comte veut vous parler.

La camériste frémit instinctivement. Toutefois, engagée par un dernier coup d'œil la malheureuse Aïssé au courage et à la prudence, elle suivit en tremblant le valet de chambre de monsieur de Ferriol jusqu'à l'appartement de son maître.

— Vous avez reçu une lettre ce soir, — dit le comte à Sophie dès qu'il l'aperçut, — où est cette lettre ? Je veux la voir.

— Il est vrai, monsieur le comte, — balbutia la camériste ; — mais cette lettre m'était personnellement adressée, et...

— Je vous répète que je veux voir cette lettre.

— Monsieur le comte... pardonnez-moi. Monsieur le comte est un grand seigneur et je ne suis qu'une servante, mais qu'il me permette de lui dire qu'une telle exigence dépasse ses droits, et que... je ne puis m'y soumettre.

— Qu'est-ce à dire ? osez-vous bien, me résister, vous, une misérable fille de chambre ?

— Fille de chambre, soit, mais non pas esclave ! Monsieur le comte ne m'a pas achetée, moi ?

— Si vous ne me remettez pas à l'instant ce billet, prenez garde ! — dit monsieur de Ferriol en s'approchant de Sophie, les lèvres serrées, les bras raides et presque levées.

— Ah ! je ne crains rien, car je ne puis croire qu'un gentilhomme tel que monsieur le comte s'oublie jusqu'à violenter une femme pour lui arracher une lettre qu'il n'a pas le droit de voir.

— Vous ne connaissez pas le comte de Ferriol, si vous croyez qu'une pareille raison l'arrêtera dans ses projets... Vous obéirez, dussé-je briser la main qui ose me résister.

Et, saisissant la main de Sophie, il la pressa dans la sienne, presque jusqu'à la broyer. Mais celle-ci, en reculant, s'était trouvée adossée à la cheminée, et, du bras qui lui restait libre, elle jeta derrière elle adroitement la lettre au feu. En même temps, une vive lueur, s'élevant dans le foyer, avertit monsieur de Ferriol que l'objet de ses soupçons était anéanti.

— Maintenant, monsieur le comte peut briser cette main, — dit Sophie, — car cette main ne peut plus obéir ! ..

Malgré le paroxysme de colère où l'action courageuse de Sophie devait porter le comte de Ferriol, celui-ci, devant le regard ferme et serein de la fidèle servante, sentit tout ce que son transport avait de honteux par son inutilité même. Il laissa donc aller la main de Sophie, et lui dit en lui désignant la porte :

— Sortez à l'instant de cette maison, et souvenez-vous de n'y jamais remettre les pieds. On vous enverra vos paquets plus tard.

Sophie, sans dire une parole, obéit, et, recommandant mentalement à Dieu la pauvre abandonnée dont elle espérait toutefois la prochaine délivrance, franchit le seuil de l'hôtel de Ferriol pour n'y plus rentrer.

Le soir même, un homme, enveloppé d'un manteau et le chapeau rabattu jusque sur les yeux, se promenait devant une des petites portes qui accidentent à l'ouest les murs d'une des rues du Marais qui, aujourd'hui même, ont le mieux gardé l'antique physionomie de ce quartier jadis célèbre, la rue Payenne, parallèle à la rue Culture-Sainte-Catherine. Les constructions de cette rue s'élèvent en effet d'un seul côté, celui de l'est ; le côté de l'ouest se trouve occupé par les murs des jardins attenant aux hôtels de la rue Culture-Sainte-Catherine.

Longtemps avant l'heure fixée pour la fuite, d'Aydie s'était assuré que les ais vermoulus de la porte avaient cédé à ses efforts. Quand la vieille horloge de l'église de Saint-Paul sonna le premier coup de dix heures, une émotion indéfinissable précipita les battements de son cœur, et, dans le bruit du vent agitant les arbres qui étendaient leurs branches au-dessus de la muraille, il crut distinguer le frôlement d'une robe... Il fut obligé de s'appuyer à la muraille pour ne pas succomber à son émotion ; mais la porte demeura immobile, rien ne fit crier ses vieilles ferrures, et, en plongeant son regard dans le jardin à travers les ais disjoints, il ne vit apparaître dans l'ombre des allées aucune forme humaine. D'Aydie sentit tout le vide affreux que laissait en son cœur cette émotion disparue ; puis il se rassura en songeant qu'un obstacle passager pouvait avoir retenu Aïssé, et il s'efforça d'attendre avec calme et confiance. Mais une heure, deux heures s'écoulèrent, et rien ne troublait le silence de la rue Payenne, si ce n'était parfois le pas de quelque bourgeois attardé qni s'enfuyait bien vite en voyant la sombre mine de d'Aydie, adossé à la muraille, sous sa large cape et sous son feutre rabattu, comme un voleur en embuscade. La nuit était sombre, le vent était violent, le temps pluvieux. Le froid avait gagné à travers son manteau le pauvre amoureux. Bientôt, dans son impatience, d'Aydie fit succéder à son immobilité une marche inquiète, fiévreuse, qui mesurait rapidement la rue et le ramenait toujours au même but. Nul au monde ne peut imaginer (si Dieu ne l'a réservé lui-même à l'une de ces épreuves) tout ce qu'il y a de poignantes émotions, d'espoirs fugitifs, de craintes étouffées dans ces attentes douces et fatales où l'amour décuple toutes les forces de la vie et nous rend semblable au condamné que menace la mort et à qui en même temps sourit la liberté. Nul ne peut se faire une idée de toutes les violentes péripéties de ce drame intérieur qui se joue dans un cœur épris et inquiet, quel que soit le dénoûment par où doivent se terminer tant de luttes secrètes et d'angoisses.

Minuit avait retenti depuis longtemps à l'horloge de l'église Saint-Paul, et avait été répété dans la rue Payenne par toutes les horloges de la maison de Mansard et de l'ancien hôtel de madame de Maintenon, les deux seuls édifices de quelque importance qui jalonnassent alors cette rue. D'Aydie, égaré par le désespoir, renversa les ais vermoulus de la porte, et, après avoir interrogé une dernière fois d'un regard plein d'angoisse et de désespoir l'espace obscur qui s'étendait devant lui, il s'engagea d'un pas machinal dans les sombres allées du jardin ; ses dents claquaient, un bourdonnement sourd remplissait son oreille, sa main tremblait convulsivement en étreignant la garde de son épée. Bientôt il arriva à la maison·

Silencieuse et fermée de tous côtés, on eût dit que le sommeil qui l'engourdissait avec ses habitants l'avait changée en un tombeau pour quelques heures. Une lumière sembla un instant serpenter à travers les interstices d'un des volets de la façade, mais cette clarté indécise s'éteignit bientôt, et d'Aydie, sombre, la mort dans l'âme, dut quitter ce jardin, mesurant pour consolation les heures qui le séparaient du moment où il pourrait tenter peut-être à force ouverte la délivrance qu'il avait en vain voulu confier à la protection de la nuit.

Le lendemain, vers midi, une chaise de poste, accompagnée de deux gardes à cheval, s'arrêta rue Culture-Sainte-Catherine, tout près du couvent des Annonciades, devant la grande porte de l'hôtel de monsieur de Ferriol. Un lieutenant aux gardes en descendit, et bientôt après on vint annoncer au comte qu'un officier le demandait.

Monsieur de Ferriol parut, une émotion rapide de colère passa sur son visage pâle lorsqu'il se retrouva en face du chevalier d'Aydie.

— Vous encore ici, monsieur ! ceci m'étonne : de mon temps, on ne rentrait plus dans une maison d'où l'on avait été... invité à sortir ; aujourd'hui, je le vois, la jeunesse a plus de patience et moins de susceptibilité.

— Vous vous trompez, monsieur le comte. Hier, vous n'avez eu affaire qu'à un simple gentilhomme, le chevalier d'Aydie ; aujourd'hui, ce n'est plus lui, c'est le lieutenant aux gardes du régent qui vient vous apporter un ordre de Son Altesse. Il ne peut en ce moment que se souvenir de son devoir et non de son affront. Monsieur le comte, veuillez me remettre votre épée.

Le comte de Ferriol, sans dire un mot, détacha son épée, et ouvrit le message du régent.

C'était un ordre de monter à l'instant même dans la chaise de poste amenée par d'Aydie, et qui devait transporter aux frontières le proscrit rentré en France sans l'assentiment du pouvoir royal.

Bien que le comte dût s'attendre à ce résultat, qu'il avait bravé d'avance, il demeura quelques instants comme atterré ; toutefois, trop fier pour laisser voir son trouble à son ennemi :

— Je m'empresse, — dit-il à d'Aydie, — de me conformer aux ordres de monseigneur le régent ; je comprends d'ailleurs qu'il n'y ait pour moi aucun espoir de grâce. Ma cause a dû être si bien servie auprès du prince par un de ces ennemis généreux qui savent prendre au besoin le rôle de délateurs, et qui frappent de tous côtés, même par derrière...

— Ils pourraient dire du moins, pour leur excuse, — reprit d'Aydie maîtrisant sa colère, — qu'on leur a refusé une satisfaction en face ; mais des outrages personnels ne m'arrêteront pas dans l'accomplissement d'une mission qui intéresse une sûreté plus précieuse que mon honneur même... Monsieur le comte, je vous rappelle que la voiture vous attend et doit vous emmener à l'instant même.

— Alors, — reprit le comte, — je ne vous demande plus que le temps de prévenir Aïssé, qui partira avec moi... Aïssé, qui ne peut et ne doit plus me quitter.

— Vous vous trompez, monsieur, car la rigoureuse décision que monseigneur le régent avait cru devoir prendre déjà à votre égard dans l'intérêt de la justice, il n'en a ordonné l'exécution si prompte que pour sauver la pauvre fille dont vous avez voulu la perte, et envers qui votre cruauté vous a enlevé tous les titres à l'indulgence de Son Altesse.

— Son Altesse avait plus d'indulgence pour ses propres fantaisies quand je l'ai surprise s'emparant d'Aïssé par violence.

— Son Altesse, qui s'était méprise sur les sentiments de mademoiselle Aïssé, a pu vouloir brusquer une conquête que les circonstances lui devaient faire croire peut-être plus facile ; mais un fils de France, chef de l'Etat, n'a plus de fantaisies, n'a plus de passion lorsque l'équité parle ; et assuré désormais que mademoiselle Aïssé est digne de

AL. DE LAVERGNE.

tout son intérêt et aimée d'un de ses serviteurs les plus fidèles, il met sous la sauvegarde de mon autorité celle qui s'était déjà placée sous la protection de mon honneur. Oui, je puis vous le dire maintenant, car votre colère ne peut plus faire expier à mademoiselle Aïssé cette révélation ; c'est elle qui m'a appelée à son secours ; c'est elle qui s'est réfugiée contre votre propre tyrannie dans mon amour qui ne l'abandonnera jamais, dans mon amour qui lui donne d'avance mon nom pour garantie de sa pureté.

— Votre nom... votre nom... — reprit Ferriol avec un sourire infernal qui prêta un moment l'expression du triomphe à la rage empreinte sur son front. — Votre nom !... Oh ! plus que jamais il serait dignement porté. Mais cette femme, avant de partir, je puis la voir du moins ; peut-être ne méconnaîtra-t-elle pas les droits que l'on me conteste, et que j'ose dire on me vole sur elle !

— Ces droits, vous ne les avez plus ; la loi ne les reconnaît pas ; d'ailleurs, — ajouta le chevalier en tirant un portefeuille qu'il jeta sur la table ; — vous trouverez là-dedans un bon sur le trésor de quarante mille livres ; cette somme suffit, je pense, pour vous indemniser du prix auquel vous achetez votre esclave et des sommes dépensées pour son éducation. Maintenant, monsieur, on est libre envers vous de tout engagement, partons !

— Pas avant que je n'aie vu Aïssé, du moins ; je veux la voir, je la verrai !

Le comte fit quelques pas vers la porte, mais d'Aydie se plaça devant lui.

— Pardonnez-moi, monsieur le comte, mais il y a derrière cette porte deux hommes de la garde de monseigneur le régent, et ils ont ordre de vous appréhender au corps si vous ne venez à l'instant.

— J'aurais dû m'en douter, — reprit Ferriol ; — dans cette lutte avec un ennemi désarmé et proscrit, vous deviez prendre bravement pour second une compagnie entière.

— Monsieur, — s'écria d'Aydie en pâlissant de colère, — prenez garde, je crois que vous m'insultez !

— Celui qui avait été délateur en l'absence de son ennemi, — reprit Ferriol avec une impétuosité croissante, — celui-là devait être un lâche en sa présence.

Cette parole, prompte comme la foudre, fit luire entre les mains d'Aydie son épée comme un éclair.

— Quels que soient les ordres du régent, — s'écria-t-il, — quels que soient les devoirs de ma mission, je ne suis plus qu'un gentilhomme outragé. Votre épée, reprenez-la ; avant que vous ne la rendiez au régent, elle appartient à la mienne !

Et, jetant son épée à Ferriol, qui la tira du fourreau, d'Aydie ne prit pas même le temps de se mettre en garde pour croiser le fer. Mais à peine le cliquetis des deux armes commençait-il à retentir que les combattants s'arrêtèrent. Aïssé, pâle et en désordre, avait apparu et s'était jetée entre eux.

— Arrêtez... arrêtez... d'Aydie, — s'écria-t-elle, — noble ami, votre protection est désormais inutile : je suivrai cet homme.

— Vous, Aïssé !...

— Oui, maintenant je dois le suivre ; maintenant je suis pour jamais son esclave ; car pour signe de sa domination il a empreint sur mon front un stigmate de déshonneur.

— Grand Dieu ! que dites-vous, Aïssé ? — reprit d'Aydie, à qui son épée échappa des mains.

— Oui, le déshonneur imposé par la trahison et la violence, par je ne sais quel breuvage infâme ; le déshonneur qu'aucun délai ne suffit à prescrire, dont aucune rançon ne peut racheter !... Laissez-moi, laissez-moi, d'Aydie, je ne veux plus même que vous me vengiez.... Oubliez-moi... J'ai appartenu à cet homme dans mon sommeil... J'ai été son crime, peut-être serai-je un jour son remords ou son châtiment.

D'Aydie était tombé assis, la tête cachée dans ses mains.

Il ne songeait plus à se venger, à venger Aïssé... il pleurait amèrement, il pleurait tout son bonheur.

Aïssé le considéra un instant... et dans ce regard se peignit le dernier regret de tout un amour brisé, de toute une vie perdue....

— Partons, monsieur, — dit-elle à Ferriol en se retournant vers lui.

Bientôt après le bruit de la chaise de poste qui roulait ébranla les pavés de la rue Culture-Sainte-Catherine. Mais d'Aydie ne l'entendit pas : il était évanoui.

A l'angle formé par les rues Culture-Sainte-Catherine et Saint-Antoine, un homme, apercevant passer la chaise de poste qui emportait le comte et son esclave, s'arrêta en saluant presque jusqu'à terre ; il murmura entre ses dents :

— Oh ! *monsu* le comte, maintenant, *per Dio !* vous êtes à moi.

Cet homme était le signor Marino Marini.

XII

L'AUBERGE DE SAINT-JEAN-DU-DOIGT.

Vers le milieu du mois de septembre 1719, et par conséquent trois ans après les événements consignés dans la première partie de cette histoire, un mouvement inaccoutumé avait lieu dans le joli village de Saint-Jean-du-Doigt, situé sur le bord de la mer, à quelques lieues de Morlaix. L'affluence qu'attirait la vertu merveilleuse des eaux sanctifiées par l'index du patron du lieu était encore redoublée à l'occasion d'une des grandes foires annuelles de Lanmeur, gros bourg aujourd'hui devenu chef-lieu de canton, et qui va servir de théâtre à notre action.

A la fois superstitieux et intéressé, le paysan breton, pour placer sous la protection du saint précurseur sa femme ou son enfant atteints de quelques-unes de ces maladies contagieuses engendrées par la misère, choisissait le moment où une espérance de profit pouvait donner à son voyage un second but. Au reste, ce n'était point le bas peuple armoricain seul qu'attiraient à Saint-Jean-du-Doigt la réputation de sa fontaine et la solennité de ses *pardons*. Le justaucorps du gentilhomme, galonné d'or fin sur les coutures, y coudoyait la veste de bure grossière du paysan de Saint-Thégonnec, qu'on eût dit ense veli dans ses larges culottes bouffantes et plissées, et sous son grand chapeau de feutre, d'où pendait une chenille bariolée. A côté du manteau et de la botte à l'écuyère du touriste parisien de l'époque se dessinaient les vêtements roux et violets piqués sur le revers, et bordés d'une couleur plus tendre, signes distinctifs des paysans de Quimper ; les costumes des femmes présentaient le même contraste, et le jupon écourté, le bavolet blanc, le corset entr'ouvert des villageoises du Finistère, ou l'habillement sombre et presque religieux des pèlerines de Guiélan y frôlaient la jupe de soie et la mantille de dentelle de quelque riche voyageuse.

C'était donc jour de bonne aubaine pour maître Ploënoan, propriétaire de la seule auberge du pays. Toutes les chambres étaient pleines, plusieurs individus vinrent s'attabler au grand air devant son auberge ; c'était, du reste, la meilleure place : de là on pouvait voir à la fois les vergers entourés de haies d'épines blanches et de rosiers sauvages, la mer dont les flots pressés entre deux montagnes meurent sur des prairies coupées d'ormes et de sapins, l'église si hardie et si légère avec son clocher recouvert de plomb, et enfin cette espèce de caravansérail chrétien que la reine Anne fit élever pour y recevoir les pèlerins.

Les hôtes en plein vent de maître Ploënoan appartenaient à des types divers, bien que tous Bretons. On voyait à la même table un paysan de Lanmeur, reconnaissable à son costume vert relevé par un galon rouge, un marchand de toiles de Morlaix, un horloger de Paimpol. A une table voisine étaient accoudés quelques gardes-côtes, avec leur uniforme si pittoresque. Ceux-ci avaient réservé au milieu d'eux une place avec un soin qui indiquait qu'ils voulaient en faire la place d'honneur.

— Encore la guerre contre l'Espagne ! — dit avec humeur le marchand de toiles. — En vérité, ce n'était pas la peine que Louis le Grand mourût, lui, son humeur belliqueuse et son amour de la gloire, qui empêchaient toute prospérité. Nous avons à sa place un écervelé de quarante ans qui nous reproduit tous les désordres du grand roi et imite ses folies guerrières. Seulement, l'Etat n'est plus assez riche, comme sous le dernier règne, pour défrayer le luxe des maîtresses, et le régent ne trouvera peut-être pas un second maréchal de Villars qui sauve la France des périls où on la jette.

— Monseigneur le régent a raison, — reprit l'horloger de Paimpol ; — l'Espagne nous trahissait. J'ai lu dans une gazette de l'année dernière, qui est arrivée ces jours-ci à Paimpol, que le prince de Cellamare, ambassadeur d'Espagne, avait tramé une conspiration contre l'Etat.

— Dites contre le régent, compère, et quel régent !... un régent de contrebande qui s'est emparé du pouvoir que lui avait refusé le testament de Louis XIV.

— Fallait-il le laisser prendre aux bâtards, ou bien le livrer au roi d'Espagne, qui nous tire en ce moment des coups de canon pour nous prouver qu'il ferait un meilleur régent que le nôtre ?

— Mais le roi d'Espagne, oncle du roi, a bien autant de droits que Philippe d'Orléans.

— Le roi d'Espagne, maintenant devenu étranger ? étranger... y songez-vous ? Vraiment, confrère, si vous n'êtes pas plus fort sur l'horlogerie que sur la politique, vos montres doivent être souvent détraquées.

— Et vous, si vous ne fabriquez pas mieux vos toiles que vos raisonnements, je plains vos pratiques, maître Kervec !

— Eh ! la, la ! — reprit le villageois de Lanmeur, qui avait flegmatiquement achevé son verre de cidre pendant cette discussion ; — compère de Paimpol, il ne faut pas en vouloir à mon compère de Morlaix. Le commerce de ses toiles qu'il envoyait en Espagne ne va plus depuis la guerre. Que Notre-Dame de Kernitrou lui pardonne s'il a un peu d'humeur contre monseigneur le régent !

— Et c'est par de pareils motifs, — reprit l'horloger en éclatant de rire, — que l'on juge le gouvernement à Morlaix ! Nous n'avons pas, nous, la perte si rancunière à Paimpol.

— Non, sans doute, — reprit d'un air narquois son interlocuteur, — et l'on juge bien sainement les choses dans la prospérité. Vous, par exemple, maître Jean, quand je suis passé à Paimpol, j'ai vu votre boutique encombrée par l'équipage d'un vaisseau corsaire qui venait de faire une prise sur l'Espagnol ; matelots et mousses, tous, selon l'usage, se faisaient cadeau d'une belle montre à breloques avec le produit de leur part. Je conçois, maître Jean, que maintenant vous voyiez toute chose couleur d'or.

Ce fut au tour du fabricant de Morlaix de ricaner ; mais ne lâchant point prise si facilement, il allait encore s'attaquer à Philippe d'Orléans, lorsqu'au nom du régent de nouveau prononcé intervint un quatrième personnage.

C'était un jeune sous-officier, qui n'avait gardé du paysan breton que la robuste carrure, et qui frisait fièrement sa moustache.

— Qui est-ce qui ose attaquer monseigneur le régent ? C'est un grand homme qui a sauvé la France ; l'Etat est bien mené, et quiconque dirait le contraire aurait affaire à moi, nommé aujourd'hui même sergent des gardes-côtes de la compagnie de Morlaix.

Et, en parlant ainsi, il étalait avec complaisance ses deux

galons, dont l'éclat argenté exaltait son dévouement remis à neuf avec l'uniforme.

— Ah ! c'est vous, Yvon ! — reprit le paysan de Lanmeur.

— Sergent Yvon, s'il vous plaît.

— Eh bien ! sergent Yvon, il y a longtemps que je ne vous rencontre plus à Lanmeur ; je vous y ai vu cependant tous les jours du mois dernier, quand vous veniez rendre visite à maître Pierre le pêcheur, qui est venu s'établir à Lanmeur avec sa fille, mademoiselle Marthe, que vous ne haïssez pas, je crois.

Au nom de Marthe, une rougeur subite passa sur les joues du jeune sergent et prouva que le villageois avait touché une corde sensible.

— Maître Pierre... non... je ne vais plus chez lui... Quant à sa fille, elle est belle, j'en conviens, mais elle est toujours triste, elle pleure !... elle pleure qu'on dirait un temps d'équinoxe perpétuel...! ça ne m'aurait pas convenu.

— Ça ne vous aurait pas convenu ! tiens, ça m'étonne, — reprit l'impitoyable paysan ; — on m'avait dit, à moi, que vous étiez amoureux de la jeune Marthe à en perdre le boire et le manger, que vous l'aviez demandée en mariage, et que c'était maître Pierre qui vous l'avait refusée.

— Refusée ! refusée ! pas positivement, — reprit le sergent humilié devant le villageois, comme un Mars novice pris dans les filets de ce rustique Vulcain. — Au reste, il n'est pas dit que je ne revienne pas chez ce maître Pierre, mais au nom de la loi et accompagné de mes gardes-côtes, maintenant que je suis sergent. Un pêcheur qui vient soi-disant de Marseille, parce qu'il a trop de concurrence dans son pays, et qui s'établit à Lanmeur, à deux lieues dans les terres (je crois qu'il achète son poisson au marché pour le revendre aux habitants), tout ça me paraît suspect, sans compter qu'un jour j'ai cru voir des manchettes de dentelle qui passaient sous les manches de sa veste.

— Des manchettes de dentelle ? En effet, ce n'est pas d'uniforme pour un pêcheur.

— Et j'ai souvent trouvé dans sa chaumière des gentilshommes qui venaient lui rendre visite ; on ne m'ôtera pas de l'idée qu'il fait de la contrebande de tabac comme en fait monseigneur Duguet de Pontcallet, que j'ai rencontré chez ce maître Pierre.

— Silence ! — dit le paysan en tirant Yvon par sa manche galonnée, — ne voyez-vous pas à la table voisine celui dont vous parlez ? — Un peu plus loin en effet venait de s'asseoir un personnage assez étrange. Sa nature herculéenne, ses mains velues et veinées de muscles, la pipe de terre qu'il portait à la bouche, l'insouciance brutale avec laquelle il s'étalait sur son banc, d'où il avait repoussé ses voisins, n'eussent jamais laissé deviner en lui un gentilhomme, si l'on n'eût su alors que, en Bretagne, les descendants de Duguesclin et de Clisson n'avaient en général d'autre signe distinctif de leur noblesse que le droit de turbulence aux états de la province. Pauvres, oisifs, étrangers pour la plupart à toute culture de l'esprit, ils avaient fait succéder aux luttes aventureuses de la féodalité une lutte de bas étage avec le fisc. Pour compléter sa ressemblance avec ses grossiers vassaux, Duguet de Pontcallet portait ce jour-là une veste de coutil et un chapeau de paille d'où pendait un ruban noir. — Ne vous souvenez-vous pas, — ajouta tout bas le paysan à l'oreille d'Yon, — que l'on a trouvé un commis de la gabelle assassiné près de son manoir ?

— Oui, — reprit Yvon, — et, faute de preuves, on n'a pu l'arrêter... Mais quelque jour, j'espère, je mettrai la main sur le hobereau. — Après ces paroles, qu'il prononça à mi-voix, tant, malgré lui, l'aspect du terrible gentilhomme refroidissait son courage officiel, Yvon frappa sur la table et appela l'aubergiste. — Allons, je veux oublier tous les chagrins, — dit-il avec un soupir indice d'un sentiment malheureux encore mal étouffé, — et, pour payer ma bienvenue de sergent, je vous régale tous de vin et de bon vin, si on trouve à Saint-Jean-du-Doigt autre chose que de l'eau merveilleuse. — A cette proposition, qui s'adressait spécialement aux gardes-côtes attablés, répondit un hourra de joie générale, qui ne contribua pas moins à faire paraître l'aubergiste que les coups qui avaient retenti sur la table. Maître Ploënoan se présenta ; mais on ne remarqua pas sans étonnement qu'il portait une veste de coutil et un chapeau à ruban noir exactement semblables à ceux qui composaient l'accoutrement de Pontcallet. — Que signifie ceci, maître Ploënoan ? — reprit Yvon éclatant de rire et en lui montrant Pontcallet ; — êtes-vous embrigadé avec les gentilshommes ou le sieur de Pontcallet est-il incorporé parmi les aubergistes ?

— C'est un habillement que j'ai pris pour la saison, — balbutia maître Ploënoan.

— Pour la saison ! mais il ne fait pas très-chaud ; enfin n'importe ! servez-nous du vin, du vin d'officier, — ajouta Yvon en mettant ses galons en évidence. Maître Ploënoan rentra dans la maison et en ressortit bientôt avec quelques bouteilles qu'il posa sur la table ; mais à peine Yvon eut-il rempli son premier verre qu'il jeta le vin avec dégoût. — Ah çà ! mais, qu'est-ce que c'est donc que ce vin-là, maître Ploënoan ? J'ai idée que, n'ayant plus d'eau de puits à mettre dans votre vin, vous le frelatez avec de l'eau de mer. Me prenez-vous pour un caporal de me donner cette piquette ?

— Je n'en ai pourtant pas d'autre, — repartit maître Ploënoan. — Il m'est venu tant de beau monde que ma cave est à sec.

— Prétendez-vous que nos gosiers restent de même, par hasard ?

— Maître Ploënoan nous trompe, — s'écria vivement un des gardes-côtes ; — j'ai couché cette nuit dans la maison, et ce matin, au point du jour, j'étais à ma fenêtre. J'ai vu aborder un bateau plat sur le sable du rivage ; un homme en est descendu, tenant un panier énorme de vin, qui ne peut être vidé à cette heure, et puisque maître Ploënoan ne vous en parle pas, cela me confirme dans l'idée que j'ai eue que ce vin était de la contrebande.

— C'est de la contrebande ! — s'écrièrent tout d'une voix les gardes-côtes.

— Maître Ploënoan, — reprit Yvon, — mon devoir de sergent serait de m'assurer de votre personne... Mais j'aime mieux d'abord m'assurer de votre vin... Allons, par la morbleu ! qu'on nous l'apporte.

— Mais ce vin, — dit en tremblant maître Ploënoan, — il ne m'appartient pas... Il appartient à ce seigneur italien qui demeure depuis quinze jours dans mon auberge et qui est parti avant-hier pour le château de Rohan-Polduc.

— Un Italien ! L'Italie c'est du côté de l'Espagne, et cela m'est suspect, — s'écria Yvon, géographe comme un véritable sergent. — D'ailleurs, puisque ce seigneur italien n'est pas ici...

— Mais c'est que l'homme qui l'a apporté, et qui a été contrarié de ne pas trouver le seigneur italien, a ordonné que, en son absence, on portât ce panier chez maître Pierre, à Lanmeur. La grande pluie qui a tombé ce matin l'a empêché seule de faire lui-même cette dernière commission.

— Maître Pierre, encore mieux ! — continua Yvon triomphant. — J'ai donc un moyen de contrarier maître Pierre. D'ailleurs maintenant il n'y a plus de doute ; puisque maître Pierre est en jeu, ça doit être de la contrebande. Reste à savoir de quel pays. Notre devoir est de tâter du corps du délit, — ajouta-t-il avec une érudition judiciaire dont il avait fait l'apprentissage au bailliage du canton, après quelques arrestations dont il avait été l'instrument actif.

— Mais c'est que, c'est que... — reprit maître Ploënoan de plus en plus embarrassé, — j'ai déjà envoyé ce vin à maître Pierre ; oui, dès que la pluie a cessé, mon garçon Mathieu est parti pour Lanmeur.

— Que saint Melais lui soit en aide, — reprit le villageois, — car, à l'heure qu'il est, la route ne doit pas encore être praticable.

— Et Mathieu le savait sans doute, — reprit le garde-côtes qui avait dénoncé la ruse de maître Ploënoan, — car je vous réponds qu'il n'a point encore bougé d'ici, et pour preuve le voilà qui sert à cette table là-bas.

Pour le coup ce fut un haro général sur le maladroit aubergiste.

— Il n'y a plus à se fier à maître Ploënoan, — s'écria Yvon ; — il ment presque autant qu'il vole. Kernoc, — ajouta-t-il en se tournant vers le garde-côtes accusateur, — vous connaissez ce panier de vin ; allez et cherchez dans toute la maison, visitez caves et celliers. — Et Yvon, enlevant d'un geste rapide le trousseau de clefs suspendu à la ceinture de l'aubergiste, le remit à Kernoc, qui, suivi de quelques hommes, entra dans l'auberge. Pendant ce temps, Yvon contenait du regard l'aubergiste, resté à sa place plus mort que vif et qui cherchait en vain à attirer l'intervention dans cette affaire du redoutable Duguet de Pontcallet. Bientôt Kernoc reparut avec des airs de triomphe, portant le bienheureux panier qu'il posa sur la table. La forme insolite des bouteilles promettait des délices inconnues aux gosiers de la milice bretonne ; aussi tous les bras simultanément tendirent des verres comme à un commandement militaire. — Un instant, ceci est grave, — reprit Yvon ; — nous buvons au nom du roi et de la loi. Je bois le premier en ma qualité de sergent. Je connais ce vin, — ajouta-t-il après un examen approfondi et répété, — j'en ai bu il y a deux ans à l'office du maréchal de Montesquiou, quand je lui ai porté à Rennes une dépêche du capitaine général ; c'est du vin d'Espagne.

A ces mots Pontcallet, qui avait enfin aperçu les signaux de détresse de Ploënoan et qui s'était approché du lieu de la scène, tressaillit.

— Du vin d'Espagne ! — dit-il. — S'il en est ainsi, je le veux pour moi. Pardieu ! il ne sera pas dit que Duguet de Pontcallet aura été réduit à se désaltérer avec du cidre, tandis que des gardes-côtes arroseront leurs gosiers de vin d'Espagne !

Et, saisissant les bouteilles et le panier, il allait emporter le tout ; mais Yvon n'avait même pas besoin d'avoir à soutenir l'honneur de son nouveau grade pour résister à une offense aussi brutale.

— Monseigneur de Pontcallet, — balbutia-t-il avec émotion, — je ne vous ai jamais rien dit, quoique la justice et l'autorité auraient bien quelque maille à partir avec vous ; mais si vous ne nous laissez pas ce vin dont nous devons vérifier l'origine, je me verrai forcé d'user de rigueur et de vous faire arrêter en ma qualité de...

— Vous, arrêter un Pontcallet ! — s'écria le colosse écumant de colère. — Ah ! avant que cela arrive, j'aurai brisé sur les têtes de votre compagnie ces bouteilles que vous osez me disputer.

A cette menace, que Pontcallet se mit en devoir d'exécuter en brandissant l'énorme panier comme un léger projectile, les gardes-côtes répondirent par des cris de fureur, et, comme une meute à l'entour d'un sanglier, ils allaient s'élancer sur leur farouche adversaire lorsqu'on vit apparaître dans la salle un personnage de haute taille et d'une maigreur hyperbolique, vêtu d'un costume de velours noir assez râpé, et qui, pour employer une expression alors fort en vogue, semblait un vrai gibier de potence. Ce personnage fendit précipitamment la foule des spectateurs que le bruit de cette scène avait attirés, et, s'adressant à Pontcallet avec un accent italien croisé d'espagnol des plus caractérisés :

— Arrêtez ! — s'écrie-t-il, — illustrissime seigneur, ce vin m'appartient.

— Mais cependant, monsieur...

— *Per Dio ! monsu*, laissez-moi faire, — reprit à mi-voix le nouveau venu, — *j'entre aussi dans la forêt.*

— Vous !... mais quoi ! pas de veste de toile, pas de ruban noir ?

— A d'autres ! — murmura l'étranger ; — je ne tiens pas à entrer si vite à la Bastille. Quant à vous, mes braves, — dit-il en se tournant vers les gardes-côtes, — je suis le seigneur Marino Marini, comte du saint-empire romain, et vous ne pouvez contester mes droits.

— Mais d'où vient que vous receviez du vin d'Espagne ? — dit Yvon ; — c'est alors de la contrebande, puisque nous sommes en guerre.

— Eh ! point du tout ! ce vin était depuis dix ans dans les caves d'un de mes amis, un riche négociant de Saint-Brieuc, qui vient enfin de me l'envoyer sans offenser les droits de la douane, que je respecte presque autant que les gardes-côtes.

Et le comte du saint-empire ôta son chapeau.

— Mais tout ceci n'en est pas plus clair. Et cet ordre d'envoi chez maître Pierre, au cas où l'on ne vous trouverait pas ?

— Ah ! c'est que le porteur de ce vin savait que je voulais en faire le dépôt chez maître Pierre, en attendant un repas que je devais offrir aux autorités de Lanmeur, y compris les officiers gardes-côtes, — et il s'inclina avec un sourire gracieux vers Yvon, qui restait toujours défiant et renfrogné. — Mais, *per Bacco !* puisque les vaillants défenseurs de la France veulent bien faire à mon vin l'honneur de lui ouvrir leurs gosiers, permettez que je vous le verse moi-même.

A cette proposition faite si gracieusement, tous les soupçons sur la culpabilité du seigneur italien s'évanouirent, et la distance s'agrandit entre l'Italie et l'Espagne dans l'imagination du sergent.

Bientôt tous les verres, remplis par la main de l'Italien, se vidèrent avec rapidité ; les yeux étincelèrent comme allumés à cette flamme qui semble colorer les vins de l'ardente Ibérie. Marini se hâtait à chaque bouteille épuisée d'en ressaisir une autre qu'il débouchait avec prestesse ; toutefois il ne put continuer ce manége avec une dextérité si constante que Yvon ne le prévînt une fois et ne se saisît lui-même d'une des bouteilles qui restaient.

— Ah çà ! qu'a donc cette bouteille d'extraordinaire, — demanda Yvon, — il y a une croix tracée sur le verre. Pardieu ! je vais savoir en la débouchant ce qui lui vaut cette décoration.

— Arrêtez ! — s'écria vivement l'Italien en pâlissant. Mais, retrouvant bientôt son sang-froid habituel, il ne parut même pas chercher à empêcher Yvon de satisfaire sa curiosité. — Cette décoration, — ajouta-t-il machinalement, — est due à la fois au mérite et à l'ancienneté. C'est sans doute une bouteille de malaga dont m'a parlé mon ami de Saint-Brieuc, elle remonte au moins à l'année 1690 ; mais si vous m'en croyez, *monsu* le sergent, vous garderez cette bouteille pour la fin, car toutes les autres après celle-là vous paraîtraient insipides. L'honneur pour le bon vin consiste à être bu en dernier lieu, et, si vous consommiez sans plus de cérémonie ce précieux liquide, ce serait comme si on donnait le pas à des soldats sur leur sergent.

Cet argument *ad hominem* obtint un plein succès auprès du nouveau sous-officier, enchanté de payer à ses subordonnés sa bienvenue à si peu de frais, et il fut décidé d'une voix unanime que l'on se dépêcherait de boire les bouteilles restantes, afin de s'enivrer promptement de ce bienheureux philtre andalous.

Mais l'intrigant Italien n'avait pas en vain compté sur les vapeurs capiteuses des flacons *intermédiaires*. Bientôt les vaillants gardiens des rivages armoricains témoignèrent, les uns par des chants sauvages, d'autres par un sommeil léthargique où ils tombèrent appuyés sur la table ou protégés par son ombre, de tout le désordre qu'avait produit en eux le nectar perfide auquel ils étaient si peu iccoutumés. Lorsque enfin Yvon murmura le mot de malaga d'une voix à peine intelligible, il ne s'aperçut pas que Marini lui versait la plus méprisable piquette de maître Ploënoan, adroitement substituée » la liqueur tant désirée.

— Délicieux !.. — balbutia-t-il ; — c'est là le roi des vins, aussi vrai que je suis ser....

Tandis qu'il cherchait inutilement à achever sa phrase, Marini se retourna vers Pontcallet, qui avait suivi avec attention toute cette scène.

— *Diavolo !*— dit-il tout bas au gentilhomme breton,— s'il avait ouvert cette bouteille, nous étions perdus ; d'après ce qu'on m'a annoncé, elle doit contenir la lettre de Philippe V, adressée à... maître Pierre.

— Maître Pierre ! — reprit Pontcallet avec un regard significatif, — j'allais me rendre chez lui.

— Et moi aussi. C'est là qu'est le rendez-vous général. Voici la nuit, les chemins sont trop mauvais pour se mettre en route si tard. Mais demain nous partirons au point du jour, avant que tous ces oisons de Bretagne soient dégrisés et puissent nous suivre. Venez, *monsu*, laissons-les à leur bon sommeil. C'est le premier succès que nous vaut l'Espagne.

Ils disparurent tous deux. La nuit était venue, les voyageurs attablés étaient rentrés dans l'auberge ou s'étaient dispersés. On n'entendit plus bientôt sur la grève que le mouvement lointain et imposant des flots contre lequel luttait le ronflement grossier des gardes-côtes endormis.

XIII

MAITRE PIERRE.

Maintenant transportons-nous à Lanmeur, gros bourg que ses habitants décorent avec fatuité du nom de ville. C'est là que, comme faisait jadis Asmodée avec l'écolier Zambullo Perez, nous enlèverons le toit d'une maison située à l'extrémité de la ville, si l'on peut appeler toutefois maison une chaumière que partageaient fraternellement avec des bestiaux les prédécesseurs des hôtes que nous allons montrer à nos lecteurs. A peine désinfectée de cette cohabitation digne des âges primitifs, cette demeure avait gardé pour tout plancher la terre humide et inégale, pour toute fenêtre une espèce de meurtrière, pour tout mobilier un bahut et deux bancs en bois de chêne grossièrement équarri. C'est là qu'étaient assis un homme d'environ cinquante-huit ans et une jeune femme, l'un fumant une pipe, l'autre raccommodant des filets, et tous deux vêtus des costumes traditionnels de la Bretagne ; mais, pour tout observateur autre que les pauvres paysans, qui fréquentaient seuls les deux personnages en question, il eût été facile de voir que ce n'était qu'un déguisement adopté par l'homme pour une entreprise préméditée, accepté par la jeune fille avec une passive résignation.

— Aïssé, — dit le comte de Ferriol (car il est inutile de conserver plus longtemps l'*incognito* à deux des principaux personnages de cette histoire), — Aïssé, veux-tu un peu de cette bouillie d'avoine ou de cette soupe au lard ?

— Je vous remercie,—répondit la jeune femme, — je ne prendrai rien.

— Je conçois que ce mets ne soit pas fait pour tenter ton appétit. Mais, j'y pense, c'est aujourd'hui dimanche ; il reste encore quelques-unes des crêpes de samedi, seul luxe que nous puissions nous permettre sans éveiller trop de soupçons, parce qu'il est dans les habitudes bretonnes.

— Je vous remercie encore, mais je n'ai pas faim.

— Ah ! nous avions plus nos aises en Espagne, où,

grâce à la protection de Philippe V et à l'entremise de cet adroit coquin qu'on nomme Marino Marini, nous avons trouvé une si gracieuse et si sympathique hospitalité. Mais que veux-tu, petite ? pour rentrer en France, d'où l'on m'a exilé, il fallait bien prendre un déguisement propre à dépister tous les limiers de la police du régent et de son digne ministre. Par la sambleu ! qui reconnaîtrait maintenant, sous les vêtements de maître Pierre, l'ex-ambassadeur du roi à Constantinople, et, dans cette jeune Marthe qui s'entend si bien à raccommoder les filets, la belle Circassienne, jadis si fort du goût de monseigneur le régent sous le nom d'Aïssé ? Au surplus, il n'y a que patience à prendre maintenant, et tout ceci ne saurait durer longtemps, sache-le bien.

— Monsieur, je ne me plains pas.

En parlant ainsi, une larme roula, démenti involontaire, sur les joues pâles d'Aïssé, et ses doigts amaigris reprirent silencieusement l'ouvrage qu'ils avaient un moment abandonné.

Monsieur de Ferriol la regarda quelque temps avec une expression singulière, puis il reprit flegmatiquement la pipe qu'il avait abandonnée.

En ce moment deux coups retentirent sur le mur opposé à l'entrée. Ferriol désigna de la main à Aïssé la porte intérieure ; celle-ci, sans dire un mot, se leva, et, montant une échelle placée dans la chambre voisine, elle alla s'asseoir dans le réduit où Ferriol avait établi la demeure de sa fille supposée, parce que de là il était impossible d'entendre ce qui se passait dans la pièce principale.

Ferriol répondit aux deux coups qu'on venait de frapper par un signal analogue, et bientôt après se présentèrent sur le seuil deux gentilshommes bretons.

— Salut au chevalier du *bon sens* et à son brave compagnon !— dit Ferriol tendant la main aux nouveaux venus, dont les noms véritables étaient Dugroësquar et Coëtivy le Borgne. A ces premiers arrivants succédèrent bientôt, plus ou moins déguisés, Lambilly, conseiller au parlement de Rennes ; Ducouëdic, capitaine réformé des dragons de Bellabre, et Talhouët-Lemoine, membres d'une famille dont le nom s'est mêlé à d'autres guerres civiles. — Enchanté de voir ici réunis les soldats de la liberté ! — dit Ferriol. — J'ai envoyé, vous le savez, La Roche, mon valet, à Morlaix, auprès du capitaine général qui nous est dévoué ; mais j'attends toujours que Mélac-Hervieux nous donne des nouvelles de la flotte espagnole. Marini, qui devait nous les transmettre, n'a point encore paru.

A peine avait-il achevé ces paroles que deux coups frappés violemment retentirent ; c'étaient, cette fois, Pontcallet et Marini qui s'annonçaient.

— *Sangue di Christo !* quels chemins !—dit ce dernier après avoir échangé quelques politesses et fait ou renoué connaissance avec les membres de ce conciliabule mystérieux. — J'ai cru que nous resterions en route. Nous serions en ce moment peu présentables au baise-main de Sa Majesté Philippe V, dont j'ai l'honneur de vous apporter une lettre.

— Une lettre du roi d'Espagne ! où est cette lettre ? — s'écrièrent avidement tous les assistants.

— Patience, patience ! — reprit Marini, qui, montrant gravement à l'assemblée la bouteille de vin de Malaga sauvée miraculeusement de la soif des gardes-côtes, saisit un gobelet d'étain sur une table et se versa incontinent une ample rasade qu'il absorba d'un trait. Quelques-uns des assistants commencèrent à froncer le sourcil ; mais, sans se déconcerter, Marini versa immédiatement une seconde rasade qu'il s'administra avec le même sang-froid en répétant encore : — Patience ! patience ! Enfin, à la troisième rasade, un petit rouleau de toile cirée s'échappa du goulot de la bouteille et tomba dans le gobelet d'étain. Tous les gentilshommes s'élancèrent pour le saisir ; mais, avec une dextérité merveilleuse, Marini s'en était déjà emparé, et il en avait extrait un parchemin roulé qu'il baisa respectueusement et qu'il tendit à monsieur de Ferriol en disant : — A tout seigneur tout honneur. C'est à *monsu* le comte de Ferriol que la lettre est adressée.

Ferriol rompit un cachet et lut ce qui suit :

« Monsieur,

» Le sieur de Mélac-Hervieux m'a apporté des proposi-
» tions de la part de la noblesse de Bretagne concernant
» les intérêts des deux couronnes. Je m'en remets à ce
» que ledit sieur leur dira sur cela de ma part ; mais je
» les assure ici moi-même que je leur sais un très-bon
» gré du glorieux parti qu'ils prennent, et que je les sou-
» tiendrai de mon mieux, ravi de pouvoir leur marquer
» l'estime que je fais de sujets aussi fidèles du roi mon
» neveu, dont je ne veux que le bien et la gloire.

» Au camp de Saint-Esteban, ce 22 juin 1719. »

A cette lettre était joint un billet du lieutenant Mélac-Hervieux, qui s'annonçait porteur d'une somme de trente mille livres destinée par Philippe V aux frais de l'entreprise. La flotte espagnole, à bord de laquelle était encore l'officier transfuge, n'attendait qu'un message pour approcher des côtes et qu'un signal pour débarquer.

— Vous le voyez, — dit Ferriol après avoir achevé la lecture des deux lettres, — je ne vous trompais pas en vous assurant des bonnes dispositions de Sa Majesté Catholique à notre égard, et des récompenses que tous nous devons attendre dès que la régence sera passée aux mains de Philippe V. Je savais que comme nous Sa Majesté était prête à tout faire pour renverser le régent, que nous détestons, et à qui, pour ma part, je veux faire expier l'exil dont il m'a frappé de nouveau, en même temps que ses violentes atteintes à mon honneur et à mes droits.

— Vous oubliez, — ajouta vivement Pontcallet, — d'autres droits plus sacrés encore, les droits de toute la noblesse de Bretagne, que le représentant du régent, le maréchal de Montesquiou, a outragée en ne daignant pas quitter son carrosse quand nous sommes venus au-devant de lui.

— Vous oubliez aussi, — dit Talhouët, — avec quel insolent despotisme on a osé exiger de nous le don gratuit, une offrande qui devait être libre et volontaire.

— Eh ! *signori, cari signori*, ne deviez-vous pas vous y attendre ? — reprit Marini ; — les grands ne nous laissent jamais qu'une liberté, celle de les servir, et qu'une volonté, celle d'obéir à la leur.

— Maintenant, à l'œuvre ! — s'écria Ferriol ; — il ne reste plus qu'à prévenir Mélac et le commandant de la flotte espagnole pour qu'ils nous envoient des troupes. Un fanal allumé sur la pointe de Locquirec ou celle de Guimaëc leur servira de signal. Il s'agira seulement d'éloigner les gardes-côtes.

— Il y a un moyen bien plus simple, — dit Pontcallet ; —c'est d'aller à eux et de massacrer ces insolents, qui osent arrêter un noble de Bretagne sans plus de respect qu'un maraîcher de Roscoff.

— *Piano ! che va piano va sano*, — reprit Marini d'une voix flûtée ; — tâchons de ne tuer personne ; j'ai l'habitude des conspirations, moi, et je puis invoquer sur ce point le témoignage de monsieur de Cellamare et de quelques autres. On s'expose moins aux poignards si l'on a réussi, et surtout moins à la hache si l'on succombe.

— Enfin, — continua Ferriol, — une fois les premiers soldats débarqués, nous nous joignons à eux, nous marchons sur Morlaix ; le capitaine général qui y réside est du complot ; une fois maîtres de Morlaix, qui ouvre son port à la flotte espagnole, Rennes et la Bretagne sont à nous.

— Monsieur de Rohan-Polduc fait soulever son canton ! — s'écria le conseiller Lambilly ; — je vous apporte son adhésion.

— Je vous réponds du mien, — reprit Pontcallet, — et vingt autres suivront cet exemple.

— Voici La Roche, — interrompit Ferriol ; — je reconnais le pas de son cheval.

La porte s'ouvrit à La Roche, que chacun entoura en l'interrogeant ; car, entre les gentilshommes et le valet, le péril commun effaçait pour le moment toutes les distances.

— Mauvaises nouvelles, — dit celui-ci ; — le capitaine général vient d'être révoqué. Un ordre du régent lui-même est parvenu subitement, et une chaise de poste l'a emporté sans lui donner le temps de voir personne ou d'écrire un seul mot ; on ne sait encore si c'est à une autre prison ou à un autre commandement qu'elle le conduit ; on dit qu'il va être remplacé par un envoyé du régent chargé de pouvoirs extraordinaires.

On était à peine remis de la consternation générale qui suivit cette nouvelle, et l'on se demandait si la délation avait déjà signalé au pouvoir une entreprise dont les auteurs étaient trop avancés pour reculer, quand un bruit de pas nombreux, accompagné d'un cliquetis d'armes, se fit entendre sur le chemin. Après un coup violent dont la porte retentit, une voix forte prononça ces paroles :

— De par le roi, ouvrez !...

A ces mots, chacun se tut et demeura immobile. Pontcallet porta la main à deux pistolets qu'il avait cachés dans sa poitrine. Mais Ferriol, qu'un signe suppliant de Marini invita à la prudence, ne jugea pas encore tout désespéré. Il indiqua du doigt aux cinq ou six gentilshommes la seconde pièce ; ceux-ci s'y réfugièrent sans bruit ; les bancs furent remis à leur place. Marini ramassa soigneusement l'enveloppe de la lettre du roi d'Espagne tombée à terre, et toute trace d'assemblée clandestine ayant disparu, Ferriol se décida à ouvrir... Le sergent Yvon, suivi de quelques gardes-côtes, entra majestueusement ; le reste de ses hommes avait été disposé par lui autour de la maison, de crainte d'évasion.

— Ah ! c'est vous enfin, Yvon ? — dit Ferriol avec tout le sang-froid qu'il avait eu le temps de reprendre.

— Sergent Yvon, s'il vous plaît !

— Sergent, soit ; je me plaignais de votre absence prolongée... Mais je ne m'attendais pas à vous revoir avec cet appareil redoutable.

— Autres temps, autres devoirs ! Maintenant une surveillance plus rigoureuse m'est commandée par mon nouveau grade.

— Et que diable venez-vous surveiller ici ?

— Tout ; il y a longtemps que votre conduite me paraît suspecte. J'ai vu chez vous monsieur de Pontcallet, qui, comme on le sait, se livre à la contrebande du tabac... Vos entrevues mystérieuses avec lui ne pourraient avoir d'autres motifs que votre complicité, mais tout ça ne serait rien ; il y a un certain seigneur italien... eh ! parbleu ! le voici...

Yvon avait avisé Marini, assis à l'écart et que l'obscurité de la chambre avait jusqu'alors empêché de distinguer. L'Italien, indécis entre deux terreurs, s'était enfin décidé à rester dans la pièce d'entrée, pour prêter à Ferriol le secours de son industrieuse imagination.

— Oui, c'est moi, — dit Marini de sa voix la plus mielleuse, — *monsu* le sergent. Qu'y a-t-il donc ?...

— Il y a, — reprit Yvon, — que je me suis laissé entortiller par vous comme un bourgeois qu'on raccole. Cette bouteille, que j'avais remarquée parmi celles dont vous nous avez fait un cadeau si généreux et un peu contraint, vous l'avez soustraite avons-nous vu la tête un peu échauffée ; je ne l'ai pas retrouvée ce matin avec les autres. De plus, j'ai su que monsieur de Pontcallet, qui tenait tant à nous empêcher de toucher à ce vin, avait pris avec vous le chemin de la maison de maître Pierre. Mon devoir est de visiter cette maison et de m'assurer de tous ceux que j'y trouverai... Toute ma compagnie est là et va me prêter main-forte s'il le faut.

La pensée de Ferriol se porta sur les dépêches dont Pontcallet était resté dépositaire. Ces dépêches ne pouvaient manquer de tomber entre les mains du sergent, après une résistance dont le gentilhomme breton serait certainement victime. Ferriol comprit que tout était perdu si le sergent pénétrait dans l'autre chambre.

— Arrêtez ! — s'écria-t-il en retenant Yvon, qui, sans écouter une apologie insidieuse commencée par Marini, mettait le pied sur le seuil fatal, — c'est la chambre de Marthe, de ma fille ; elle dort en ce moment, et vous ne voudrez pas, je pense, pénétrer de vive force dans l'asile d'une femme.

Au nom de Marthe, Yvon s'arrêta un instant... Mais comme ce nom réveillait en lui le souvenir d'un affront aussi bien que d'un doux penchant, il allait continuer sa perquisition, lorsque, la porte s'étant ouverte, Aïssé parut elle-même.

Au bruit qui s'était fait dans la maison, la Circassienne s'était réveillée de l'assoupissement où elle était tombée quelques instants. Elle était descendue de son réduit, et avait vu non sans étonnement, mais pourtant sans frayeur, les conspirateurs cachés dans la chambre au-dessous de la sienne. Aïssé vivait de cette vie insouciante et machinale que donne le malheur quand il est irrémédiable, et tout ce qui se passait autour d'elle laissait sans émotion cette âme qui acceptait en silence l'arrêt de la fatalité.

A la vue d'Aïssé, à qui son sommeil avait rendu quelques couleurs, de cette noble physionomie où un éclat passager se joignait à un charme habituel, Yvon recula et porta gauchement la main à son chapeau triangulaire. Son émotion n'échappa point à l'adroit Italien, déjà au fait des faiblesses du sergent.

— Si vous ne me démentez pas, nous sommes sauvés, — dit-il tout bas à Ferriol.

— Faites, — répondit celui-ci.

— Vous voyez bien, — reprit Marini, — monsu le sergent, que vous ne pouvez ainsi manquer de respect à la signora, en pénétrant malgré elle dans sa chambre. Diavolo ! écoutez donc un peu les gens avant de les arrêter... Allez-vous nous déclarer des criminels d'État pour une misérable bouteille que vous aurez peut-être cassée sans vous en apercevoir, ou que maître Ploënoan aura confisquée pour son droit d'aubaine ? Rien de plus innocent que ma présence chez maître Pierre. Je lui demandais ce qu'il pourrait me donner de poisson pour le dîner que je compte offrir aux autorités de Lanmeur, et il me disait que lui-même aurait peut-être le même jour besoin de toute sa marée pour un repas qu'il sera obligé de donner ; car on ne fait guère de noces sans repas.

— Et quelle noce ? Que signifie...

— Vous ne savez pas ? on a bien raison de dire que ce sont les gens les plus intéressés qui ignorent tout ; vous ferez un excellent mari, car vous ne vous doutez de rien, pas même de votre bonheur.

— Ah çà ! vous moquez-vous d'un serg...

— Moi ! me moquer de vous, monsu le sergent ! ma vous n'y songez pas ! moi manquer de respect à un brave militaire, et dans une maison dont il sera bientôt l'hôte, devant une famille dont il sera bientôt partie... car à l'instant même maître Pierre me disait : Ce brave Yvon, il aime ma fille Marthe, et je veux la lui donner !

Le prétendu maître Pierre ne put réprimer un sourire en entendant ces derniers mots, qui furent accueillis par les deux autres personnages de cette scène avec une stupéfaction difficile à décrire.

— A moi !... me donner sa fille ! mais il me l'a refusée, — dit Yvon.

— J'ai changé d'avis, mon brave Yvon, — interrompit Ferriol, qui sentait la nécessité d'intervenir tel que le Deus ex machinâ.

— Mais pourquoi ?

— Perchè, mio caro, — reprit Marini, — perchè maître Pierre, tout pêcheur qu'il est, a son amour-propre. Maître Pierre ne voulait pas donner sa fille unique, sa fille qu'il aime tant, à un simple caporal de gardes-côtes ; mais à un sergent, c'est tout autre chose ; et, après le chemin rapide que vous venez de faire, maître Pierre est tout à fait rassuré sur l'avenir de son enfant, et il se dit : Diavolo ! je la donne peut-être à un maréchal de France !

Il n'en fallait pas tant pour tourner la tête à un pauvre amoureux chez qui l'espoir ravivait instantanément toute la passion qu'il se flattait d'avoir éteinte.

— Quoi ! c'est bien vrai, maître Pierre ?

— Très-vrai, mon garçon.

— Mais mademoiselle Marthe, consentira-t-elle ?

— Marthe obéira, — s'écria Ferriol en jetant sur Aïssé un de ces regards qui portent un arrêt sans appel.

— Vous voilà donc marié, mio caro, — reprit Marini.

— Mais à une condition, — interrompit maître Pierre.

— Laquelle ? — reprit Yvon pâlissant déjà à la pensée de quelque obstacle.

— C'est que vous inviterez tous vos braves camarades au repas de fiançailles, et on parlera de notre festin jusque dans le pays de Cornouailles, où l'on fait des dîners de six à huit cents convives. J'espère qu'après le repas Yvon, aux premiers sons du binniou, vous ne vous ferez pas attendre, et que vous vous distinguerez en dansant le joyeux jubadaos, de façon à prouver que vous n'avez rien perdu sous l'habit militaire de votre agilité de villageois.

A la proposition d'un repas, l'hilarité était passée dans les rangs des gardes-côtes.

— A quand la noce ? — s'écria Marini.

— Dame !... il faut que je fasse venir mes papiers de Landernau, — reprit Yvon ; — je suis de Landernau ; mais dans huit jours je serai tout prêt...

— Dans huit jours, donc !... mon brave Yvon, — reprit maître Pierre ; — d'ici là, revenez... Quant à vous, Marthe, donnez la main à votre mari.

Aïssé, chez qui l'excès de la surprise avait paralysé jusqu'à l'indignation, laissa prendre sa main à Yvon, qui donna à ses gens le signal de la retraite. Il était trop heureux pour songer même à poursuivre contre un beau-père futur une perquisition. D'ailleurs, au fond de son zèle, il n'y avait peut-être que la susceptibilité d'un sergent trop jaloux de venger les injures faites au caporal.

Lorsque le bruit des gardes-côtes défilant sur la route eut cessé de se faire entendre, lorsque Ferriol eut congédié ses hôtes par prudence en les ajournant à un terme prochain, Aïssé, restée seule avec lui, le considéra quelques instants sans parler, comme pour demander une explication de tout ce qui venait de se passer... Mais l'impassible gentilhomme continuant de garder le silence, elle éclata enfin.

— Voudriez-vous me dire, monsieur, quel est sérieusement votre dessein après l'engagement que vous avez paru prendre ?

— Et que j'ai pris en effet, — reprit Ferriol, — c'est te dire assez, petite, que je le tiendrai.

— Cela est donc possible, vous y avez songé sérieusement ! Mais mon consentement, monsieur...

— N'es-tu point mon esclave ? Ne me l'as-tu pas dit toi-même ?... Ai-je besoin que tu me permettes d'user de mes droits ?

— Je n'obéirai pourtant pas, monsieur, car, si grands que soient ces droits, il y a des limites où ils doivent s'arrêter ; et c'est lorsque, non content de m'avoir rendue à jamais malheureuse et méprisable, vous voulez détruire par moi le repos et le bonheur d'un autre. Je ne vous rappellerai pas, monsieur, pour toucher votre âme en ma faveur, que j'ai été élevée dans la maison de Ferriol comme une enfant de cette famille ; je ne vous dirai point que l'éducation que j'ai reçue, le monde où j'ai paru, la civilisation qu'on m'a fait connaître si malheureusement pour moi, me font redouter de devenir la femme d'un grossier sergent de gardes-côtes... Non, tant de fierté ne sied plus à mon langage, si elle est hélas restée dans mon cœur ! Qu'importe que pour moi la caserne de quelque port de mer succède à cette affreuse cabane, et un lit de camp à la paille de mon grenier ? Qu'importent des souffrances qui suivent tant de malheurs, des humiliations après tant de honte ?... Mais ce que je ne saurais accepter, c'est qui vous me fassiez la complice d'une ruse qui déshonorera un honnête homme !.... Oui, monsieur, à quelque classe qu'appartienne le simple et honnête Breton qui m'a choisie, il aime en moi la fille pure et innocente de maitre Pierre, et non l'esclave flétrie du comte de Ferriol !... N'attendez pas que, pour cacher ma honte, je consomme ici la sienne. Je vous ai suivi en exil, loin du noble défenseur qui m'était si cher; partout où il vous a plu de porter vos pas, je me suis faite à votre suite muette et servile comme votre ombre. Je n'ai même point cherché à pénétrer vos desseins secrets, si pénible qu'il soit pour moi de m'en faire l'instrument. Mais si jusqu'à ce jour j'ai tout supporté sans me plaindre, il est des droits que je puis défendre encore dans ce monde, et je défendrai ces droits... Votre maîtresse, monsieur, ne sera jamais la femme d'un autre. Vous m'avez flétrie, outragée, brisée, mais vous ne me ferez trahir personne.

Ferriol écouta avec sang-froid toute cette explosion d'une douleur si longtemps contenue, puis il répondit nonchalamment :

— Allons, calme-toi, petite, bien qu'à vrai dire la colère ajoute encore à l'éclat de tes yeux, et que tu sois ainsi plus charmante encore. Ecoute, ce mariage contracté sous un faux nom ne t'engagera peut-être pas aussi longtemps que tu le penses.

— Mais il n'en compromet pas moins le repos et l'avenir de l'homme à qui vous me donnez. Mais, si peu de temps que dure ce mariage, cet homme n'aura-t-il pas tout pouvoir sur moi ?

— Eh bien ! après tout, si je lui transmets mon pouvoir ?

— Vous !... transmettre un pareil pouvoir !... vous l'oseriez !...

— Ecoutez, Aïssé, — dit Ferriol en lui saisissant le bras et en la contemplant d'une façon presque solennelle, — écoutez-moi. Dès que vous avez paru à mes yeux, je vous ai aimée; oui... vous qui n'étiez qu'une esclave, je vous ai préférée à tout, à ma grandeur, à ma fortune, presque à mon honneur de gentilhomme ; je n'ai obtenu de vous que l'indifférence et l'ingratitude. Alors, j'ai dû ressaisir par la violence ce bien qu'on allait m'enlever par la violence... Alors, vous m'avez suivi, mais comme un reproche, comme un remords incessant; vous m'avez continué opiniâtrément en tout temps, en tout lieu, l'insulte de votre amère obéissance, de votre ironique servilité... Ce n'est donc pas ma faute si vous avez lassé en moi l'amour du gentilhomme et la patience du maître, si vous m'avez forcé à ne voir en vous qu'un passif et aveugle instrument. Ce mariage est nécessaire à l'accomplissement des seuls vœux qu'il me soit encore permis de former. C'est le premier échelon de la seule fortune qu'il me reste à tenter. Ce mariage se fera... il le faut... c'est ma volonté.

Après avoir ainsi parlé, le comte de Ferriol sortit de la cabane, laissant Aïssé descendue encore plus bas dans cet abîme de douleur dont elle avait cru découvrir déjà le fond. Elle resta longtemps le visage caché entre ses deux mains et comme perdue dans ses réflexions ; puis tout à coup elle sembla prendre un parti violant, et, s'élançant rapidement hors de la cabane, elle s'engagea dans le chemin qui conduit de Lanmeur à la mer.

On la vit s'agenouiller un instant devant une de ces grandes croix de pierre si communes en Bretagne ; puis elle se dirigea rapidement vers une pointe escarpée qui avançait dans les flots du côté de Locquirec. Elle fit quelques pas vers l'abîme ; mais tout à coup elle s'arrêta, contemplant à la fois autour d'elle, doucement éclairés par un pâle soleil d'automne, la campagne, le ciel et la mer, le domaine immense de l'homme et l'empire infini de Dieu; il lui semblait alors si doux de vivre ! De vastes champs de trèfle semblaient flotter au loin comme un autre Océan ; quelques manoirs laissaient entrevoir leurs tours noirâtres au sein du feuillage riant, et de longues vallées se déroulant dans la campagne promettaient de conduire par des chemins fleuris à de lointains Edens. D'un autre côté, des nuages de toutes couleurs diapraient l'azur du ciel sans altérer sa sérénité, et l'Océan reflétait fidèlement toutes ces nuances si riches dans son miroir ondulant. Devant toutes ces magnificences de la nature, les douleurs de l'humanité semblaient si oubliées, si impossibles même, que la pauvre affligée, qui avait d'abord voulu chercher dans les flots le repos de la mort, s'éloigna du gouffre, et fit quelques pas pour descendre vers la campagne. Puis tout à coup la vie où elle allait rentrer lui apparut dans toute sa hideuse réalité, et alors, prenant sa course et fermant les yeux, elle s'élança vers l'extrémité du rocher et se précipita dans les flots.

XIV

AU BORD DE LA MER.

Le vent d'équinoxe souffle le long de la côte, et ses brusques rafales éteignent par moments les rayons bienfaisants du soleil qui se dérobent frileusement sous de gros nuages gris. L'automne est venu, et l'automne en Bretagne c'est plus que l'hiver dans le midi de la France : la mer est houleuse et vient se briser en mugissant sur les grèves solitaires ; car le temps est mauvais pour la pêche, et, à moins de quelque intérêt plus ou moins puissant, les rivages de l'Armorique ne sont point, dans de pareilles circonstances, un but de promenade. Telle est du moins, sans doute, l'opinion de deux braves paysans bretons assis vis-à-vis l'un de l'autre, chacun sur un escabeau au fond d'une petite cabane de pêcheur, située près de la pointe de Locquirec, et que la configuration du terrain abrite des vents d'ouest. L'un et l'autre, le coude appuyé sur une table vermoulue où l'on distingue une canette de cidre et deux gobelets d'étain, fument tranquillement leur pipe au coin d'une vaste cheminée où brûle un maigre feu de tourbe et de sarments. L'un et l'autre ont la tête couverte d'un large chapeau, si bien enfoncé jusque sur les paupières qu'il serait difficile de distinguer leurs traits. Aussi bien l'obscurité qui règne dans la cabane, faiblement éclairée par une fenêtre en soupirail, ne permettait guère, en tout état de cause, de se livrer à une contemplation tant soit peu efficace. Seulement, on peut voir à la double silhouette que projettent sur le foyer les deux hôtes de la cabane, que l'un est grand et maigre, et l'autre ramassé dans sa taille, mais d'une carrure herculéenne. Au surplus, si l'on veut bien prêter l'oreille au dialogue qu'échangent ensemble, au milieu d'un nuage épais produit par les bouffées d'un assez bon tabac de contrebande, les deux individus dont il s'agit, on ne conservera plus bientôt aucun doute sur leur identité.

— Par sainte Cunégonde ! — s'écria le plus grand, — savez-vous, *monsu* de Pontcallet, que nous l'avons échappé belle, ce matin ? J'en ai encore la chair de poule pour ma part.

— Oh ! je ne m'effraye pas pour si peu, — reprend une voix de basse-taille vibrante comme un tonnerre ; — nous pouvions être pris, c'est vrai, mais j'aurais pour ma part assommé tout au moins deux ou trois de ces gardes-côtes, et je n'en aurais pas été fâché, car les maroufles ont osé s'emparer d'une balle de tabac qui m'était expédiée par un de mes correspondants; et il faut tôt ou tard que je me venge, aussi vrai que je suis un bon Breton bretonnant, de la plus pure race de gentilshommes.

En parlant ainsi, l'homme à la voix de basse avait déposé sa pipe sur un coin de la table, et retroussé jusqu'au coude deux bras nerveux qui eussent fait envie à Milon de Crotone.

— Comme il plaira à Votre Excellence, *monsu*, — reprit Marini, involontairement troublé par cette démonstration ; — quant à moi, qui ne veux plus avoir rien à démêler avec messieurs les gardes-côtes, vous le voyez, j'ai fait comme vous ; je me suis, pour éviter tout soupçon, affublé d'un costume de paysan breton. Me trouvez-vous bien déguisé, Excellence ?

— Que m'importe ! et foin de l'excellence ! Appelezmoi comme il vous il plaira ; mais, nous autres Bretons, nous ne nous servons pas de ce titre-là, entendez-vous ?

— Parfaitement bien ; mais vous avez beau dire, je défie tous les limiers de la police de *monsignor* Dubois de reconnaître sous mon accoutrement actuel un comte du saint-empire romain, un chambellan de notre saint-père le pape, un...

— Assez, mordieu ! assez ! nous ne sommes pas ici pour nous occuper de pareilles balivernes. Revenons au seul sujet qui doive nous occuper. Monsieur de Mélac-Hervieux est en mer à peu de distance, à bord de la flotte espagnole, et il attend de nos nouvelles ; il faut lui en donner aujourd'hui même, et c'est pour cela que je vous ai conduit ici, où nous ne courons aucun risque d'être surpris.

— En êtes-vous au moins bien sûr, *monsu* de Pontcallet ?

— Est-ce que vous auriez peur, monsieur Marini ?

— Moi ? au contraire.

— A la bonne heure ! Un conspirateur qui tremble est bien près de trahir, et m'est avis qu'il faut s'en débarrasser... comme on peut.

— Vous croyez, *monsu*, vous croyez ?

— J'en suis sûr. Au surplus, sachez que nous sommes ici chez un des vassaux de mon domaine de Pontcallet, qui m'est entièrement dévoué, et qui se ferait au besoin pendre pour son maître et seigneur. Je l'ai installé dans cette cabane pour faire mes affaires avec les... marchands de la côte.

— Les marchands ?

— Marchands ou contrebandiers, qu'importe ? n'est-ce pas la même chose ? Apprenez que les Pontcallet ont toujours été de père en fils les ennemis du fisc et de la gabelle, et si j'ai consenti à servir les intérêts du roi Philippe V, c'est que j'espère bien que son premier acte sera de supprimer les agents du fisc et de la gabelle, ou tout au moins de leur ordonner de ne point s'adresser aux nobles. J'ai fait mes conditions sur ce point.

— Vous avez fort bien fait, *monsu*.

— Revenons au sujet qui nous rassemble. Il faut écrire à monsieur de Mélac-Hervieux pour lui faire connaître les résolutions prises dans la dernière assemblée des nobles, et lui annoncer que le jour où il verra un feu allumé sur la pointe de Locquirec la flotte espagnole devra opérer son débarquement.

— Qui se chargera de porter la lettre ?

— L'homme que vous savez.

— Quel homme ?

— Le maître de cette cabane ; celui qui est en ce moment aux aguets pour que nous ne soyons pas surpris pendant notre conférence. C'est un hardi marin, comme tout bas Breton doit l'être.

— *Benè, monsu, benedissimè ; ma* qui se charge de l'écrire, cette lettre ?

— Qui ? vous.

— Pourquoi ne prendriez-vous pas ce soin ? Monsieur de Mélac-Hervieux est un de vos amis, m'a-t-on dit, et...

— Pourquoi ?... Pourquoi ?... parce que je ne suis pas entré dans la conspiration pour écrire, moi, mais pour agir. Un Pontcallet n'a jamais manqué à la chasse un loup ou un sanglier, à la guerre un Anglais ; mais, quand il faut écrivailler, il laisse ce soin à son chapelain. Nous avons ci tout ce qu'il faut pour écrire... Ecrivez donc.

— *Ma* je ne suis pas chapelain.

— Ne m'avez-vous pas dit que vous étiez le chambellan de notre saint-père le pape ? c'est tout comme.

— *Ma* je ne sais pas très-bien le français ; je suis étranger, moi ; *Italiano*, moi, *monsu*.

— Il n'importe. Allons, *monsu* de l'écritoire, dépêchons !

— Ce sera donc pour vous être agréable, *monsu* de Pontcallet, uniquement pour vous être agréable. *Ma* vous signerez la lettre, au moins.

— J'y ferai mon possible.—Là-dessus, le seigneur Marino-Marini, déterminé quoique à regret à faire de nécessité vertu, se mit en devoir de déférer à l'invitation de Pontcallet. Comme il mettait à cet effet la plume à la main, un bruit précipité de sabots frappant le sol en cadence retentit à l'extérieur. Le comte du saint-empire romain, dont la bravoure n'était pas précisément l'attribut distinctif, devint pâle et tremblant, et cacha rapidement sous sa veste tout ce qui pouvait le compromettre. En même temps la porte s'ouvrit, et un petit homme sale et déguenillé, à crinière fauve et inculte, à épaisse encolure, dont les traits sauvages présentaient un compromis entre la tête humaine et celle de l'orang-outang, s'élança tout effaré dans l'intérieur de la cabane. — Rassurez-vous, — s'écria Pontcallet, — c'est le gars qui fait sentinelle pour nous, c'est Yoland !

Après avoir ainsi calmé tant bien que mal les inquiétudes de son compagnon, Duguet de Pontcallet se mit à échanger quelques paroles avec le nouveau venu en bas breton, langue que Marini n'entendait nullement.

— Que dit-il dans son affreux baragouin ? — interrompit tout à coup ce dernier, qui se sentait décidément assez mal à son aise.

— Il dit qu'il vient d'apercevoir une femme.

— Une femme ! ce n'est qu'une femme ! je respire. Pourtant, l'on a vu des conspirations découvertes par des femmes. Cette femme est-elle vieille ou jeune ?

— Jeune.

— Tant pis ! c'est plus dangereux.

— Que le diable vous emporte avec vos sottes terreurs ! ne voyez-vous pas que c'est une fille de Lanmeur ou des environs, qui a donné rendez-vous à quelque gars de la contrée sur le rivage, dans quelque creux de rocher ?

— Au fait, c'est possible, *ma*, pour l'amour de Dieu, *monsu* de Pontcallet, renvoyez bien vite cet Yoland à son poste d'observation, et recommandez-lui d'ôter ses sabots ; je ne peux pas souffrir le bruit des sabots quand j'écris.— Yoland sortit, et Marini se mit à la rédaction de sa lettre. Comme il venait de la terminer, et comme il tendait la plume à Duguet de Pontcallet pour qu'il apposât sa signature au bas de l'épître, un bruit de chevaux retentit à l'extérieur, et Yoland accourut cette fois les pieds nus, baragouinant avec plus de volubilité que jamais des paroles entrecoupées, car l'haleine lui manquait à chaque instant à cause de la rapidité de sa course. — Que dit-il ? — balbutia Marini en se levant avec vivacité et jetant à droite et à gauche des yeux effarés, dans l'espoir de trouver une cachette.

— Il dit, — répondit tranquillement Pontcallet, — qu'il vient d'apercevoir des cavaliers qui se dirigent de ce côté.

— Sainte Cunégonde, prenez pitié de moi !— murmura Marini en se signant trois fois. — Que faire ? si nous fermions la porte et faisions la sourde oreille ?

— Impossible. Ils auront vu s'enfuir Yoland de ce côté, et ils sont capables d'enfoncer la porte, surtout si ce sont des militaires, comme l'assure le gars.

— Encore des soldats ! *ma* ce pays en est donc pavé, *monsu* ?

— Alors défendons-nous, nous sommes trois.

— Gardez-vous en bien, *monsu* ; gardez-vous en bien et ne bougez pas, les voici !

Plusieurs chevaux venaient en effet de s'arrêter à la porte de la cabane, et les cavaliers qui en étaient descendus entraient dans l'intérieur en soufflant dans leurs doigts.

— Pardieu ! messieurs, — s'écria l'un de ces cavaliers en laissant tomber son manteau sur ses épaules, ce qui permit d'apercevoir un justaucorps rouge garni de velours noir et galonné d'or fin, tel qu'en portaient alors les gentilshommes des compagnies rouges, c'est-à-dire les gendarmes, les mousquetaires et les chevau-légers de la maison du roi ; — pardieu ! il fait plus chaud dans ce bouge que sur la côte ; qu'en dites-vous? Il me semble que nous serons ici à merveille pour prendre nos notes. Quant à moi, je ne pouvais plus tenir mon crayon, parole d'honnour !

— Messieurs, — reprit l'un des nouveaux venus, qui paraissait plus élevé en grade que les autres, et dont le visage juvénile, plein de charme et de douceur, n'en portait pas moins l'empreinte d'une gravité triste et presque sévère, — messieurs, nous ne sommes point ici en pays conquis, et vous oubliez que le premier devoir d'un gentilhomme est la politesse. — Puis se tournant vers Yoland, qui était resté debout dans une attitude presque hébétée : — Brave homme, — ajouta-t-il, — c'est sans doute à vous qu'appartient cette cabane ; vous plaît-il de nous y donner l'hospitalité pour quelques instants ?—Yoland, on s'en souvient, parlait le bas breton, et toute autre langue était pour lui langue morte. Tout ce qu'il put faire fut de baragouiner quelques mots de son idiome natal, que nul de ses auditeurs ne comprit non plus que son interlocuteur. Ce dernier, en désespoir de cause, s'approcha du foyer où Pontcallet et Marini étaient demeurés assis, leurs chapeaux soigneusement rabattus sur leur visage, et, soit hasard, soit que l'Italien lui parût plus communicatif que son sauvage compagnon, il s'en vint frapper sur l'épaule du comte du saint-empire romain et lui dit : — Bien que vous portiez le costume du pays, je gagerais volontiers que vous n'êtes point Breton, et que vous me comprendrez, vous, l'ami ! n'est-ce pas? Servez-moi donc d'interprète auprès du maître de céans, et dites-lui que nous lui demandons la permission de nous réchauffer un peu à son foyer.

Marini était de ces poltrons pour lesquels la présence d'esprit tient lieu de courage. Il ne savait pas un mot de bas breton, mais en revanche il avait appris jadis, pendant son séjour sur les côtes de l'Asie Mineure, assez de turc et de grec moderne pour pouvoir demander dans une hôtellerie les choses les plus indispensables aux besoins de la vie. A la question qui venait de lui être adressée, il répondit donc hardiment par un déluge de mots turcs et grecs, si étrangement combinés que nul des assistants ne douta qu'il n'eût entendu du bas breton. Quant à Pontcallet, il avait bourré sa pipe, et, tournant brutalement le dos aux nouveaux venus, il fumait avec un sang-froid presque stoïque.

— Eh bien ! mon commandant, — fit un des officiers, — vous voyez que c'est peine perdue que de vouloir être poli envers ces rustres-là. Ils ne comprennent pas. Par la mordieu ! messieurs, je voudrais bien voir la mine que fera monseigneur le régent quand il va se trouver face à face avec tous ces oisons de Bretagne.

— Le fait est, — reprit un autre officier, — que Son Altesse a eu là une étrange idée de vouloir faire le voyage de Bretagne, et à cette époque de l'année surtout. Si c'était en été, passe encore ; mais fin septembre... hou ! hou ! hou ! Je suis grelottant, et il me tarde de revoir le Palais-Royal et l'Opéra. Heureusement Son Altesse est attendue demain dans la nuit, et je doute fort qu'il lui plaise de prolonger son séjour sur cette terre inhospitalière.

— Silence ! messieurs, — s'écria l'officier auquel on avait donné le titre de commandant, et qui, occupé à prendre quelques notes sur son carnet, n'avait prêté qu'une médiocre attention au dialogue qui précède ; — vos propos sont au moins imprudents, car vous savez bien que le voyage de monseigneur le régent ne doit être divulgué qu'au dernier moment.

— Permettez-nous, commandant, de vous faire observer que ce moment approche : et d'ailleurs les animaux que voici ne comprennent pas un mot de notre conversation, vous le savez bien.

A ce moment, des cris retentirent en dehors de la cabane et vinrent faire diversion à un incident qui, comme on le pense bien, avait excité au plus haut point l'attention de Marini et de son compagnon. Chacun se précipita en tumulte hors du bouge enfumé où monsieur de Pontcallet avait établi une espèce d'entrepôt de contrebande, et le gentilhomme fraudeur, ainsi que le comte du saint-empire romain, ne furent pas les derniers à profiter de cette occasion pour s'esquiver, de peur d'être reconnus par quelque nouveau survenant.

Les gens de l'escorte de messieurs les gentilshommes de la maison militaire du roi ou plutôt de monseigneur le régent, attendu le jeune âge du monarque, venaient d'apercevoir, en haut de la falaise abrupte qui forme la pointe de Locquirec, une jeune femme qui avait levé vers le ciel des mains suppliantes et s'était précipitée dans la mer.

— Mes amis, — s'écria l'officier au visage mélancolique, — il faut sauver cette femme!

— C'est facile à dire, commandant, — reprit l'un des officiers, — mais il n'y a pas un marin parmi nous, et ceux qui savent nager ne se hasarderaient guère, par un temps pareil et sur une telle côte, pour sauver la vie d'une inconnue au péril de la leur.

—Est-il bien vrai?—Tous baissèrent la tête sans répondre. — Alors ce sera donc moi qui la sauverai ! En même temps, se dépouillant de son manteau et de son habit, et repoussant énergiquement tous ceux qui essayaient de le retenir, le jeune commandant s'élança en courant du côté où le terrain descendait sur le rivage, en contournant la pointe de Locquirec, et au bout de quelques instants il plongeait dans les flots de l'Océan, qui déferlaient incessamment sur sa tête avec de lugubres mugissements. Quelques instants encore il saisissait par ses longs cheveux la malheureuse victime, et il se disposait à regagner la plage, dont il n'était séparé que par quelques brassées, en soutenant au-dessus de l'eau son précieux fardeau; déjà les acclamations retentissaient sur le rivage, déjà tous les bras se tendaient vers le courageux jeune homme, lorsque tout à coup on vit s'avancer une vague immense comme une montagne... Un cri d'horreur s'éleva : la vague avait englouti deux victimes au lieu d'une. Lorsque la vague se retira, deux corps inanimés gisaient sur le sable. Chacun s'empressa autour d'eux, et l'on se mit en devoir de les porter dans la cabane d'Yoland, où l'on alluma un grand feu de tourbe et de sarments. Grâce à la médication intelligente de ce sauvage Breton, familiarisé dès l'enfance avec les événements de ce genre, l'officier, qui avait le moins souffert, ne tarda pas à se ranimer, et bientôt le généreux gentilhomme fut en état de parler. Son premier soin fut de s'informer de celle pour laquelle il venait de risquer sa vie. On lui avait appris qu'il y avait également tout espoir de la sauver. Des femmes de pêcheurs, qui étaient venues à passer sur le rivage, avaient été recrutées pour l'assister. — Puisqu'il en en est ainsi, — s'écria-t-il, — loué soit Dieu ! ma tâche est remplie et je n'ai plus rien à faire ici. A cheval ! Donnez une bourse à ces braves gens, et dites-leur que, si je puis leur être utile, ils me trouveront au château de Ploëgat-Guérande.

— Déjà partir ! — répondirent plusieurs voix ; — vous avez tort ; vous n'êtes pas assez bien remis.

— Oh ! si fait, messieurs, si fait.

—Eh quoi! commandant, —reprit l'un des jeunes gentilshommes, — vous ne demandez pas seulement à voir la personne que vous avez sauvée ! Vous avez tort, sur ma parole ! car c'est l'une des plus jolies créatures que j'ai vues de ma vie.

— Que m'importe sa beauté ! — fut-il répondu avec un accent plein de mélancolie.

— Le fait est, — murmura à voix basse l'un des assistants, — que le commandant est aveugle, sourd et muet à l'endroit de la plus charmante moitié du genre humain. Cela est étrange, qu'en dites-vous, messieurs ?

— Pardieu ! — reprit un autre, — il me semble que j'ai déjà rencontré quelque part dans ma vie cette adorable tête.

— Allons donc ! tu ne sais ce que tu dis, c'est la première fois que tu viens en Bretagne.

— Il est vrai ; mais je m'y connais un peu, messieurs, et ce n'est pas là une beauté bretonne.

— A d'autres ! Tiens, voilà qu'elle ouvre les yeux... Peste ! mes amis, on ne nous sert pas de ces yeux-là à Paris, et je commence à croire que monseigneur le régent n'a pas eu tort de nous faire entreprendre notre voyage.

Pendant que ces propos s'échangeaient à mi-voix dans la cabane de maître Yoland, entre quelques jeunes fous comme il y en avait tant alors à la cour du régent, celui qui les commandait s'était levé et s'était avancé jusque sur le seuil pour ordonner aux gardes de la maréchaussée, demeurés en dehors afin de garder les chevaux, de tout disposer pour le départ.

— Allons, messieurs. — s'écria-t-il en se retournant vers l'intérieur de la cabane, — rien ne nous retient plus ici. A cheval !

Chacun se mit en devoir d'obéir, et l'humble habitation de maître Yoland, quelques instants auparavant si encombrée, se trouva presque vide ; car il ne resta plus en ce moment que la jeune femme arrachée par le commandant à une mort certaine, et qui reposait étendue sur une litière de paille de maïs, à quelque distance du foyer ; les femmes qui lui avaient donné leurs soins étaient sorties elles-mêmes, avec cette curiosité naïve, attribut distinctif des populations des campagnes, pour voir les jeunes gentilshommes monter à cheval.

A ce moment quelques fragments de tourbe et de sarments, venant à s'enflammer, projetèrent une vive lueur dans la cabane, et le commandant, demeuré debout sur le seuil, ayant jeté machinalement un regard dans l'intérieur, ne put réprimer un cri de surprise, et peu s'en fallut même qu'il ne tombât à la renverse.

— Qu'est-ce donc, commandant ? — s'écrièrent ses compagnons déjà en selle, — vous voyez bien que vous avez tort de vouloir déjà repartir. Vous n'êtes pas assez bien remis, nous vous le disions tout à l'heure. Reposez-vous encore quelques instants auprès du foyer.

— En effet, — reprit le jeune homme d'une voix mal articulée, — je vous engage à me devancer, messieurs, je vais rester ici quelques instants.

— Oh ! nous vous attendrons.

— Non pas... que quelqu'un garde mon cheval ! Mais partez, vous, partez !

— Mais nous ne saurions pourtant vous laisser ainsi.

— Je l'exige. Qu'on me laisse seul dans cette cabane... seul, entendez-vous ! Je veux être seul. A bientôt, messieurs.

Ayant ainsi parlé, le jeune officier rentra dans la cabane, dont il referma vivement la porte ; puis, s'élançant auprès du lit improvisé sur lequel on avait déposé la jeune femme qu'il avait sauvée, il se laissa tomber à genoux devant elle en saisissant ses deux mains encore froides et les couvrant de baisers, en même temps qu'il les arrosait de larmes.

Est-il besoin d'ajouter, et le lecteur n'a-t-il pas deviné depuis longtemps que ce jeune officier était le chevalier d'Aydie, et qu'il venait de reconnaître la jeune fille qu'il avait tant aimée, et dont le souvenir triste et doux était toujours présent à sa pensée, Aïssé la Circassienne ?

XV

L'AMOUR A VINGT ET A SOIXANTE ANS.

Lorsque Aïssé rouvrit les yeux, de tous ceux qu'elle avait entrevus d'abord un seul était resté près d'elle, un seul, qui agenouillé l'appelait avec des sanglots. Elle reconnut cette voix, qui l'eût fait tressaillir jusque dans son tombeau, cette voix qu'elle n'espérait plus entendre désormais, la voix de son cher et bien-aimé chevalier.

Qui pourrait exprimer ici toute cette joie pleine de larmes, tout cet attendrissement fécond en délices, cette effusion suprême de deux cœurs comprimés si longtemps ! Questions affectueuses, vives et touchantes protestations, sanglots et transports, tout éclatait, tout se croisait à la fois.

— Vous ici ! — disait Aïssé à d'Aydie, — vous !... Ah ! lorsque j'ai rouvert les yeux tout à l'heure et que je vous ai aperçu, j'étais bien heureuse ; je me croyais morte, et ce n'était plus en ce monde qu'il me semblait vous rencontrer ! Hélas ! je suis encore sur cette terre. Oh ! dites-moi, par quel étrange hasard vous trouvez-vous sur mes pas, vous que j'ai tant besoin de revoir pour vous pardonner de m'avoir sauvée ?

— A tout autre qu'à vous, — répondit d'Aydie, — je cacherais le motif de ma venue ; mais à vous j'ouvre toute mon âme comme j'avais gardé tout mon cœur. Je ne fais que précéder le régent ; que les bruits sourds d'un débarquement de la flotte espagnole appellent en Bretagne ; il a dû se mettre secrètement en route... Mais vous-même, Aïssé, vous en Bretagne sous ce costume ? Qu'y venez-vous faire ? Quel a été votre sort jusqu'à présent ?...

— Avant de parler, promettez-moi que mes paroles n'attireront aucun danger sur la tête d'une personne dont j'ai juré de ne jamais me venger.

— Aïssé !

— Promettez-le-moi sur votre honneur de gentilhomme !

D'Aydie, pour toute réponse, lui tendit la main, et alors Aïssé déroula à ses yeux le tableau de toutes ses souffrances passées ; elle lui conta une à une toutes ses poignantes humiliations, toutes ses tortures si diverses et si constantes ? L'exil, par intervalles la misère, toujours la honte ! Oh ! combien de fois dut-elle interrompre son récit pour cacher son front dans le sein de d'Aydie ! Mais, généreuse encore pour son bourreau, en faisant l'aveu de son supplice elle s'efforça d'atténuer tout ce que le séjour clandestin d'un proscrit déguisé sur les côtes de France pouvait avoir de suspect aux yeux d'un officier du régent ; elle lui cacha même l'odieux projet de mariage conçu par son persécuteur.

D'Aydie contemplait Aïssé en silence ; tout ce que la jalousie a de plus cruel luttait en lui avec ce que la tendresse a de plus miséricordieusement dévoué. Mais, lorsque enfin les larmes d'Aïssé, après avoir longtemps tremblé à ses cils et humecté légèrement ses paupières rougies, ruisselèrent sur ses joues, d'Aydie ne ressentit plus que pitié et amour.

— Oh ! viens, viens avec moi !... — s'écria-t-il, — pauvre enfant, tu as assez souffert ; il est temps que Dieu te rende enfin tout ce qu'il t'a enlevé... il est temps que tu retrouves honneur, repos, estime !... Oh !... je t'ai si souvent appelée dans les trois années qui viennent de s'écouler ; j'avais tant besoin de pleurer avec toi, au milieu de ces travaux, de ces devoirs, de ces fêtes même qui se disputaient mon existence sans l'occuper un seul instant !... Viens, que je trouve dans le bonheur que le ciel t'enverra par moi comme une expiation les seules joies qui puissent encore m'attacher à la vie !

— Oh ! merci, merci, mille fois merci, noble ami : mais quand même je pourrais rompre ces liens qui pèsent sur moi, à quel titre voulez-vous que je vous suive ? Vous ne voudriez pas me laisser votre esclave, et moi je ne voudrais pas être votre sœur ; car bientôt quelque noble alliance viendra impérieusement chercher le gentilhomme riche et honoré, et alors, voyez-vous, tout ce bonheur que vous daignez me donner, tout ce bonheur au-dessus de ce que je mérite, serait le plus fatal présent que vous auriez pu me faire ; car je vous aime, moi, et, vous voyant vous unir à une épouse digne de vous, j'oserais rester sa rivale par le cœur; j'oserais lui envier par mon désespoir toute la félicité que vous partageriez ensemble.

— Que dis-tu, que dis-tu, Aïssé? Quoi... je t'ai proposé de me suivre, et tu as pu croire que ce n'était point pour être ma compagne, mon amie, ma femme! tu as pu croire que je t'offrais une protection, et que ce n'était pas celle de mon nom!

A cet élan Aïssé ne répondit un instant que par le silence et l'immobilité de la surprise. Une foule d'émotions tumultueuses l'étouffaient sans pouvoir se faire jour. Ses yeux seuls, pleins d'une indicible reconnaissance, purent être ses interprètes auprès de d'Aydie, et ses mains, s'emparant de celles du généreux officier, les portèrent à ses lèvres.

— Vous, vous, mon ami, — s'écria-t-elle enfin, — vous avez cette pensée! Vous m'aimez à ce point?... Ah! j'étais bien injuste et bien impie d'oser maudire la vie quand il devait m'être donné d'y inspirer encore un si sublime dévouement!... Je n'ai qu'un moyen de répondre dignement à une pareille preuve d'amour, c'est de vous refuser.

— Aïssé!...

— Moi! une esclave, qui vis esclave, qui mourrai esclave, dont on a aliéné jusqu'à l'honneur... je serais votre femme!... Rien sur la terre ne saurait être plus impossible... Oh! laissez-moi fuir pour que je ne puisse être même un instant ébranlée dans cette résolution qui est mon devoir, mon plus sacré devoir!... Adieu!... c'est déjà trop de bonheur pour moi de vous avoir revu si longtemps.

— Aïssé, tu ne fuiras pas! femme, sœur ou amie, à quelque titre que je doive te reprendre, je ne veux plus te perdre. Oh! tu ne sais pas à quelle sombre et solennelle résolution m'avait entraîné la douleur de ta perte! Apprends que j'étais déterminé à consacrer désormais à Dieu le reste d'une existence désolée... Oui, dans quelques jours j'allais être fait chevalier de Malte; mais maintenant que je t'ai retrouvée, grâce au ciel, il est encore temps de renoncer à un tel projet. Aïssé! Aïssé! tu ne m'échapperas plus!

— Laissez-moi! oh! laissez-moi, vous dis-je!

D'Aydie ne l'écoutait pas: à genoux devant elle, il la pressait convulsivement dans ses bras; et plus Aïssé le suppliait, plus il lui semblait impossible que cette étreinte désirée si longtemps pût se rompre encore pour un adieu.

Cependant le jour baissait. D'un moment à l'autre les officiers qui avaient conduit d'Aydie sur le rivage, et qui l'avaient laissé auprès de la jeune fille, pouvaient reparaître, inquiets de ne pas le voir revenir.

— Il faut nous séparer, — dit enfin d'Aydie; — appelé sur ces côtes par une mission du régent, le devoir me réclame: mais promettez-moi du moins que je vous reverrai.

— Vous revoir; je ne le puis, je ne le dois pas.

— Il le faut, Aïssé, ou je ne saurais consentir à vous quitter. Par grâce, par pitié, ne me refusez pas de me faire connaître le lieu de votre demeure!

— Je ne puis vous le dire: c'est un secret, et ce secret n'est pas le mien.

— Ah! dussé-je fouiller moi-même toutes les maisons de la côte, je saurai bien pénétrer un tel secret.

— Si réellement je vous suis chère, promettez-moi de n'en rien faire.

— Je le veux bien, mais c'est à une condition.

— Laquelle?

— Je vous l'ai déjà fait connaître.

— Eh bien! — répondit la Circassienne après avoir réfléchi quelques instants, — après-demain, dans ce lieu même, à la même heure.

Pour toute réponse l'amoureux chevalier saisit la main de la jeune femme, qu'il colla à ses lèvres avec ferveur; puis, s'arrachant par un effort désespéré de la cabane

de maître Yoland, il remonte à cheval et s'éloigne avec rapidité.

Il était temps; car le galop de sa monture retentissait encore le long de la côte que déjà maître Pierre ou plutôt le comte de Ferriol entrait à son tour dans la cabane, accompagné d'Yoland, qui tenait une lanterne à la main.

— On ne m'a donc pas trompé! — s'écria le vieux gentilhomme, sur les traits duquel une vive altération était peinte, — tu as pu attenter à tes jours, tes jours qui m'appartiennent, Aïssé, l'as-tu donc oublié?

En parlant ainsi, il avait saisi la main de la Circassienne, cette main encore palpitante et humide des baisers et des larmes du chevalier d'Aydie. Aïssé frissonna comme au contact d'un fer rouge, et elle retira vivement cette main, puis d'une voix sombre:

— Il est vrai, — dit-elle, — j'avais oublié!

Ferriol se laissa tomber sur un escabeau et demeura quelque temps silencieux, la tête baissée, avec une expression de mélancolie à coup sûr bien faite pour étonner dans une pareille nature. Pendant ce temps-là, le sauvage Yoland avait déposé sa lanterne dans un coin de la cabane, et il chantait insoucieusement un vieux noël breton, tout en s'occupant de remettre en ordre son rustique mobilier.

— Aïssé, — reprit le comte avec un long soupir, — ne puis-je savoir quel motif t'a portée à une résolution aussi désespérée que celle que tu avais prise? — Et comme la jeune fille restait muette: — Je te suis donc bien odieux, — ajouta-t-il avec un accent plein d'amertume, — que toi, chrétienne, élevée dans la religion catholique, toi qui as le bonheur d'avoir la foi (et la foi console, dit-on, de tous les maux), tu préfères la mort, c'est-à-dire la plus grande violation des lois divines, à la vie partagée avec moi? Oh! c'est être bien ingrate, Aïssé, car je t'aime, moi, tu le sais bien; je t'aime avec frénésie. Oui, cet amour funeste, que je ne puis parvenir à arracher de mon cœur, s'accroît incessamment par la pensée même qu'il n'est pas en mon pouvoir de te le faire partager. Et comment en serait-il autrement? tu es jeune; en dépit des chagrins et des larmes, tu es toujours belle, que dis-je! plus belle encore qu'aux jours où, de retour de Constantinople, je retrouvai assise à mon foyer la jeune fille dans laquelle je n'avais jusque alors vu qu'un enfant. Oh! si l'aspect de tant d'attraits porta le trouble dans mes sens, si je fus coupable alors en outrageant celle qui m'était livrée sans défense, penses-tu que je n'ai pas depuis lors expié bien cruellement ma faute! Ce qui n'était peut-être chez moi tout d'abord qu'une fantaisie née sous l'influence des mœurs et des idées de l'Orient est devenu une passion brûlante, désordonnée, qui fait le tourment de ma vie. Chaque jour me révèle en toi une grâce ou un charme de plus; chaque jour je surprends avec horreur une nouvelle ride sur mon front. Tout ce qui te rend plus digne d'envie m'inspire un sombre désespoir; car je sens en même temps que tout ce que tu gagnes, moi je le perds... Arrivé à l'âge où ce besoin d'activité qui m'a fait une existence si aventureuse, et en ce moment même si misérable, commence à s'apaiser, où l'âme aspire à remplacer les sensations par des sentiments et se replie en quelque sorte en elle-même, j'avais concentré toutes mes affections, toutes mes joies sur toi, comme un avare sur son trésor; et je sens à chaque instant ce trésor qui m'échappe. Oh! c'est un horrible supplice que l'amour d'un vieillard pour une jeune fille; et s'il est vrai qu'il est des châtiments célestes après la vie, ce sera sans doute le châtiment suprême des maudits. Jusqu'à présent mon orgueil ne m'a pas permis de te laisser lire au fond de mon cœur: mais aujourd'hui mon orgueil est brisé, et j'aime mieux te dire ce que j'ai souffert, tout ce que je souffre encore, pour que tu aies un peu pitié de moi. Oh! tu avais bien raison lorsque tu m'as dit en partant pour m'accompagner dans mon exil que tu me suivrais partout comme un remords, peut-être comme un châtiment. Ces paroles étaient prophétiques, et elles se sont cruellement réalisées... En proie à tous les tourments de la jalousie, tourments d'autant plus cuisants peut-être que, à défaut de réalités, je voyais partout des fantômes, je t'ai traînée à ma suite dans tous les pays de l'Europe, comme si, en changeant incessamment de cieux et de climats, il m'avait été permis de te soustraire à des tentations imaginaires. C'est en vain, c'est en vain ! Partout où je voyais s'arrêter sur toi un regard d'admiration, d'avide curiosité ou même de simple bienveillance, je me sentais étouffer, et je maudissais mes cheveux blancs qui m'interdisaient d'aller en demander raison sous peine d'être considéré comme un fou. Celui-là même qui passait insoucieux près de toi, s'il était jeune, s'il était beau, devenait aussitôt pour moi un ennemi mortel ; car je me disais : Elle l'a regardé peut-être... Peut-être... ! Oh ! il y a des instants, vois-tu, où je sens une horrible tentation qui me saisit : c'est de t'assassiner et de me tuer ensuite pour mettre un terme à tous mes tourments, et pour m'assurer ainsi que, après avoir été à moi, tu ne seras jamais à un autre.

En parlant ainsi, le comte de Ferriol était tremblant, une sueur froide perlait sur les rides de son front, ses yeux brillaient d'un feu sombre sous ses épais sourcils violemment contractés ; sa tête, d'ordinaire si droite et si fière, était penchée sur sa poitrine. Il semblait qu'une métamorphose complète se fût opérée dans l'audacieux gentilhomme, sous l'influence de cette passion terrible dont il venait de se résoudre à confesser les angoisses. Aussi bien, quand l'hiver succède à l'automne, n'est-ce pas alors qu'éclatent sur l'Océan les plus horribles tempêtes ? Et l'hiver était venu pour le comte de Ferriol, l'hiver et Aïssé la Circassienne.

Celle-ci ne put s'empêcher d'être émue de compassion en entendant un langage auquel monsieur de Ferriol ne l'avait pas habituée jusque alors, et, tournant vers lui deux grands yeux noirs où se peignaient à la fois une surprise naïve et une angélique douceur :

— Je vous plains, monsieur, je vous plains ! — s'écriat-elle en lui tendant la main.

Le comte s'empara de cette main, qu'il colla avidement à ses lèvres, et sur laquelle il laissa tomber une larme brûlante ; puis, après un silence :

— Tu me pardonnes, n'est-ce pas ? — reprit-il, — si j'ai été parfois envers toi dur, sévère, peut-être même cruel. Je souffrais tant ! et il est un âge dans la vie où l'amour rend impitoyable ; car à cet âge-là il ne donne plus que des soucis et des tortures.

— Je veux vous croire, je vous crois, — répondit timidement Aïssé ; — mais, s'il en est ainsi, comment avezvous pu vous laisser entraîner à promettre ma main ?

— Il est vrai ; mais rassure-toi, enfant, ce mariage ne se fera pas : j'ai les moyens de l'empêcher.

— Alors à quoi bon tromper un malheureux ?

— Il le faut.

— Quelle nécessité pourtant ?...

— C'est un secret que tu apprendras plus tard.

— Pourquoi pas dès à présent ?

— Parce que ce secret n'est pas seulement le mien, parce que je me suis engagé sur mon honneur de gentilhomme à ne le révéler à âme qui vive, et qu'il y va de ma tête.

— C'est donc un secret bien terrible ?

— Enfant, crois-moi, ne cherche pas même à le pénétrer, car ce serait la mort pour toi comme pour moi.

— O mon Dieu ! je tremble de deviner.

— Qu'il te suffise de savoir que cette existence misérable à laquelle je t'ai condamnée ici depuis quelque temps ne saurait être de longue durée, qu'un meilleur avenir nous est promis, que ces vêtements grossiers ne souilleront plus tes blanches épaules et ton corps adoré... Mais déjà j'en ai trop dit peut-être... La nuit s'avance, nous ne saurions rester plus longtemps dans cette cabane. Viens avec moi, viens, retournons à Lanmeur. Appuie-toi sur mon bras ; si tu n'es pas encore bien remise, je te porterai... Oh ! maintenant, n'est-ce pas, tu n'attenteras plus à

tes jours, maintenant tu resteras toujours avec moi ? Je ne veux plus que tu me quittes un seul instant ; je veillerai sur toi nuit et jour comme un père sur son enfant, alors que cet enfant n'a plus de mère, et il t'en souvient, Aïssé, ta mère t'a léguée à moi, à moi seul, entends-tu bien, et tu m'appartiens à toujours. — En prononçant ces derniers mots, le vieux gentilhomme saisit la jeune fille dans ses bras, et, sans même accorder un regard au maître de la cabane, qui le contemplait avec stupéfaction, il emporta son précieux fardeau. La nuit était sombre, mais la bise avait cessé de souffler ; le temps était calme, et l'on n'entendait sur le rivage que le mugissement sourd de l'Océan, dont les vagues venaient se briser d'une façon presque solennelle sur les grèves solitaires. Au bout d'environ deux cents pas, dans le sentier frayé qui conduit de la pointe de Locquirec à Lanmeur, l'oreille exercée du comte put distinguer le bruit lointain et cadencé d'une double paire de souliers ferrés qui frappaient alternativement le sol durci par les premiers froids. Ferriol s'arrêta. Bientôt le bruit devint plus perceptible, car les souliers ferrés s'approchaient, et deux ombres apparaissaient à une très-petite distance. — Qui va là ? — s'écria Ferriol en armant un pistolet caché dans ses vêtements ; car, depuis qu'il avait embrassé le périlleux métier de conspirateur, il ne sortait jamais sans emporter avec lui tout un arsenal secret.

— Par sainte Cunégonde, ma parente ! — reprit une voix bien connue, — ne serait-ce point maître Pierre ? J'ai entendu un certain cliquetis. Ne jouons pas avec les armes à feu, *monsu*, c'est fort dangereux, entendez-vous ? D'ailleurs nous sommes des amis, et *nous entrons dans la forêt*. Maître Pierre, reconnais en nous le chevalier du Bon-Sens et le baron de Bon-Secours !

— Chut ! — murmura une voix rude et vibrante, en dépit de l'effort qu'on avait fait pour l'assourdir, — il n'est n'est pas seul.

— Bonsoir, monsieur, — reprit le prétendu maître Pierre, — où allez-vous à une pareille heure ?

— Nous vous cherchions, *monsu* ; une affaire de la plus haute importance...

La voix rude et vibrante qui venait de retentir fit entendre un nouveau chut ! des plus impératifs, auquel succéda un cri de douleur : car elle avait été accompagnée de la pression d'une main de fer sur un bras qui n'était pas sans doute du même métal.

A cet instant, un chant monotone s'éleva du côté de la mer. C'était ce même noël breton que Ferriol avait entendu quelques instants auparavant dans la bouche de son hôte.

— Eh ! mais, — fit le vieux gentilhomme, — c'est notre ami Yoland, et il me semble que j'entends aussi comme un bruit de rames. Le gars prend singulièrement son temps pour aller à la pêche.

— *Perchè ?* — repartit Marino Marini, qui avait cru devoir prendre cette fois, comme on l'a vu, le nom de chevalier du Bon-Sens, — *perchè ?* Il y a des poissons qu'on ne pêche que la nuit.

— Assez ! — dit le baron de Bon-Secours, qui n'était autre que le terrible Duguet de Pontcallet, — assez, si vous ne voulez que je vous envoie servir de souper à ces poissons-là. — Puis, se penchant à l'oreille de Ferriol, il ajouta tout bas : — Reconduisez bien vite cette jeune fille, et, sur mon âme ! qu'elle ne dise à personne qu'elle nous a rencontrés cette nuit. Nous vous attendons ici.

— Que se passe-t-il donc de nouveau ?

— Vous le saurez tout à l'heure. Le moment est venu de vaincre ou de mourir.

Ferriol tressaillit, et Aïssé, que l'étrange conversation qui précède avait frappée de terreur, murmura intérieurement en joignant les mains :

— Mon Dieu ! mon Dieu ! ayez pitié de moi !

XVI

LES VOLEURS DE GRANDS CHEMINS.

Non loin de la montée pittoresque où le village de Saint-Michel, situé environ à moitié chemin entre Lanmeur et Morlaix, semble du haut de son rocher défier la mer, qui change à ses pieds la route en grève marécageuse, dans un taillis peu distant du grand chemin, et dont les vents d'automne n'avaient pas encore enlevé tout le feuillage, étaient rassemblés Ferriol, Pontcallet, Marini et les autres gentilshommes bretons que nous avons déjà vus réunis dans la chaumière de Lanmeur.

Lorsqu'on n'attendit plus personne, Marini prit la parole, et, s'adressant à Ferriol, âme damnée de tout ce complot :

— Maintenant, — s'écria-t-il, — *monsu* le comte, vous pouvez dire à ces messieurs pourquoi nous sommes tous réunis en armes dans ce lieu solitaire, où, par parenthèse, la brise du soir nous arrive d'une manière assez incommode du côté de la mer.

— Volontiers, — reprit Ferriol ; — vous allez savoir pourquoi monsieur de Pontcallet et moi nous vous avons convoqués ici sans vous en dire auparavant la cause : il est de ces secrets tellement graves qu'il ne faut mettre à l'épreuve la prudence de ceux à qui on les confie qu'au moment de l'exécution : sachez donc qu'il s'agit de mener à bonne fin l'entreprise pour laquelle nous nous sommes associés; apprenez que, avant une demi-heure, si vous le voulez, le régent sera en notre pouvoir.

Une exclamation unanime de surprise joyeuse succéda à cette merveilleuse proposition.

— Par sainte Cunégonde, ma parente !— s'écria Marini, — *monsu* le comte a dit la vérité, et je me porte sa caution.

— Moi aussi, — dit Pontcallet.

— Mais comment avez-vous pu découvrir... ?

— Nous vous raconterons cela plus tard ; en attendant, sachez que le régent vient visiter secrètement la Bretagne. Déjà La Roche, envoyé par moi sur la route en éclaireur, monté sur un bon cheval, a su qu'une voiture fermée avec grand soin et escortée de domestiques armés s'était arrêtée près de Saint-Brieuc pour une roue brisée ; La Roche a même reconnu celui qui veillait à la réparation de la voiture pour un valet de confiance du régent, et il est revenu en toute hâte me faire part de cette nouvelle importante ; dès lors il ne m'a plus été permis de douter que Philippe d'Orléans, cachant son voyage pour que les mécontents de Paris ne le croient pas éloigné de la capitale, vient en Bretagne prévenir lui-même un complot qui va l'atteindre ainsi plus sûrement que jamais. D'après la direction qu'a prise la voiture, elle doit se rendre à Ploëgat-Guérande ou à Morlaix, et passera inévitablement par Saint-Michel-en-Grève ; La Roche, qui est en avant, doit nous prévenir de son approche. Nous aurons bon marché de l'escorte, qu'elle résiste ou non, et le régent est à nous.

— C'est une proie assurée, — s'écria Pontcallet.

— C'est le roi des otages, — reprit Marini.

— Otage ou victime, — reprit le terrible Pontcallet, — peu importe. Ce qui était plus urgent, c'était de prévenir la flotte espagnole. L'un de mes gars, un homme sûr, a pu parvenir, la nuit dernière, avec une lettre dont il était porteur, auprès de monsieur de Mélac-Hervieux. Ce gentilhomme est informé que, aussitôt que Philippe d'Orléans sera en notre pouvoir, mort ou vif, trois feux seront allumés à la pointe de Locquirec.

— C'est maître Yoland qui est chargé de ce soin, — continua Marino Marini. — *Ma*, en attendant que la chose

se fasse, comme il ne faut jamais oublier la prudence, je serais d'avis de nous couvrir le visage. Moi, à tout hasard, j'avais apporté ce masque, — dit-il en tirant de sa poche un loup de velours ; — et puis cela fera plus d'illusion, car je crois qu'il importe de nous faire passer pour des voleurs de grands chemins, afin de détourner les soupçons en cas de non-succès. — L'avis fut approuvé, et chacun se déguisa de son mieux. La nuit était noire d'ailleurs. Bientôt le bruit lointain du galop de plusieurs chevaux se fit entendre, et La Roche, accourant lui-même à cheval précipitamment, annonça l'arrivée de la chaise de poste. Déjà l'on pouvait distinguer dans la nuit la voiture et les quatre domestiques qui l'accompagnaient avec des falots à la main. — Quelle imprudence ! — dit Marini, — il est bien digne du régent de voyager sans gardes et seulement accompagné de laquais. Cet homme aurait fait un bien mauvais conspirateur.

Lorsque la voiture et son escorte passèrent enfin devant le taillis où étaient embusqués les gentilshommes, un coup de feu qui frappa le postillon donna le signal, et, après un combat de quelques instants, la fidélité et le courage des domestiques durent céder au nombre, les uns restant sur la place, les autres fuyant. Pontcallet, Ferriol et Marini, maîtres avec leurs compagnons du champ de bataille, s'élancèrent aux portières de la chaise de poste, étonnés du reste du peu de part que l'illustre voyageur avait prise à la lutte qui venait d'avoir lieu. Mais quel ne fut pas l'étonnement du comte de Ferriol lorsque, ayant dirigé dans l'intérieur de la voiture les rayons d'une des lanternes qui y étaient accrochées, il rencontra, au lieu d'un visage masculin, celui de la belle madame de Parabère !

— Etes-vous seule, madame ? — dit-il enfin en déguisant sa voix avec autant de soin que son visage.

— Je n'ai avec moi qu'une de mes filles de chambre,— dit la voyageuse en désignant de sa main tremblante une masse inerte couchée au fond de la voiture, et qui ressemblait beaucoup plus à un paquet d'étoffes qu'à une forme humaine ; — mais qui êtes-vous donc, messieurs ? que voulez-vous ? — ajouta la Parabère d'une voix entrecoupée.

— Nous sommes des voleurs de grands chemins, — reprit Marini vivement et interrompant Ferriol qui allait parler, — nous sommes des brigands étrangers, *signora*.

A cette allégation que son accent italien rendait assez vraisemblable, la Parabère ne répondit qu'en tirant d'une des poches de la voiture une bourse énorme.

— Eh bien ! pour Dieu ! messieurs les voleurs, prenez ceci, et laissez-nous la vie !

Ferriol allait repousser la bourse avec indignation, mais Marini la saisit avec empressement et la mit dans sa poche.

— C'est pour faire plus d'illusion, — dit-il tout bas à Ferriol. — N'oubliez pas que nous sommes des voleurs de grands chemins, *diavolo !* il faut tenir son rang.

La Parabère attendait toujours son sort, presque aussi morte d'effroi que sa femme de chambre. On délibéra quelques instants sur ce qu'on ferait de cette prise embarrassante ; mais l'incognito que la nature même de la tentative devait conserver à ses auteurs, l'inutilité de vouloir tenir secrète une lutte dont il restait des traces sanglantes et qu'allaient révéler déjà sans doute les domestiques qui avaient fui, enfin, avant tout, l'horreur qu'éprouvaient des gentilshommes de se souiller du meurtre d'une femme, firent adopter le parti d'une clémence complète. Bientôt la malencontreuse chaise de poste, conduite par un domestique qui n'était que blessé, reprit le chemin de Ploëgat-Guérande.

Retournons maintenant à Lanmeur, dans l'habitation du prétendu maître Pierre, et voyons ce que devenait Aïssé depuis qu'elle avait retrouvé son gentil chevalier et recueilli de la bouche de monsieur de Ferriol des explications qui, sans légitimer la conduite du comte, lui prétaient du moins cette excuse qu'apportent toujours avec elles les grandes passions.

Une lutte douloureuse déchirait le cœur de la Circassienne, car il est des situations violentes et fatales où l'espoir d'un bonheur est un tourment de plus. Emue de pitié pour monsieur de Ferriol, elle s'exhortait elle-même à manquer à sa promesse et à ne plus revoir d'Aydie ; elle se disait que ce serait une grave offense envers l'homme à qui sa mère en mourant avait laissé le soin de sa destinée, et qui l'avait arrachée elle-même aux mains des bourreaux.

Cependant on était arrivé au jour fixé pour le rendez-vous, et le soleil était sur son déclin sans qu'Aïssé eût pris une résolution. Mais lorsqu'elle vit dans sa pensée d'Aydie sur le rivage, tournant ses yeux inquiets sur le chemin de Lanmeur, d'Aydie plus triste, plus charmant et plus amoureux que jamais, alors une fièvre ardente s'empara d'elle ; alors, à défaut de sa raison que tant de souffrances égaraient, elle interrogea le ciel, où le spectre vague de la lune apparaissait déjà à l'orient, au milieu des vapeurs du crépuscule ; le ciel ou plutôt l'enfer lui répondit en lui envoyant une de ces inspirations qui conduisent si souvent, par une pente rapide et inévitable, vers le gouffre de la perdition.

Aussi bien, il faut tout dire ; monsieur de Ferriol, qui avait promis de ne plus quitter d'un seul instant sa charmante pupille, s'était vu forcer de consacrer exclusivement aux intérêts de l'entreprise solennelle et difficile dans laquelle il était engagé un temps qu'il eût à coup sûr employé à un tout autre usage, si ses idées de vengeance, compliquées du besoin de se refaire une position et des moyens d'existence en harmonie avec son rang, ne l'avaient constamment appelé depuis deux jours hors de chez lui. Il y a un vieux proverbe qui dit que les absents ont toujours tort, et à plus forte raison doit-il en être ainsi lorsque leur souvenir se trouve en lutte avec celui d'un autre que la jeunesse, la grâce et l'amour environnent de toutes sortes de prestiges. D'ailleurs il y avait engagement pris envers le chevalier de se trouver au déclin du jour à la pointe de Locquirec, à la cabane de maître Yoland, et *une honnête fille n'a que sa parole.*

Que dire de plus ? Aïssé s'enveloppa à la hâte dans les plis d'une mante, et, descendant du misérable réduit qu'elle occupait, elle alla jusqu'à la porte d'entrée de l'habitation, qu'elle ouvrit. Toutefois, sur le point de franchir le seuil, un remords la saisit ; le souvenir de sa mère était revenu à sa pensée, de sa mère qui l'avait maudite par avance si jamais elle était infidèle à son sauveur et à son maître. Elle demeura quelques secondes incertaine, haletante, éperdue ; puis le fantôme de sa mère venant à s'effacer devant un fantôme plus impérieux encore, celui de son cher chevalier, elle s'arma de résolution et s'élança pour courir au rendez-vous, dont déjà l'heure était presque passée.

Tout à coup une voix bien connue retentit derrière la porte, comme la trompette de l'archange au jour du jugement dernier. Elle tressaillit jusqu'à la moelle des os, car cette voix était celle de monsieur de Ferriol. Alors, par un effet bizarre des volontés humaines, tremblant aussi vivement d'être retenue qu'elle hésitait de partir auparavant, au lieu de rentrer dans le fond de l'habitation où elle était prisonnière, Aïssé se blottit dans l'angle de la muraille, en s'accroupissant derrière l'énorme bahut qui composait presque seul le mobilier. Elle comptait que Ferriol, selon son habitude, rentrerait dans la pièce qui lui servait de chambre à coucher, ce qui lui permettrait à ce moment de s'éloigner rapidement ; mais quel fut son effroi lorsque la porte s'ouvrit et qu'elle entendit que Ferriol n'était pas seul !

Pontcallet et Ducouëdic l'accompagnaient, et tous deux, s'asseyant sur un banc, parurent disposés à ne pas quitter de sitôt la chaumière ; car ils se mirent en devoir d'allumer une lumière pendant que Ferriol de son côté se dirigeait vers le réduit habité par sa pupille. Bientôt la porte

se rouvrit pour livrer passage à Lambilly et à Coëtivy le Borgne. Alors eut lieu un de ces graves conciliabules où chacun avait en perspective d'un côté la fortune et les honneurs, de l'autre la prison et l'échafaud.

— Personne ne peut nous écouter, — dit Lambilly.

— Personne, — répondit Ferriol, qui venait de visiter l'autre partie de l'habitation. — Vous savez que ma fille adoptive ne peut entendre de chez elle ce qui se passe dans cette partie de la chaumière ; mais aujourd'hui elle est absente, elle est allée à l'église sans doute avant de se rendre à la veillée.

— A l'église ! non pas certes, — dit Coëtivy le Borgne, — car j'en reviens et je ne l'ai point aperçue.

Un nuage passa sur le front du comte, qui répondit pourtant avec calme :

— Alors c'est que vous aurez mal regardé. Ce n'est pas étonnant, à raison de votre infirmité.

Le gentillâtre breton fronça le sourcil, et une querelle allait peut-être s'engager, lorsque le conseiller Lambilly, désireux, dans l'intérêt de la cause commune, de couper court à cet incident, reprit avec vivacité :

— Eh bien ! tout est-il prêt pour demain ?

— Je l'espère, — reprit Ferriol. — Aussi bien, d'après ce qui s'est passé cette nuit à Saint-Michel-en-Grève, il n'y a plus un instant à perdre. C'est demain que notre projet doit réussir ou jamais ; n'oubliez pas qu'Yvon amène tous ses gardes-côtes au festin que nous leur donnons à l'occasion de ses fiançailles. Pendant qu'ils boiront ici ils diminueront d'autant la résistance que nous devons attendre de notre coup de main sur Morlaix au nom de Philippe V, roi d'Espagne et régent de France. Etes-vous sûr de vos hommes, monsieur de Pontcallet ? — Pontcallet répondit affirmativement, et chacun renouvela la même assurance pour les cantons où il s'était chargé de fomenter la révolte. — Fort bien, — dit Ferriol ; — demain à l'entrée de la nuit nous nous mettrons en marche ; monsieur de Mélac-Hervieux a dû prévenir l'amiral de Sa Majesté Catholique. Monsieur de Coëtivy, pour plus de sûreté, c'est vous qui vous chargerez d'allumer sur la pointe de Locquirec les trois feux qui seront pour la flotte espagnole le signal du débarquement.

— Ce sera fait, — répondit Coëtivy.

Deux coups frappés discrètement annoncèrent l'arrivée d'un nouveau complice : c'était Marini.

Aïssé, cependant, tremblante et retenant son souffle, était en proie à d'indicibles angoisses ; elle en avait trop entendu pour pouvoir révéler impunément sa présence, qui ne pouvait être attribuée qu'à une malveillante curiosité. Et cependant ses forces la trahissaient dans la position contraire qu'elle avait été forcée de prendre ; des crampes douloureuses tordaient ses membres péniblement pliés, et elle calculait à la fois avec terreur le peu de résistance qu'elle pouvait encore opposer à ses tortures et l'accroissement du délai qui les prolongeait.

Quand Marini se fut mis au fait du plan convenu pour l'exécution définitive du complot, il s'écria :

— *Bravo ! bravissimo !* Mais, par suite d'une nouvelle que j'apporte, vous allez comprendre qu'il y a quelque chose de plus pressé que de s'emparer de Morlaix.

— Eh ! quoi donc ? — s'écria-t-on de toutes parts.

— C'est de se défaire de l'envoyé du régent. J'ai appris qu'un des officiers de ses gardes, revêtu de ses pleins pouvoirs, vient d'arriver dans ce canton ; il va remplacer provisoirement le capitaine général que nous avions mis dans nos intérêts et qui a été révoqué. Vous comprenez, *illustrissimi signori,* que cet envoyé a seul le moyen de réprimer nos projets ; lui seul pourrait rallier les troupes et empêcher l'insurrection de gagner jusqu'à Rennes. C'est la tête de la résistance que nous allons rencontrer, et, une fois cette tête à bas, les nôtres sont sauvées.

— Certainement.

— On n'a pu me dire encore son nom ; *ma monsu* de Pontcallet, qui a vu cet officier tout aussi bien que moi dans la cabane de maître Yoland, pourra vous dire que ce nouvel ennemi a fixé sa résidence au château de Ploëgat-Guérande, dont j'arrive à l'instant ; il fallait bien faire une petite reconnaissance de ce côté. Au château de Ploëgat Guérande, à une lieue à peine, c'est là que demain dans la nuit nous irons d'abord avant de nous porter sur Morlaix.

— Et pas de grâce pour cet officier, — s'écria Pontcallet, — c'est une créature du régent !

— D'ailleurs, — ajouta Ferriol, — un officier aux gardes du régent, un gentilhomme, ne se rendrait pas et se défendrait jusqu'à la mort avec son escorte ; il faut donc qu'ils meurent tous dans ce château qui sera notre première conquête.

— Qu'ils meurent ! — répéta-t-on de toutes parts.

Les paroles n'arrivaient plus qu'indistinctes à l'oreille d'Aïssé, brisée par la douleur, contre laquelle elle luttait toujours cependant ; mais de nouveaux gentillâtres affiliés à l'entreprise frappèrent à la porte. Pour agrandir le cercle mystérieux, Ferriol poussa le bahut vers la muraille, et la malheureuse Aïssé, près d'être atteinte par un choc mortel, jeta un cri qui fit tressaillir l'assemblée.

— Quelqu'un ici, quelqu'un caché ! — s'écria Ferriol en arrachant violemment Aïssé de sa retraite.

— Quel qu'il soit, qu'il meure ! — dit Pontcallet.

— Aïssé !... — reprit Ferriol, qui se cacha le visage entre ses mains.

— La signora ! — s'écria Marini ; — ces femmes se fourrent partout.

— J'étais bien sûr que je ne l'avais pas vue à l'église, — grommela Coëtivy le Borgne.

— Elle a épié et surpris nos secrets, il faut qu'elle meure ! — reprit Pontcallet, toujours impitoyable.

— Laissez-moi du moins l'interroger ! — s'écria Ferriol pâle et tremblant. — Aïssé, pourquoi étiez-vous cachée ?

Aïssé, haletante et glacée, ne put articuler un seul mot.

— Vous le voyez ! — s'écria Pontcallet, sa justification est impossible, qu'elle meure !...

— Mais c'est une femme ! — s'écria Ferriol d'une voix brisée par les plus violentes émotions.

— Mais pour faire grâce à cette femme, quand elle devient espion, devons-nous respecter les liens qui vous attachent à elle, devons-nous sacrifier notre sûreté et celle de tous nos frères, engagés dans la même entreprise sur la foi de notre fidélité et de notre courage ?

Le comte était demeuré d'abord atterré, mais bien résolu pourtant à ne pas permettre qu'un cheveu fût enlevé de la tête d'Aïssé, dût-il être frappé et mourir avec elle. Toutefois, il comprit qu'avant de la défendre, s'il le fallait, les armes à la main, il devait épuiser tous les moyens de la sauver, en ayant recours à des paroles de conciliation, et il reprit avec un calme apparent :

— Ce ne sont pas les liens qui m'attachent à cette jeune fille que j'invoque pour vous demander sa grâce, mais bien son intervention forcée dans notre complot. Ce qui vient de se passer aujourd'hui même achève d'en faire notre complice. Oubliez-vous que demain elle doit être fiancée à Yvon, le garde-côtes, et que les distractions prolongées du repas des fiançailles nous répondent de l'inactivité du nouvel époux et de celle de tous ses camarades pendant l'exécution de notre entreprise ? Laissons donc vivre cette jeune fille, car elle seule peut nous sauver.

— Elle seule peut nous perdre, et elle le voulait, — reprit le terrible Pontcallet.

— Le fait est que la présence de la *signora* dans cette cachette est un *poco* suspecte, — reprit Marini.

— Mais nous ne la quitterons pas d'un instant, — reprit Ferriol, — et d'ailleurs une garantie plus forte nous répondra de son silence. Elle est chrétienne et bonne catholique, je puis vous l'assurer, et elle a adopté les croyances de son culte avec toute la ferveur d'une nouvelle prosélyte ; qu'elle jure donc sur cette croix de ne rien révéler à qui que ce soit au monde de ce qu'elle a appris aujourd'hui, ou, si elle le refuse, je vous l'abandonne.

Et, détachant un crucifix grossier appendu à la muraille, il le plaça entre les mains d'Aïssé.

Celle-ci, les yeux hagards, le cœur palpitant, était toujours muette ; une invincible horreur l'éloignait de cette entreprise ténébreuse où la trahison allait débuter par l'assassinat. Il lui semblait que ce crucifix, offert pour un serment sacrilége, allait souiller ses mains de sang.

Elle fit un geste pour écarter le symbole sacré, et ses lèvres allaient s'entr'ouvrir pour un refus ; mais, en pensant qu'elle allait quitter pour toujours celui qu'elle aimait, celui qu'elle pourrait encore revoir, défendre peut-être, elle frémit, et, reprenant rapidement le crucifix, balbutia d'une voix altérée par la frayeur les paroles que Ferriol lui dicta :

— Je jure, sur le salut de mon âme, de ne révéler à qui que ce soit au monde et dans quelque but que ce puisse être, rien de ce que j'ai pu entendre et apprendre aujourd'hui !

Pontcallet paraissait à peine rassuré par ce serment ; mais Ferriol lui rappela combien était court le délai qui les séparait de l'explosion du complot, et combien la surveillance lui était facile sur Aïssé. Des promesses solennelles furent échangées comme garantie de cette surveillance et d'une discrétion à laquelle était attaché le succès ou la ruine de l'entreprise ; puis l'on se sépara en s'ajournant au lendemain.

XVII

LE REPAS DES FIANÇAILLES.

On n'avait pas vu, de mémoire de Breton, à Lanmeur, de festin plus homérique que celui dont maître Pierre étala pompeusement les apprêts pour célébrer les fiançailles de sa fille Marthe avec le sergent Yvon. Granges, hangars, étables même, tout avait été converti en salle de banquet ; et, pour réunir le plus grand nombre possible de paysans et de gardes-côtes, des tentes avaient été dressées en plein air. Ferriol comprenait qu'une hospitalité large et splendide était le moyen le plus sûr d'endormir tous les soupçons au moment décisif.

Yvon n'avait revu sa fiancée qu'un soir à la veillée, depuis le jour où elle lui avait été si brusquement promise ; bien qu'il n'eût pas cru remarquer dans la physionomie d'Aïssé toute la sympathie que ses hommages eussent voulu y rencontrer, néanmoins il ne pouvait croire que la jeune fille fût toujours insensible à un amour décoré d'un double galon.

Aïssé avait été parée selon la mode du pays, par les soins de Ferriol, qui cherchait à se faire aussi *peuple* qu'il le pouvait ; une voisine avait présidé à la toilette de la fiancée. Yvon avait chargé, selon l'usage encore, un discoureur ou rimeur du pays de faire le matin, à Aïssé, son compliment nuptial, que la pauvre fille, toujours surveillée, avait dû écouter comme un arrêt de mort. Conduite par Ferriol dans cette fête, dont on lui faisait une prison, Aïssé s'assit à la table où les paysans bretons, mêlés avec les gardes-côtes, satisfaisaient leur voracité proverbiale. Le vin bleu coulait à flots dans les verres de noces, et de là il inondait les plats et la table. Bientôt les pipes furent allumées, et les souillures de l'orgie disparurent dans des nuages de fumée.

Aïssé, sentant son cœur se soulever, ne demeurait assise à sa place que parce que les bras de fer de plusieurs des conjurés, déguisés en paysans bas bretons, étaient prêts à la rejeter violemment sur son siége si elle avait voulu le quitter, et parce que Marini, placé vis-à-vis d'elle, dardait incessamment sur son visage son regard de serpent. Bientôt on vint, selon la plus antique de toutes ces coutumes, présenter aux fiancés le pain coupé dont les morceaux, réunis par un fil qui les traverse, sont les emblèmes de l'union conjugale.

Aïssé ne pouvait se résoudre à l'acceptation menteuse de ce gage, qui consacrait, au lieu d'une alliance sacrée, une cruelle imposture; mais un incident imprévu vint détourner l'attention. Un cavalier, accourant à toute bride, demanda le sergent Yvon et lui remit un paquet cacheté de la part du lieutenant de la capitainerie générale.

— Mes amis, — s'écria Yvon, — hâtons-nous de boire et de nous divertir, car demain nous ne le pourrons plus; il faudra être prêts pour une grande revue que doit passer notre nouveau capitaine général, monsieur le chevalier d'Aydie, envoyé par monseigneur le régent. Demain, nous devons être arrivés à midi au château de Ploëgat-Guérande, où il tient sa résidence avant de se rendre à Morlaix; en ma qualité de sergent, je prendrai ses ordres pour la sûreté des côtes et de la contrée.

A cette proclamation officielle, les gardes-côtes, dans leur enthousiasme aviné, répondirent par des cris tumultueux de : Vive le roi! vive le régent! auxquels s'adjoignirent par instants les paysans prêts à faire du bruit à tout propos. Ferriol et Marini échangèrent un regard pour se convaincre mutuellement de la nécessité d'agir promptement et de prévenir les événements du lendemain par la mort de ce nouvel ennemi; aussi bien le vieux gentilhomme, en entendant prononcer le nom d'un rival qu'il était peut-être parvenu à oublier, avait été comme frappé de la foudre, et ses yeux, se détachant aussitôt de ceux de son complice, s'étaient tournés soudain sur Aïssé, qui était devenue pâle et tremblante. Pendant quelques secondes, celle-ci parut lutter contre toutes les émotions qui venaient de l'assaillir; mais bientôt, vaincue par les plus cruelles angoisses, elle pencha la tête et perdit connaissance.

La malheureuse jeune fille venait de se rappeler que, la veille au soir, pour prélude de l'insurrection, on avait comploté la mort d'un officier du régent appelé depuis peu à Ploëgat-Guérande. Ce qui n'était d'abord pour elle qu'une crainte vague devenait une affreuse certitude. C'était d'Aydie qu'on allait assassiner, la nuit même, dans quelques heures... et nul moyen de le prévenir! Un serment terrible, et, plus encore, une surveillance impitoyable la crucifiaient à cette place, tandis que d'Aydie, seul et confiant peut-être, attendait sans le soupçonner le coup mortel. Oh! c'était trop de douleur, et les forces de la victime trahissaient sa résignation désespérée.

On s'empressa autour d'elle; mais, à la violence des convulsions nerveuses qui entrecoupaient son évanouissement, on comprit que c'était peut-être plus qu'un affaiblissement passager, et on porta la fiancée sur un lit de paille d'avoine qu'on lui fit dans l'habitation de maître Pierre.

Elle fut longtemps à reprendre connaissance, et le jour déclinait déjà lorsqu'elle put distinguer les cris tumultueux de l'orgie qui avait repris son cours; car les têtes étaient déjà trop échauffées pour que cet incident pût être autre chose qu'une courte interruption de plaisir pour ces grossiers convives. Ferriol était debout auprès d'elle, la tête penchée sur sa poitrine, l'œil flamboyant d'un feu sombre sous ses épais sourcils.

— Tu l'aimes donc toujours! — s'écria-t-il dès qu'elle eut rouvert les yeux. Pour toute réponse, Aïssé se mit à fondre en larmes. — Ah! — reprit le comte avec une expression terrible, — qu'a-t-il donc fait cet homme pour être aimé de toi, cet homme que je hais, cet homme que j'abhorre? Ingrate, as-tu donc oublié qu'hier encore je t'ai sauvé la vie?

— Oh! je n'ai rien oublié, — répondit Aïssé d'une voix entrecoupée, — et je vous le prouverai, monsieur. Oui, faites qu'il ne meure pas, et je passerai le reste de ma vie à vous aimer, à vous servir, comme c'est le devoir de votre esclave; et je vous promets plus encore, je ferai tous mes efforts pour ne plus penser à lui. Mais, je vous en supplie, monsieur, je vous en supplie à deux genoux, —et en parlant ainsi elle s'était en effet agenouillée au

pieds de monsieur de Ferriol, — vous avez de l'ascendant sur ces hommes, dites-moi que vous en userez pour obtenir qu'on ne tue pas monsieur le chevalier d'Aydie. Oh! par pitié, monsieur, s'il est vrai que vous m'aimiez autant que vous me l'avez dit, prouvez-le-moi en ne repoussant pas l'humble prière que je vous adresse, la première, s'il vous en souvient. Oh! monsieur, au nom de Dieu, si vous croyez en Dieu, au nom de tout ce qui vous a été cher dans votre vie, accordez-moi sa grâce!... sa grâce!

— Oh! tais-toi! tais-toi! — reprit Ferriol les yeux hagards, les poings crispés, les cheveux dressés sur la tête, — chacune de tes paroles est un serpent qui me ronge le cœur. Sa grâce à lui! à lui que tu aimes ainsi, jamais! jamais! Il y a un de nous de trop ici-bas, et il faut que ce soit lui qui meure, entends-tu, Aïssé! et c'est toi qui viens de prononcer une dernière fois son arrêt suprême, son arrêt irrévocable. Le chevalier d'Aydie mourra cette nuit même de ma main.

— Ah! inexorable! inexorable! Mais vous rétracterez cette parole; c'est pour m'effrayer seulement, n'est-ce pas? Je m'attache à vous, ou plutôt je veux aller avec vous au château de Ploëgat-Guérande. Si vous le tuez, c'est dans mes bras qu'il faudra le frapper!

— Tant qu'il restera un souffle de vie au chevalier d'Aydie, tu ne sortiras pas d'ici, Aïssé. Ce sera ta prison. Oui, à partir de cet instant, je redeviens ce que j'aurais dû être toujours pour toi, cruel, impitoyable. Esclave, laisse-moi, il faut que je me venge!

A ces mots, Ferriol se dégagea par un brusque effort de l'étreinte de la Circassienne, qui alla tomber inanimée au milieu de la chambre; et, après avoir fermé soigneusement la seule porte qui offrît une issue, il en emporta la clef.

Sur ces entrefaites, la nuit était venue. Dès qu'elle se vit seule et prisonnière, Aïssé se sentit frémir jusque dans la moelle des os, car elle comprit qu'Aydie était perdu, perdu sans ressources. A cette horrible pensée, un cri de désespoir s'échappa de sa poitrine. A ce cri répondirent au dehors les refrains sauvages de quelques chansons à boire, refrains déjà moins sonores et à peine articulés; car les convives arrivaient graduellement à cette période où la langue s'embarrasse, où la tête chancelle sur les épaules, et où la torpeur et le silence se montrent comme les avant-coureurs de ce sommeil de plomb qui caractérise le dernier degré de l'ivresse.

S'échapper de sa prison et courir au château de Ploëgat-Guérande, c'était là désormais l'unique pensée de la Circassienne; mais comment y parvenir? La porte était fermée solidement, et les fenêtres consistaient dans d'étroits soupiraux pratiqués un peu au-dessous du plafond. D'ailleurs l'habitation était entourée de tous côtés par les gens de la fête. Dans cette cruelle perplexité, la jeune fille se rappela qu'une espèce d'ouverture était pratiquée au grenier pour y monter le fourrage, et que cette ouverture donnait sur un petit enclos tout à fait isolé et fermé par une simple haie. Haletante, éperdue, elle s'élance en haut des degrés; mais, hélas! l'issue où elle était parvenue était à quinze pieds de terre, et si elle cherchait quelque moyen d'atténuer le danger de la descente, le moindre retard pouvait être la perte de son amant.

Aïssé, dans l'espèce de somnambulisme fiévreux où la jetaient à la fois la maladie et l'exaltation de ses terreurs, ne calcula rien et se précipita!... Son front s'écorcha à l'angle d'une pierre, ses genoux se meurtrirent sur la terre.... mais elle se releva plus forte que la douleur, et, rampant jusqu'à une haie dont le rempart devait protéger sa fuite, elle s'élança dans la campagne sans choisir son chemin, sans regarder derrière elle, plus légère que le vent qu'elle fendait dans sa course. Quand elle eut perdu de vue les maisons de Lanmeur et les chemins frayés, elle s'arrêta enfin avec le vague dessein d'orienter sa course vagabonde; ses artères battaient sous ses tempes avec violence, il lui semblait qu'une masse de plomb enfermée dans sa tête y roulait à chaque instant du côté où la penchait la fatigue. Elle chercha autour d'elle quelque trace qui pût la conduire vers ce château où auparavant elle n'avait jamais dirigé ses pas, accoutumés seulement à chercher le rivage et le spectacle de la mer ; mais la nuit était venue envelopper la fugitive et tout ce qui l'entourait de son ombre protectrice et fatale à la fois.

Aïssé ne distinguait plus que quelques feux épars au loin à l'horizon, n'entendait plus que les aboiements des chiens en sentinelle derrière la porte des fermes. En ce moment de larges gouttes d'une pluie d'orage vinrent frapper son front brûlant. Aïssé se traîna jusqu'à un arbre dont le faible abri laissa bientôt arriver les torrents du ciel jusqu'à ses membres grelottants... L'infortunée, gisant sur la terre humide, y demeura longtemps après que la tempête eut cessé, car la douleur et la lassitude l'emportaient enfin sur son courage ; mais le vent lui apporta successivement le bruit de douze coups sonnés par l'horloge de Saint-Mélac à Lanmeur ! Déjà peut-être les meurtriers étaient en route !... Elle se dressa en étreignant l'arbre de ses mains convulsives ; et, demandant à Dieu de ne mourir qu'après avoir touché le but, elle reprit dans l'ombre sa course chancelante.

XVIII

LE CHATEAU DE PLOEGAT-GUÉRANDE.

Ploëgat-Guérande est un château féodal situé non loin de la côte, à une petite distance de Morlaix, et entouré d'un parc magnifique que l'un de ses anciens possesseurs fît ceindre de murs au temps du roi Louis XIII. Le *guerz* ou chant du marquis de Guérande est célèbre dans tout le canton. A l'époque où se passe notre histoire, le château ainsi que la paroisse relevait du roi. Un vieil intendant, fils d'un serviteur des premiers propriétaires, avait été commis à la garde de ce domaine sous le dernier règne.

Dans la chambre la plus riche de ce château, nonchalamment accoudée sur l'un des bras d'un grand fauteuil armorié dans lequel elle était plutôt couchée qu'assise, se trouvait une jeune femme en costume de voyage et dont les traits portaient encore l'empreinte d'une vive émotion. A côté d'elle et debout était d'Aydie, écoutant avec courtoisie le récit des périls de la belle voyageuse, à qui il faisait les honneurs du château de Ploëgat-Guérande. De son côté, la nouvelle venue regardait d'Aydie avec un intérêt que la bonne mine du jeune officier, rehaussée par l'élégante simplicité de son uniforme, expliquait sans le justifier tout à fait.

— Eh quoi ! madame, — dit le chevalier, — ces bandits ont osé arrêter votre voiture ?

— Mon Dieu, oui !... J'ai été heureuse d'en être quitte pour la peur, pour quelques centaines de louis et deux domestiques tués.

— Dès demain, madame, tous les gardes-côtes, toutes les troupes, toutes les milices bourgeoises seront sur pied, et, conspirateurs ou brigands, traîtres ou voleurs, on fera justice de ces misérables, qui espéraient peut-être attenter à une autre existence que la vôtre.

— Quel bonheur dans ce cas que le régent ne soit pas venu avec moi, comme il en avait le projet !...

— Je devais, en effet, faire préparer les logements dans ce château royal pour Son Altesse.

— Ah ! mon Dieu ! Tout était disposé pour le départ, voilà qu'on vient annoncer à Son Altesse Royale que l'état de la duchesse de Berri, déjà malade, a tellement empiré qu'on désespère de ses jours. Vous comprenez qu'il a été impossible à ce père désolé de songer encore à une excursion politique et secrète en Bretagne, où j'avais ob-

tenu pour ma part auprès de lui les fonctions de secrétaire intime ; alors j'ai demandé à partir seule. J'ai dit à Son Altesse que je voulais, pour ma santé délabrée depuis si longtemps, me rendre aux eaux merveilleuses de Saint-Jean-du-Doigt, et je ne mentais pas, monsieur d'Aydie ; car en vérité je maigris tous les jours, voyez plutôt ! — Et la coquette favorite, relevant sa manche à sabots, montrait à d'Aydie un bras blanc et potelé qu'un amant désolé pouvait seul contempler sans émotion. Mais d'Aydie était plus cruellement préoccupé que jamais. La veille, il avait en vain attendu Aïssé à la pointe de Locquirec. Retenu par ses instructions aux alentours de son poste, n'ayant d'ailleurs reçu d'Aïssé aucune indication sur la retraite qui la cachait, d'Aydie voyait avec désespoir cette apparition bien-aimée rentrer dans la nuit d'où elle était sortie, et ce rayon de bonheur qui avait lui sur sa vie passer comme un éclair. Rien de tout le gracieux manège déployé autour de lui par la belle enchanteresse, rien ne lui faisait comprendre ce qu'un observateur indifférent eût deviné du premier coup d'œil, savoir que, malgré la renommée du bienheureux Saint-Jean-du-Doigt, si complétement établie à la ville comme à la cour, ce n'était peut-être pas un saint que la Parabère désirait le plus rencontrer en Bretagne. — Alors, — continua-t-elle après avoir remarqué avec dépit le peu d'effet qu'avait produit sa première escarmouche, — je partis dans la voiture préparée pour monseigneur le régent. Je vous ai conté le reste de mon voyage : des chemins affreux, pavés de fondrières et bordés de voleurs. A peine ma voiture avait-elle échappé aux aventuriers qui l'avaient arrêtée d'abord, qu'elle s'est embourbée à quelque distance de ce château, si bien qu'il m'a fallu faire en marchant près d'un quart de lieue, et mes pauvres pieds sont gonflés par la fatigue à tel point que nul, j'en suis sûre, ne pourrait deviner que ce sont là ces pieds admirés quelquefois par monseigneur le régent.

Et la Parabère présentait aux regards du chevalier d'Aydie un petit pied qui protestait sous la mule étroite dont il était chaussé contre l'adroite calomnie dont en apparence il était l'objet.

— On ne dirait pas cependant que ce pied a pu diminuer, — reprit avec une galanterie distraite et contrainte d'Aydie, interpellé trop directement cette fois pour se dispenser de répondre.

— Et puis je me suis dit, — continua la Parabère encouragée, — que je vous verrais, mon cher chevalier, que je chercherais à vous tirer un peu de cette tristesse où vous languissez depuis quelques années. En vérité, on dirait que vous soupirez pour une cruelle ! Se pourrait-il que seul dans ce siècle vous fussiez affligé d'une vocation semblable pour la chevalerie errante ? Allons, racontez-moi vos mystérieux chagrins ; quand même ils auraient la cause que je viens de soupçonner, nous sommes ici en province, et l'on peut s'avouer sans conséquence ses petits ridicules.

— Mille grâces, madame, mais les chagrins de mon âme ne sont pas de nature à être livrés à un confident aussi spirituel que vous ; rien qui soit ennemi du cœur comme l'esprit. Veuillez donc permettre que je sois ici votre hôte, votre protecteur, et que je ne vous fasse point acheter cet asile et cet appui par une pénible participation à des soucis qui me sont purement personnels.

La Parabère eut de la peine à contenir un geste de dépit.

— J'ai essayé en vain, — pensa-t-elle, — de la coquetterie et de la ruse pour enchaîner à mon char cet Hippolyte en uniforme ; essayons l'effet de la reconnaissance sur son cœur ; et si mon dernier moyen ne réussit pas, c'est que décidément il est sauvage à un degré incurable. Mon cher chevalier, — dit-elle avec son plus gracieux sourire, — toutes les émotions de ma route m'avaient fait oublier que j'avais une communication à vous faire...

— A moi, madame ?

— Oui, communication du gouvernement... Je causais

de vous avec Son Altesse le régent ; je lui vantais votre bravoure, votre fidélité à toute épreuve à sa personne (fidélité qu'au reste, à ce qu'il semble, vous n'avez pas à l'égard de Son Altesse seule), et je lui témoignais le désir d'être interprète de quelque agréable commission pour vous que j'allais retrouver : alors il a jeté les yeux sur son bureau, et, prenant un paquet à votre adresse : « Ma toute belle, portez-lui ceci, » m'a-t-il dit : « c'est une réponse favorable à une requête qu'il m'a présentée depuis longtemps. J'ai oublié de la lui envoyer avant son départ ; un courrier va lui remettre sa nomination au poste qu'il occupe et ses instructions. Mais vous lui porterez seule ce message particulier, destiné à réaliser un vœu intime qu'il m'a révélé comme à un ami. » Croyez bien, chevalier, que je ne sais pas quelle est cette faveur du régent ; j'ai voulu que ce fût votre joie seulement qui me l'apprît. Voici la lettre de Son Altesse.

— Je vous remercie, madame, et je rends grâce en même temps à monseigneur le duc d'Orléans, — dit le jeune officier après avoir pris connaissance du message. — Ce papier contient pour moi le seul droit qui me soit encore précieux. Il consacre l'isolement où je veux vivre désormais et commence à me faire un devoir de cette austérité qui n'était pour moi qu'un penchant ; Son Altesse m'accorde le consentement que j'attendais pour me faire chevalier de Malte.

— Vous ?...

— Moi-même.

— Quand je vous disais, mon cher capitaine, que vous étiez prédestiné à la chevalerie ; mais, si je ne me trompe, cet ordre religieux a des règles fort sévères.

— Madame, il prescrit le triple vœu de pauvreté, d'obéissance et de chasteté.

— Ah ! vous allez faire ce triple vœu de pauvreté, d'obéissance et de... et c'est moi qui vous en ai apporté la permission ! voyez donc à quoi l'on est exposée sans le savoir !... Et quand comptez-vous mettre fin à ce beau projet ?...

Mais déjà d'Aydie ne l'écoutait plus ; un objet extraordinaire paraissait attirer ses regards dans l'éloignement, car il se penchait hors de la fenêtre du côté de la mer.

— Que signifie ceci ? — s'écria-t-il, — un feu sur le rivage ! ce ne doit pas être sans grave dessein qu'il est allumé... car, pour qu'on le voie à une pareille distance, il faut qu'on ait choisi la pointe la plus élevée de nos falaises. Madame, — dit-il en se tournant vers son interlocutrice, — il faut que je donne des ordres pour aller s'assurer des causes de cet étrange événement ; souffrez que je vous quitte, c'est pour le service du roi.

Et il sortit après s'être incliné devant la Parabère, qui haussa les épaules de dépit.

En ce moment on frappa à la porte opposée à celle par où d'Aydie était sorti, et le concierge du château parut.

— Monsieur le capitaine général n'est pas là ? — dit ce dernier en entrant.

— Non ; que lui veux-tu ?

— C'est une jeune fille qui vient d'arriver à la porte du château et qui demande à lui parler.

— Une jeune fille, en ce pays... déjà...! Quoi ! à peine arrivé d'hier... il a déjà eu le temps... et que lui veut-elle ? est-ce important ? car il est fort occupé en ce moment, m'a-t-il dit ?

— Elle a répondu qu'elle ne pouvait dire pourquoi elle venait... mais il faut que ça soit grave.., car elle est dans un état, la pauvre fille.... !

— T'a-t-elle dit son nom, du moins ?

— Oh ! pour ça oui... elle s'appelle mademoiselle Aï... Aé... Aïssé, je crois.

— Aïssé !..... — se dit la Parabère, — il se pourrait !.... mais c'est donc une fatalité ! elle a failli m'enlever, il y a trois ans, le cœur du régent, et maintenant, lorsque depuis si longtemps elle a disparu, voilà qu'elle revient en Bretagne tout exprès pour me disputer le seul adorateur

présentable que je puisse rencontrer dans ma tournée lointaine. Oh ! c'en est trop... j'ai été bonne la première fois, mais il faut enfin que je finisse par où les femmes commencent, par me venger. Mon ami, — reprit-elle en s'adressant au concierge, — il ne faut pas laisser pénétrer cette inconnue auprès de monsieur d'Aydie, cela le distrairait de ses importantes occupations et contrarierait les instructions qu'il a reçues de monseigneur le régent ; j'en sais quelque chose, moi, que Son Altesse Royale a bien voulu charger de remettre ces dix louis au concierge de son château de Ploëgat-Guérande.

— Il suffit, madame, on vous obéira, — reprit le concierge, qui n'avait rien à envier aux portiers de Paris pour la fidélité à juste prix, — j'empêcherai cette inconnue d'entrer.

— Ah ! monsieur le chevalier, — s'écria victorieusement la Parabère quand elle fut seule, — c'est ainsi que vous observez par avance vos vœux si sévères ! c'est ainsi que vous faites votre noviciat de chevalier de Malte ! Heureusement que je suis là ! sans moi où en serait la morale ?

Quelques instants après, d'Aydie rentra, mais ce fut seulement pour souhaiter à la favorite un sommeil que sans doute les émotions et les fatigues de la route lui rendaient nécessaire. Puis il se retira sans remarquer le sourire malicieux qui était resté empreint sur les lèvres de sa perfide et charmante ennemie.

Il venait d'envoyer un officier, suivi de quelques soldats, pour s'informer des signaux inaccoutumés qui avaient apparu sur la côte et éteindre cette flamme suspecte. A l'agitation fiévreuse qu'avait laissée en lui la disparition d'Aïssé se joignait l'inquiétude produite par cet incident nouveau. Ne se sentant pas la moindre disposition au sommeil, il descendit dans le parc encore humide de la pluie d'orage qui était tombée deux heures auparavant, et erra longtemps à l'aventure. Il se trouvait en marchant près de la porte du concierge, lorsqu'un coup frappé d'une main faible se fit entendre à la porte, et une voix qui ne paraissait se ranimer que pour s'éteindre tout à fait prononça ces mots :

— Ouvrez-moi... pour la dernière fois, je vous en supplie, ouvrez moi... ou je meurs ! — A cette voix, d'Aydie tressaillit, et, prompt comme l'éclair, il fit tourner sur ses gonds la lourde porte, et saisit avidement Aïssé, qui tomba inanimée dans ses bras. Lorsque d'Aydie l'eut emportée tout d'un trait dans l'une des chambres qu'habitaient les châtelaines de Locmaria-Guérande et qu'il put contempler enfin la pauvre fille à l'éclat des bougies, il recula effrayé. Son front était taché de sang, ses vêtements de tête étaient trempés par la pluie et souillés par la fange, ses pieds, que de minces chaussures n'avaient pu longtemps défendre, étaient meurtris et déchirés ; il n'était pas une partie de sa personne où de ses vêtements qui ne portât la trace d'une fatigue ou d'une torture. La Circassienne, quelque temps immobile, releva la tête et regarda d'un œil égaré ce qui l'entourait. — Où suis-je ? — dit-elle.

— Chez moi, chez ton frère, chez ton époux, si tu le veux, chez ton esclave toujours ! — s'écria d'Aydie en pressant sur ses lèvres la main glacée de la jeune fille.

— D'Aydie ! — s'écria-t-elle. — Ah ! oui, je me souviens pourquoi je suis venue ici.

— Que veux-tu dire ? explique toi !

Mais en ce moment les yeux d'Aïssé tombèrent sur le crucifix qui surmontait le prie-Dieu de la chambre gothique ; la figure résignée du Sauveur, clouée sur son gibet infâme, rappelait par son silence même à Aïssé l'abnégation douloureuse, la discrétion mortelle à laquelle elle s'était condamnée devant ce terrible témoin.

— Oh ! mon serment ! mon serment ! — s'écria-t-elle.

— Eh bien ! qu'allais-tu m'apprendre ? — reprit d'Aydie.

— Rien, je n'ai rien à dire ; mais deux grâces à te demander, à te demander à genoux.

— Quelles grâces? je serais assez heureux pour avoir quelque chose à t'accorder !... il est un vœu que tu formes et qu'il dépend de moi de réaliser ! oh ! parle, parle vite !

— D'Aydie, mon ami, il faut fuir à l'instant, fuir ce château !

— Fuir ce château... à l'instant !... mais c'est impossible ! c'est en ce moment mon poste militaire ; c'est ici que demain je dois passer en revue les gardes-côtes avant de me rendre au siége de la capitainerie ; c'est ici que j'attends le retour de quelques officiers envoyés par moi à la découverte.

— Vous vous êtes séparé de quelques-uns de vos officiers ! et que vous reste-t-il ici ?

— Je ne sais, cinq ou six hommes à peine ; dans ce château, trop éloigné de la mer pour qu'il puisse courir un danger immédiat, je n'avais gardé que ce qu'il me fallait de soldats pour aller distribuer au besoin des ordres dans ce canton.

— O mon Dieu ! mon Dieu ! — s'écria Aïssé en se frappant le front, — il n'y a pas un moment à perdre !

— Mais, encore une fois....!

— Pas un mot de plus, ne m'interroge point ; c'est la seconde grâce que je voulais te demander. D'ailleurs je n'aurais peut-être pas le temps de parler... il faut partir, partir à l'instant.

— Partir ! mais c'est impossible, te dis-je ! et si, comme ton trouble semble me le révéler, quelque danger menace le château, je puis encore moins m'en éloigner. Je dois le défendre, car sa possession importe à la sûreté de ce canton... Je ne puis abandonner la favorite du régent elle-même, qui est venue s'y placer sous ma protection... Quitter son poste quand aucun danger ne le menace, c'est la désertion déjà ; mais le fuir si l'ennemi s'approche, c'est la trahison et la lâcheté.

— D'Aydie ! d'Aydie !... je t'en supplie, ne reste pas un instant de plus ici. Ecoute, tu m'avais proposé de fuir avec toi et j'ai refusé ! eh bien ! si tu consens à partir, je te suis, quelle que soit la route. Viens !... A toi toute ma vie, j'accepte jusqu'à tes bienfaits ; viens, fuyons, je t'accepte maintenant à cette condition !

— Oh ! Dieu est bien cruel !— s'écria douloureusement d'Aydie ; — après qu'il m'a si longtemps refusé le bonheur, il ne me l'offre enfin que pour que je le détruise moi-même. Aïssé... je ne puis rien accepter à la condition de cette honteuse fuite, même cette joie suprême ; mais pourtant, quand j'espère qu'un jour nous serons réunis, je ne voudrais pas mourir. Si quelqu'un me menace, dis-le-moi donc... que je puisse au moins me mettre en garde.

— Oh ! que faire? que faire ? — s'écria douloureusement Aïssé... — puis-je parler ? dois-je me taire ? un serment est sacré, mais l'est-il plus que la vie de celui qu'on aime ? D'Aydie, écoutez, faites fermer toutes les portes de ce château... faites veiller à celles...

Elle n'acheva point sa phrase, interrompue par le cri terrible qu'elle jeta du fauteuil où elle était étendue ; elle venait d'apercevoir un homme à figure sinistre qui achevait d'escalader la muraille ; cet homme allait pousser la porte vitrée du balcon ; mais Aïssé bondit dans la chambre comme une lionne, et, saisissant avec une force convulsive l'espagnolette, elle luttait contre l'assassin ; la porte poussée avec violence renversa cependant l'infortunée, et le nouveau venu, un pistolet à la main, se précipita dans la chambre... Mais, bien que cette lutte eût à peine duré quelques secondes, d'Aydie s'était mis en défense ; l'assaillant, frappé d'un coup d'épée en pleine poitrine, tomba en arrière en heurtant de sa tête la pierre du balcon, et tenant encore à la main l'arme à laquelle d'Aydie n'aurait pas eu le temps d'échapper sans le rapide mouvement de sa généreuse amie.

Un coup de feu retentit au même instant, et annonça que les assaillants étaient signalés. D'Aydie s'élança à la fenêtre et vit en effet s'agiter dans l'ombre des figures menaçantes... Quelques-uns des conspirateurs avaient passé par-dessus les murailles du parc, à l'endroit où il était le plus désert. Ils s'étaient ensuite emparés de l'une des portes en bâillonnant et garrottant le concierge ; puis, pénétrant dans les cours, ils avaient tourné autour du château comme des bêtes fauves autour d'une ferme. L'un d'eux, agile et vigoureux, était même parvenu à se hisser jusqu'au balcon, et c'est celui que d'Aydie avait frappé. Enfin, au moment où, confiants dans leur nombre, les assaillants avaient débouché devant l'entrée principale qu'ils étaient résolus à forcer, le factionnaire qui les avait aperçus avait eu le temps de fermer la porte et donnait l'alarme par un coup de feu.

D'Aydie, rien qu'au premier coup d'œil, avait compris que le seul et faible espoir qui lui restât était dans la protection des murailles du château, et que toute autre espèce de lutte était folle et inutile. Il fit donc barricader l'entrée, et, tandis que les révoltés cherchaient à l'ébranler, il faisait feu sur eux par les meurtrières, secondé par le peu d'hommes qu'il avait encore avec lui. Mais les conjurés, ne brisant pas assez vite cette massive porte et voulant se soustraire à la fusillade qui les décimait, se mirent en devoir d'achever par l'incendie ce qu'ils avaient commencé par le fer. Alors d'Aydie, résolu sans peine au sacrifice de sa vie, tourna un regard désespéré vers Aïssé, qui, désormais attachée à ses pas, s'était assise avec résignation dans un coin du vestibule assiégé.

— Sauvez-moi ! sauvez-moi ! chevalier ! — s'écria en même temps la Parabère, qui, réveillée en sursaut, s'était habillée à la hâte et avait appris enfin la fatale cause de tout ce tumulte ; — sauvez-moi ! vous répondez de ma vie au régent.

— Oh ! pour vous sauver toutes deux, — s'écria d'Aydie, — je consentirais à faire plus que de mourir... à tomber vivant entre les mains de ces misérables ; mais quel moyen employer ? le château est entouré.

— Il nous reste un moyen, monsieur le chevalier, — dit le vieil intendant, qui arrivait à son tour et dans le même désordre ; — un des anciens comtes de Locmaria avait fait construire une route souterraine qui va des caves de ce château jusque dans la campagne.

— Oh ! fuyons, fuyons par là ! — s'écria la Parabère.

— Je ne fuis qu'avec vous, d'Aydie ! — s'écria Aïssé.

Mais déjà une épaisse fumée remplissait le vestibule et ne permettait pas que d'Aydie eût le temps ou la force de répondre ; il fit signe aux deux femmes et aux soldats de suivre l'intendant, et descendit avec eux l'escalier qui conduisait dans les caves du château.

— Quand nous aurons mis ces femmes en sûreté, — dit-il tout bas à un officier qui marchait à côté de lui, — nous reviendrons à notre poste pour y mourir. L'officier ne répondit que par un signe de tête indiquant cette sublime abnégation qui fait passer chez le soldat l'héroïsme à l'état de consigne. La petite caravane, guidée par des flambeaux, s'engagea dans le chemin souterrain. Après un grand quart d'heure de marche, on vit briller la clarté des étoiles au bout de cette galerie mystérieuse, et les fugitifs se trouvèrent dans la campagne par une espèce d'ouverture fangeuse qui passait parmi les villageois pour une ancienne fontaine tarie. — Maintenant, — dit d'Aydie à l'intendant, — vous qui connaissez ce pays, conduisez ces dames où elles peuvent être le plus en sûreté ; et nous, — dit-il aux soldats, — revenons à notre poste.

— Je ne te quitte pas ! — s'écria Aïssé en s'attachant à d'Aydie ; — j'étais venue pour te prévenir du péril, je reste pour le partager.

— Elle venait pour te sauver !—dit la Parabère, qui avait eu un peu le temps de se rassurer. — Oh ! c'est un noble cœur ! Et moi qui voulais l'empêcher de pénétrer jusqu'à d'Aydie !... Ah ! je réparerai ma faute. — Une larme d'attendrissement coula sur la joue de cette femme, émue malgré elle d'un dévouement qu'il ne lui était pas permis d'éprouver dans la sphère frivole et corrompue où elle vivait, mais qu'il lui était encore donné d'admirer. D'Ay-

dic luttait toujours pour reprendre le chemin du château
et faire consentir Aïssé à le quitter, quand tout à coup
un bruit de voix et de pas retentit dans un taillis voisin.
— Nous sommes perdus ! — s'écria la Parabère, — ce
sont encore ces bandits !

— Perdus ensemble ! — s'écria Aïssé avec un cri où
l'amour étouffait la terreur.

Mais, avant même qu'on se fût mis en défense, les nouveaux venus étaient sortis du petit bois, et l'intendant
avait reconnu et signalé avec grande joie le sergent Yvon
et ses camarades sous la grande tenue des gardes-côtes.

— Tiens, des officiers ! — s'écria Yvon apercevant le
groupe des fugitifs ; — ah ! bah ! — ajouta-t-il avec un
accent de surprise profonde, — ma fiancée avec eux.

— Je suis le nouveau capitaine général envoyé par le
régent, — dit en s'avançant d'Aydie ; — par quel hasard
vous trouvez-vous ici, mon brave sergent ?...

— C'est là mon grade en effet, — reprit Yvon avec satisfaction en portant la main à son tricorne ; — mais je suis d'autant
plus heureux de revoir monsieur le capitaine général vivant, qu'à cette heure je le croyais égorgé pour le moins.
Je suis joyeux aussi de retrouver en sûreté ma fiancée...
c'est-à-dire, mademoiselle, — reprit-il en voyant l'étonnement presque courroucé de d'Aydie à cette qualification
inattendue.

— Expliquez-vous. Quel avertissement vous amène, et
comment cette jeune fille se trouve-t-elle mêlée à tout
ceci ?

— Figurez-vous, mon commandant, — reprit Yvon, —
que c'était un gredin, nommé maître Pierre, qui m'avait
promis mademoiselle Marthe, sa fille, que voici, en mariage.

— Se peut-il ? — s'écria d'Aydie en se tournant vers
Aïssé, qui lui confirma d'un regard l'humiliante vérité.

— On m'a souvent dit, — reprit Yvon, — que le mariage était un piège ; mais je ne croyais pas que ce serait
vrai à ce point-là... C'était aujourd'hui le repas des fiançailles, et il nous avait fait boire... que je commençais à
voir mes galons doubles, ce qui fait que je me croyais enseigne ; mais voilà tout à coup mademoiselle qui se trouve mal et qu'on transporte dans sa chambre, ou après ça
on ne la retrouve plus ; ça commençait à être extraordinaire ; puis tout à coup, quand il fait nuit, voilà le beau-
père qui disparaît avec deux ou trois de ses amis, des
gredins comme lui. Nous étions restés à rire et à boire,
que nous n'aurions pas entendu Dieu tonner, quand un
des nôtres, qui était en retard et accourait vite au dîner,
nous dit qu'il avait entendu sur la route, derrière une
haie, une conversation très-suspecte. C'était une troupe
d'hommes qui avaient parlé entre eux de Ploëgat-Guérande, du capitaine général qu'on allait surprendre, et
des gardes-côtes qu'on avait fait boire pour les empêcher
de porter secours au capitaine. Vous comprenez, ça nous
a un peu dégrisés ; alors, en ma qualité de sergent, je me
suis mis à la tête de camarades, ceux qui pouvaient
marcher du moins, j'ai été à la caserne prévenir les autres, on a donné l'alarme sur toute la côte, nous avons
pris nos armes, nous voilà.

— Maintenant, — s'écria d'Aydie, — rentrons au château, nous sommes en état de le défendre. Chère Aïssé, —
ajouta-t-il, — vous pouvez me quitter sans inquiétude et
vous mettre en sûreté sans remords.

La Circassienne, non sans un serrement de cœur, s'é-
loigna avec la Parabère et l'intendant, suivie d'une légère
escorte.

— Le capitaine général et mademoiselle Marthe se con-
naissent, — pensa Yvon, — je crois qu'il faut que je
renonce à ma fiancée. C'est dommage !.....

Là-dessus il reprit silencieusement avec ses hommes le
chemin de Ploëgat-Guérande, où les ramenait d'Aydie.

XIX

ROSCOFF.

Roscoff est une charmante petite ville jetée en avant
dans la mer comme un navire à l'ancre. Tout alentour on
voit s'épanouir de vertes prairies et de gras pâturages,
dont la mer semble entretenir la magnifique et exception-
nelle fécondité par un arrosement souterrain. Çà et là ap-
paraissent quelques métairies, rustiques retraites qu'on
dirait faites bien plutôt pour abriter quelque couple amoureux que pour toute autre destination. Si l'on suit un petit sentier bordé d'aulnes et d'ajoncs, on arrive bientôt
devant une de ces métairies, la plus fraîche et la plus coquette d'entre toutes, à moitié cachée sous un rideau de
grands arbres dont l'automne commence à rougir les
feuilles. Devant le seuil, une jeune femme d'une angélique beauté, mais dont une légère pâleur fait ressortir
encore davantage les grands yeux noirs, est assise sur un
escabeau et occupée à filer au rouet. A ses pieds est couché un gros chien de ferme, gardien vigilant qui semble
placé là tout exprès pour veiller sur un pareil trésor. Le
jour est sur son déclin, et de temps à autre la jeune femme, tournée du côté de la mer, jette un regard plein de
mélancolie sur le soleil prêt à disparaître dans les flots de
l'Océan au milieu d'une auréole de gros nuages noirs.

Cette jeune femme est Aïssé la Circassienne, Aïssé
échappée comme par miracle à tous les périls qui avaient
menacé sa liberté et son existence même à la suite du
repas offert par son maître, mieux vaudrait dire par son
persécuteur, au sergent Yvon et aux gardes-côtes. C'est
que depuis lors les choses avaient bien changé de face. A
cet égard, quelques éclaircissements sont nécessaires. Le
lecteur les trouvera consignés dans le récit suivant.

D'Aydie et Yvon, que nous avons laissés se disposant à
rentrer à main armée dans le château de Ploëgat-Guérande, n'y retrouvèrent pas les rebelles. Ceux-ci, après
avoir en vain cherché l'officier dont ils voulaient se délivrer, avaient quitté le château pour se reporter sur Morlaix. Mais bientôt ils furent instruits que le secret de leur
opération était trahi. De toutes parts on était sur ses gardes ; ils s'arrêtèrent, et une terreur panique s'empara
d'eux. Nous empruntons à l'histoire quelques détails sur
cette échauffourée :

« La dernière ressource des conjurés dispersés fut d'in-
diquer pour le 7 octobre suivant un grand rassemble-
ment dans la forêt de Noé. Cinquante nobles devaient
s'y trouver, amenant chacun un valet armé. On avait
formé le projet de se porter sur Rennes et d'y enlever le
maréchal de Montesquiou. Folle espérance ! il ne se
trouve que onze hommes au rendez-vous. Quelques détachements de troupes sortent en même temps des places ; toute résistance a disparu, et l'on ne tire pas un
coup de fusil... Ces bandes de gentilshommes, si arro-
gants la veille, ne tombent point dans une lutte courageuse, mais s'enfuient comme une proie dévolue à la
chambre royale qui vient les juger à Nantes. »

La flotte espagnole, après avoir vu s'éteindre, grâce
aux soins de d'Aydie, le fanal qui devait la guider, n'avait
paru que tardivement en vue des côtes et n'avait servi
qu'à donner asile à quelques-uns des fugitifs. Ferriol fut
de ceux qui ne purent réussir à gagner les vaisseaux de
Philippe V ; mais, plus heureux d'abord que beaucoup
de ses complices, il échappa aux recherches, malgré toute
l'activité d'Yvon, dont la rancune était proportionnée à
l'importance du grade qu'on avait mystifié en lui.

La Parabère, effrayée des dangers qu'elle avait courus,

et guérie d'ailleurs du léger accès de coquetterie qui avait été peut-être la secrète cause de son excursion périlleuse, était repartie pour Paris. Avant de monter dans la voiture, cette fois bien escortée, qui devait lui faire traverser la Bretagne pour la dernière fois, elle avait promis amitié éternelle à d'Aydie et à sa rivale, dont les malheurs et le dévouement l'avaient vivement intéressée.

Quant à celle-ci, que la fuite de Ferriol affranchissait enfin de sa longue servitude, d'Aydie lui avait choisi une retraite à Roscoff, pendant que ses devoirs l'appelaient à Nantes, où il dirigeait l'instruction formée contre les rebelles. C'était là, dans une petite métairie exploitée par un fermier de d'Aydie, qu'Aïssé se livrait à cette douce mélancolie qui vaut mieux souvent que le bonheur même ; c'était là qu'elle revivait au repos et à la liberté, sans que la figure implacable de Ferriol apparût dans ses rêves, sans que son ombre passât sur ce nouveau rayon de soleil.

D'Aydie voulut ramener avec lui Aïssé à Paris lorsque sa mission en Bretagne serait accomplie ; celle-ci avait résisté et lui avait demandé à se fixer pour toujours dans l'humble asile qu'elle devait à la bonté de ce noble ami. Cependant, malgré elle, l'espérance avait jeté de nouveau dans ce cœur de vingt ans ses racines vivaces. Insensiblement elle s'accoutumait à la pensée de contempler de près et d'admirer, d'aimer éternellement comme un frère, celui dont elle s'était à jamais interdit de devenir la femme. Épuré par l'absence, son amour devenait presque une religion. Pauvre Aïssé ! dans ses rêves d'avenir, elle en venait à oublier son passé si douloureux, si flétrissant surtout ; elle se retrouvait jeune fille innocente et candide, assise sous la charmille séculaire du jardin dessiné par Lenôtre, dans le vieil hôtel de la rue Culture-Sainte-Catherine, avant qu'un caprice du grand seigneur débauché eût profané sa pudeur, avant même que les libres propos du régent eussent effarouché son oreille. Elle aussi, elle eût pu dire en évoquant le souvenir du chevalier d'Aydie, et pour emprunter le langage du poëte :

Son amour m'a refait une virginité.

Cependant, **tout** en se livrant à ces pensées, elle ne s'apercevait pas que le soleil était couché et que, aux nuages noirs au milieu desquels il avait disparu, il était venu s'en joindre bien d'autres, qui, condensés sur le paysage environnant, semblaient le couvrir d'un linceul funèbre. Déjà de larges gouttes d'eau commençaient à tomber sur le front et sur les cheveux de la Circassienne, déjà le gros chien couché à ses pieds commençait à secouer les oreilles et agiter sa queue en jetant des regards inquiets sur sa jeune maîtresse. Celle-ci, perdue dans sa rêverie et insensible à tout ce qui se passait dans le monde extérieur, continuait à filer au rouet ; il est même vraisemblable qu'elle eût passé ainsi une bonne partie de la soirée, si le métayer et sa femme, vieux serviteurs du chevalier d'Aydie et de sa famille depuis longues années, n'étaient apparus tout à coup sur le seuil de la métairie et n'avaient fait retentir en patois breton, qu'Aïssé commençait à comprendre un peu, cette interrogation fort significative :

— Eh bien ! par Saint-Jean-du-Doigt ! à quoi songez-vous donc, ma belle demoiselle ? l'heure du souper est arrivée depuis longtemps ; tous les gens sont à table et vous attendent. Sans vous commander, venez vite, car le bon Dieu va nous envoyer un gros grain, et cela commence déjà.

En effet, à ce moment même, la tempête, suspendue depuis longtemps au-dessus de la tête d'Aïssé, se déchaîna avec furie, et la jeune fille n'eut que le temps de rentrer précipitamment dans la ferme avec ses hôtes.

Ainsi que ces derniers l'avaient annoncé, le couvert était mis et le souper était servi dans une salle basse, lambrissée de solives de chêne noircies de vieille date par la fumée et les mouches. Cette salle servait à la fois de chambre à coucher, de salle à manger et de cuisine, à en juger par le mobilier dont elle était garnie. Ce mobilier consistait dans un grand lit à colonnes torses et à baldaquin garni de serge verte, dans une huche en assez mauvais état mais d'un bois bien sombre et bien luisant, et dans un assortiment assez varié de cruches, de poêles à frire, de chaudrons et de marmites. Les parois de la muraille n'étaient point tapissées, comme on le pense bien, mais leur nudité était dissimulée par intervalles au moyen de quelques grossières estampes coloriées représentant des sujets de piété, avec accompagnement obligé de prose ou de vers plus ou moins étranges. Une lampe fumeuse posée sur la table, une table massive, longue et étroite, encadrée de deux côtés seulement par des bancs de chêne, eût pu, à la grande rigueur, éclairer fort mal cet intérieur breton, si les vifs reflets d'une bourrée qui pétillait joyeusement dans l'âtre, sous le manteau d'une vaste cheminée, n'eussent prêté à la scène que nous allons décrire une lumière beaucoup plus éclatante.

Après avoir séché quelques instants devant le feu ses vêtements, que l'eau du ciel n'avait pas respectés, la Circassienne vint s'asseoir au haut bout de la table, à la place d'honneur qui lui était réservée par ordre du chevalier d'Aydie, et au milieu des marques de respect de ses commensaux.

Tous ces braves gens, depuis le premier valet de ferme, qui était le fils aîné du métayer, jusqu'à la plus humble fille de basse-cour, s'étaient levés poliment en voyant entrer Aïssé, et n'avaient pas même voulu se rasseoir qu'elle n'eût pris place à table. Chacun marmotta dévotement le *Benedicite*, puis le repas commença. Il fut d'abord silencieux. En Bretagne, on n'aime guère remplir deux tâches à la fois, et il en était une dont pour le moment tous les convives, à l'exception d'Aïssé, s'acquittaient à merveille. D'un autre côté, la tempête venait de se déclarer, avec violence. Le vent s'engouffrait en mugissant dans la cheminée, dont les cendres volaient jusque sur la table. On entendait la pluie fouetter au dehors les feuilles des arbres, et au dedans les vitres des fenêtres. Pour des gens habitués à l'existence monotone des champs, le désordre des éléments est toujours beaucoup plus que pour les citadins une cause de trouble et parfois même de terreur, parce que là les impressions sont beaucoup plus rares qu'à la ville. Aussi le repas du soir avait-il cette fois un caractère solennel et presque lugubre dans la petite métairie du chevalier d'Aydie, près de Roscoff.

Ce fut Aïssé qui rompit le silence.

— Eh bien ! — dit-elle au fils aîné du métayer, qui s'était absenté pendant vingt-quatre heures pour aller acheter du bétail à la foire d'un gros bourg situé à six lieues de Roscoff, — vous voilà de retour, Jeannic ? avez-vous fait un bon marché et avez-vous appris des nouvelles ?

— Le marché n'est pas mauvais, que je pense, ma belle demoiselle, grâce à mon saint patron, que j'ai bien prié à cet effet ; mais en revanche les nouvelles ne sont pas bonnes pour notre pauvre noblesse de Bretagne. Tous les insurgés sont arrêtés à cette heure, sauf deux ou trois ; mais on est sur la trace de ces derniers, et malheur à eux s'ils se laissent prendre, car il y va de leurs têtes.

— Et dit-on, — reprit Aïssé, — quels sont ceux qu'on recherche ?

— J'ai entendu prononcer leurs noms, mais je ne m'en souviens plus, car ce ne sont pas des gens du pays.

— O mon Dieu ! — balbutia la Circassienne saisie par un instinctif pressentiment de terreur, — mon Dieu ! serait-ce... ?

Elle n'acheva pas, car à ce moment les chiens aboyèrent dans la cour de la métairie, et, au milieu du mugissement du vent et du clapotement de la pluie, on entendit heurter avec violence à la porte extérieure.

— Qui peut venir à cette heure et par un pareil temps ? — s'écria le fermier.

— M'est avis, — reprit Jeannic, — que ce pourrait être quelqu'un des conspirateurs que la chambre royale fait chercher dans toute la Bretagne. Nul ne veut les recevoir, car les juges ont déclaré que toute personne qui leur donnerait asile serait arrêtée avec eux et condamnée comme leur complice.

— Bonté divine ! — dit la fermière, — que faut-il faire ?

— Ne bougeons pas ! — reprit Jeannic ; — qui que ce puisse être, on se lassera de frapper en voyant que nul ne vient ouvrir, et l'on ira chercher fortune ailleurs.

En effet, soit découragement, soit tout autre motif, on cessa pendant quelques instants de frapper à la porte ; mais bientôt, le vent et la pluie venant à redoubler de furie, la porte fut assiégée de nouveau.

— Peut-être, — balbutia la Circassienne émue de pitié, — peut-être est-ce quelque pauvre voyageur bien inoffensif et bien fatigué qui aura été surpris par la pluie ; il y aurait de l'inhumanité à le laisser ainsi mourir de froid et de faim à la porte de cette métairie. Jeannic, si vous m'en croyez, vous prendrez une lanterne et vous irez voir vous-même qui ce peut être.

Tous les hôtes de la métairie, dociles aux instructions que leur avait laissées le chevalier d'Aydie, étaient accoutumés à considérer les moindres paroles de la jeune fille comme celles d'un oracle. Aussi Jeannic s'empressa-t-il d'obéir. Moins d'une minute après, il rentra dans la salle, où s'introduisirent à sa suite deux hommes de haute taille, dont les grossiers vêtements étaient tout souillés de fange et ruisselants de pluie.

Ces deux hommes, dont les traits étaient cachés aussi bien par les chapeaux de paille à larges bords enfoncés sur leur tête que par la barbe épaisse et inculte qui s'épanouissait sur leur visage, allèrent s'asseoir silencieusement au coin de la vaste cheminée. Alors seulement ils se découvrirent, et, à la lueur fauve que projeta sur le front pâle de l'un d'entre eux le bois qui se consumait dans l'âtre, Aïssé reconnut avec un frisson de terreur le comte de Ferriol. L'autre homme était Marino Marini.

— Maintenant, — dit Jeannic en s'adressant au nouveau venu, — vous allez me montrer vos papiers. Sans cela il nous est impossible de vous donner l'hospitalité.

Le comte et son acolyte échangèrent un regard d'angoisse et de désespoir, puis tout à coup Marini tressaillit, et par un geste rapide il désigna à Ferriol la Circassienne, qui, plus morte que vive, les contemplait l'un et l'autre d'un œil hagard ; un éclair de surprise et de joie illumina le front du comte.

— Nous n'avons point de papiers, — dit-il d'une voix sourde ; — mais il y a ici quelqu'un dont nous sommes connus et qui ne refusera pas sans doute de répondre de nous. — En même temps il se leva, et, s'approchant de la jeune fille , — Aïssé, — dit-il tout bas, — il faut nous sauver. Nous sommes traqués depuis ce matin dans ces environs comme des bêtes fauves. La nuit aidant, on a perdu notre trace, mais notre signalement est connu ; des détachements de soldats parcourent en ce moment même la campagne, et, si l'on nous refuse ici un asile, nous sommes perdus. Aïssé, je t'ai sauvée jadis des mains des bourreaux, veux-tu aujourd'hui acquitter cette dette ?

La jeune fille resta quelques instants sans répondre. Ce n'était pas sans un cruel serrement de cœur qu'elle allait reprendre cette chaîne qu'elle croyait à jamais brisée ; mais la destinée était là visible et implacable, il fallait se soumettre.

— Dieu le veut, — murmura-t-elle, — Dieu le veut ; que sa sainte volonté soit faite ! Je vous ai suivi exilé, — ajouta-t-elle en s'adressant à Ferriol, — je ne vous trahirai pas proscrit. Mes amis, je connais ces deux hom-

mes, et je vous prie de leur donner l'hospitalité. S'il y a faute en cela, que le châtiment de cette faute retombe sur moi seule, car moi seule je l'aurai mérité.

A peine Aïssé eut-elle prononcé ces paroles que chacun à l'envi s'empressa autour des nouveaux venus. Les uns se mirent en devoir d'attiser le feu et d'y ajouter des sarments pour sécher les vêtements de Ferriol et de Marini ; les autres apportèrent des aliments sur lesquels les deux conspirateurs se jetèrent avec avidité, car ils étaient demeurés tout le jour privés de nourriture. Lorsqu'ils furent bien réchauffés et bien repus, le métayer annonça que l'heure du coucher était venue et qu'il allait faire la prière. Tous les assistants se mirent à genoux sur le pavé de la salle, et, pour la première fois de sa vie depuis bien longues années, monsieur de Ferriol en se signant ne put s'empêcher de remercier Dieu qui lui avait fait rencontrer dans cette humble métairie bretonne la pauvre fille qu'il avait si cruellement outragée et qui se vengeait de lui en le sauvant.

La prière faite, chacun se retira, et comme les lits n'étaient point chose fort commune dans la petite métairie du chevalier d'Aydie, on conduisit les deux voyageurs dans une grange, où il leur fut loisible de s'étendre sur une ample litière de paille de sarrasin. A ce moment, Marini, qui jusqu'alors avait gardé le silence le plus complet, se contentant d'ouvrir la bouche pour boire et manger, crut devoir renoncer à son mutisme absolu.

— *Dunque, monsu* le comte, — s'écria-t-il en étendant les bras et les jambes avec un certain sentiment de plaisir, — par la très-puissante assistance de sainte Cunégonde, ma parente, nous avons bien bu, bien mangé, et nous voici à l'abri pour le moment des estafiers de votre gouvernement, que le diable puisse emporter au fin fond de l'enfer avec monseigneur le régent et monseigneur l'abbé Dubois ! Mais je doute fort qu'on nous laisse tranquilles dans cette grange. La pluie est passée, la lune va se lever tout à l'heure. Si vous m'en croyez, nous n'attendrons pas le jour ici, et dès que nous allons être un peu reposés, nous partirons au plus vite. Ce pays n'est pas sûr, *diavolo !* et je crains quelque visite domiciliaire.

— Ma foi ! — reprit Ferriol avec une sorte d'insouciance philosophique qui peut-être en ce moment cachait chez lui un tout autre sentiment réveillé par l'aspect de sa belle pupille, — je suis bien ici, j'y reste. Cette existence vagabonde que nous menons depuis tantôt un mois commence à me lasser. Que voulez-vous, mon cher Marini ? nous avons joué gros jeu et nous avons perdu la partie ; il s'agit de payer maintenant, rien ne peut nous en dispenser. Eh bien ! mon cher, quand l'heure du payement, c'est-à-dire de la mort, sera venue, ce sera du moins une consolation de payer ensemble.

— Ah ! *monsu* le comte, que dites-vous là ? Payer ! payer ! Par sainte Cunégonde, ma parente ! je veux bien jouer, mais je ne paye pas.

— Il le faudra pourtant bien. Quand vous vous en iriez d'ici, la belle avance ! Les champs tout à l'entour sont remplis de soldats et de limiers de police ; vous aurez beau faire, vous ne leur échapperez pas.

— Aïe ! *povero !* aïe ! ne parlez pas ainsi, *mio caro*, vous me faites dresser les cheveux sur la tête.

— Allons donc, vous qui en êtes à votre septième conspiration, mon cher Marini, qui vous entendrait vous prendrait pour un novice.

— Ecoutez, *monsu* le comte, il me vient une idée, une idée superbe.

— Parlez.

— Si l'un de nous deux pouvait échapper au sort qui l'attend, est-ce que ce ne serait pas fort heureux pour sa famille, pour ses amis ?

— Famille !... amis !... je n'en ai plus.

— Ah ! c'est différent. Pourtant vous oubliez cette charmante petite que nous venons de retrouver ; mais il n'importe, voulez-vous que nous tirions à la courte paille à qui échappera?

— J'ai peine à comprendre.

— Tenez, voilà deux brins de paille, tirez toujours.

— Mais pourquoi?

— Pourquoi? pourquoi…? Eh! *monsu* le comte, ne comprenez-vous pas que si l'un de nous deux s'en allait à Roscoff dénoncer l'autre, celui-là serait bien sûr d'avoir sa grâce? Tirez donc, et bonne chance.

— Moi, jamais! C'est une infamie que vous me proposez là, signor Marini.

— *Monsu* le comte!

— Et je suis bien sot d'avoir attendu autre chose de votre part.

— N'en parlons plus, *monsu* le comte, puisque cela vous déplaît. Mais vrai, là! vous avez tort; d'autant plus, — ajouta-t-il mentalement, — que j'avais pris mes mesures pour gagner. — Il y eut un silence; puis Marini reprit: — On dit que le sommeil porte conseil, dormons donc. Bonsoir, *monsu* le comte, et que sainte Cunégonde, ma parente, veille sur nous cette nuit! — Là-dessus, Marini s'étendit de plus belle sur la litière de paille de sarrasin, et une demi-minute ne s'était pas écoulée que la grange retentissait de ses ronflements sonores. Le comte eut beaucoup plus de peine à s'endormir; mais enfin la fatigue l'emporta, et les rayons de la lune qui s'introduisaient dans la grange à travers une ouverture pratiquée en guise de fenêtre ne tardèrent pas à venir donner en plein sur le visage du dormeur. A ce moment, Marino Marini se souleva doucement sur son coude, et, s'avançant furtivement, il contempla avec une attention profonde la tête chevelue et le visage barbu de son compagnon, qui présentait alors je ne sais quelle vague ressemblance avec le profil d'un lion au repos. Après s'être bien assuré que monsieur de Ferriol était plongé dans un sommeil profond, Marini se leva, tira de sa poche un petit papier, qu'il examina au clair de la lune avec un sourire diabolique, puis il murmura entre ses dents: — Ah! vous ne voulez pas me dénoncer, *monsu* le comte! Grand merci! Dormez bien jusqu'à ce que vous ayez de mes nouvelles; moi, je prends la clef des champs.

Ayant ainsi parlé, il escalada avec une agilité merveilleuse l'ouverture dont nous avons parlé et qui donnait sur la campagne, puis il se mit à marcher avec rapidité dans la direction de la petite ville de Roscoff.

Moins d'une heure après, le comte de Ferriol, réveillé en sursaut dans la grange où il avait trouvé un asile, voyait à ses côtés, à la lueur de plusieurs lanternes, des soldats armés jusques aux dents, et entendait, comme dans un horrible cauchemar, un officier de justice tout vêtu de noir prononcer d'une voix nasillarde cette redoutable formule:

« Au nom du roi, monsieur le comte de Ferriol, je vous arrête comme prévenu de crime de lèse-majesté. »

XX

LE MINISTRE ET LA FAVORITE.

Si par la pensée (ce chemin de fer plus rapide et souvent plus dangereux encore que ceux dont notre siècle a vu l'admirable et parfois la sanglante inauguration) nous faisons voler notre lecteur au Palais-Royal, à Paris, nous y retrouverons monseigneur le régent en tête-à-tête dans son cabinet avec Son Eminence l'archevêque de Cambrai, ou, si l'on aime mieux, Son Excellence le ministre secrétaire d'Etat des affaires étrangères, car tel est depuis peu le double titre de l'abbé Dubois. Philippe d'Orléans est assis à une table où sur une foule de papiers sont jetées les dernières dépêches de Bretagne. Son pre-

mier ministre se tient debout auprès de lui, le coude familièrement appuyé sur l'un des bras de son fauteuil, et le contemple d'un air de mauvaise humeur.

— Eh bien! monseigneur, — dit l'archevêque, — votre clémence a porté ses fruits; la conspiration de Cellamare, graciée par vous, a enfanté la révolte de Bretagne. Je vous l'avais bien dit. Ce complot, débile comme un arbre pourri, avait d'immenses ramifications. Vous avez voulu y greffer la bonté, vous recueillez le désordre. C'est bien fait.

— Bah! faut-il tant se mettre en colère pour une promenade inoffensive de quelques gentillâtres qui se sont montrés en armes dans le pays, et qui, plus fuyards que des moineaux, n'ont pas même eu besoin d'un coup de fusil pour se dissiper?

— Ils n'en voulaient pas moins livrer les côtes de Bretagne aux Espagnols et donner votre régence à votre loyal cousin Philippe V, qui ferait mieux de secouer celle d'Albéroni.

— Es-tu bien sûr que leur projet fût aussi criminel?

— Si j'en suis sûr, monseigneur! Tenez, lisez cette lettre adressée par le roi d'Espagne à l'un des conjurés; c'est écrit de la propre main de Philippe V.

En même temps Dubois plaça sous les yeux du régent le mystérieux billet introduit en France d'une façon si singulière, dans une bouteille de vin de Malaga, billet dont il n'est peut-être pas inutile de rappeler le contenu:

« Le sieur de Mélac-Hervieux m'a apporté des proposi-
» tions de la part de la noblesse de Bretagne, concernant les
» intérêts des deux couronnes. Je m'en remets à ce que
» ledit sieur leur dira sur cela de ma part. Mais je les
» assure ici moi-même que je leur sais un très-bon gré du
» glorieux parti qu'ils prennent, et que je les soutiendrai
» de mon mieux, ravi de pouvoir leur marquer l'estime
» que je fais de sujets aussi fidèles au roi mon neveu,
» dont je ne veux que le bien et la gloire.

» Au camp de Saint-Esteban, ce 22 juin 1700.

» PHILIPPE. »

— Eh bien! monseigneur, qu'en dites-vous?

— Je dis que mon cousin le roi d'Espagne paraît avoir furieusement envie de ma place, et que cela m'étonne.

— Pourquoi donc?

— Parce que je n'ai nulle envie de la sienne.

— Raison de plus, monseigneur.

— Sait-on du moins à qui ce billet était adressé?

— Non, monseigneur; le chevalier d'Aydie, qui m'a envoyé ce billet, a laissé échapper le seul homme qui aurait pu nous mettre sur la voie.

— Qui donc?

— C'est un certain Marino Marini, Italien doublé d'Espagnol, qui s'est fait affubler d'un titre de comte du saint-empire romain, un de ces intrigants dont le nom se trouve mêlé à toutes les trames plus ou moins nombreuses, plus ou moins coupables qui ont agité l'Europe pendant ces dernières années.

— Marini! je me rappelle ce nom en effet; mais je m'étonne que d'Aydie, qui est un loyal et fidèle serviteur, ait laissé échapper cet homme.

— Eh! monseigneur, cet homme a dénoncé la retraite de l'un de vos ennemis les plus acharnés, le comte de Ferriol, et l'on ne saurait trop encourager la trahison.

— Oui, c'est là, je le sais, l'une de tes maximes favorites; mais d'Aydie…

— D'ailleurs le nonce du pape est intervenu dans cette affaire. Sa Sainteté s'intéresse un peu, à ce qu'il paraît, à ce Marini.

— Et toi tu veux être cardinal! Allons, je commence à comprendre; mais il ne fallait pas accuser d'Aydie lorsque c'est toi sans doute qui l'as autorisé…

— A faire échapper secrètement le Marini. C'est vrai,

monseigneur ; mais il est des occasions où un subordonné doit avoir assez d'esprit pour désobéir. Ce d'Aydie est un officier plein de courage et de dévouement, mais il n'entend rien à la politique.

— Heureusement que tu t'y entends pour lui et pour bien d'autres.

— Monseigneur veut me flatter.

— Allons, Dubois, tu es un fat.

— Je suis, monseigneur, et veux être tout ce qu'il plaira à Votre Altesse, même cardinal et pape s'il le faut. En attendant, je vous demande cette fois votre parole d'honneur de me laisser le maître d'agir dans votre intérêt, dans celui du royaume, pour cette sotte conspiration de Bretagne. Pour Dieu ! n'allez pas me faire encore du gouvernement par-dessous jambes et de la justice les mains dans les poches. Je n'ai pas voulu envoyer ces malotrus devant le parlement de Rennes, qui leur a donné l'exemple de la rébellion. J'ai préféré une bonne commission, bien impartiale et choisie par moi-même. Vous allez me signer les pleins pouvoirs qui rendront ses arrêts exécutoires immédiatement, sans appel ni recours en grâce.

— Mais y penses-tu ? sévir contre ces espèces de bêtes brutes qui feraient honte aux paysans, auxquels ils ressemblent s'ils n'étaient pas des gentilshommes ! Qui les déchausserait, m'écrit-on, les trouverait chèvre-pieds. Laissons-les vivre, ils sont si maladroits !

— Eh ! justement, monseigneur ; quand il s'agit d'une mauvaise cause, il ne faut jamais épargner les maladroits. Il n'y a que ceux-là qui recommencent.

— Mais ils seront toujours assez effrayés pour l'avenir s'ils ont comparu devant le tribunal.

— Du tout, monseigneur ; dans ce pays à demi sauvage, la clémence serait encore plus perdue qu'ailleurs, et si l'on ne leur coupe la tête, ils ne comprendront rien à votre logique civilisée. Encore un coup, laissez-moi faire, et si cette révolte n'est pas complétement exterminée, je vous laisse libre d'agir à la troisième tentative. Songez-y donc, monseigneur, il s'agissait ici de plus qu'une révolte, d'une trahison : on voulait introduire l'étranger en France.

— Tu le veux... eh bien ! soit, j'y consens, — dit le régent, à qui ce mot de trahison inspirait une indignation souveraine. — Voyons, çà ! que faut-il que je te signe ?

En même temps le régent prit nonchalamment une plume sur la table, et déjà il s'apprêtait à signer, sans les lire, les papiers que lui présentait son ministre, lorsque la porte du cabinet où se passait cette scène s'ouvrit avec violence, et un huissier annonça d'un ton fort empressé madame de Parabère. Le régent et Dubois tressaillirent ; mais l'un et l'autre, comme on le pense bien, sous l'influence de sensations fort différentes. Le ministre ne put réprimer un juron et s'écria :

— Au diable les femmes qui viennent interrompre les affaires !

Quant au régent, il sourit et répondit tranquillement :

— Tu te trompes, mon cher, en donnant les femmes au diable, ce sont elles qui nous donnent à lui. — En ce moment la favorite entra dans le cabinet. Arrêtée en route par une indisposition, résultat de ses fatigues et de ses terreurs, elle avait passé quelques jours à Rennes, où un courrier du chevalier d'Aydie l'avait rejointe. C'était la première fois qu'elle reparaissait au Palais-Royal après son voyage. Philippe d'Orléans, qui conciliait si bien les habitudes nonchalantes de la constance avec les piquantes excursions de l'infidélité, avait entendu annoncer avec plaisir sa maîtresse en titre. Aussi bien il était déjà fatigué d'une conversation qui n'avait roulé que sur des intérêts politiques, et il ne s'attendait guère pour le moment à une si agréable diversion. — J'avais besoin de revoir une amie, — dit-il à la jolie voyageuse, — après le chagrin domestique qui est venu me frapper (1) ; venez me

dire à quel point, ma toute belle, je dois être populaire en Bretagne, puisque c'est vous qui m'y avez représenté.

— Oui, je vous fais, monseigneur, un sincère compliment de votre beau pays de Bretagne... Des brigands, des conspirateurs, des attaques sur les routes, un véritable siége dans votre château de Ploëgat-Guérande... tel a été le résultat de mon voyage d'agrément.

— En effet, je me souviens que vous m'avez écrit à ce sujet une charmante lettre...

— Dont je viens chercher la réponse.

— La voici ! — dit le régent en baisant tendrement la main de la favorite. Puis, se tournant vers Dubois. — En vérité, — murmura-t-il, — elle est encore embellie. N'est-ce pas ton avis ?

Le ministre ne répondit que par une grimace qu'il essaya de rendre admirative, et madame de Parabère, se penchant à son tour vers le prince, lui dit tout bas :

— Comment fait donc monsieur Dubois ? je le trouve encore plus laid que par le passé.

— C'est depuis qu'il est archevêque.

— Alors, monseigneur, je souhaite pour lui qu'il ne devienne jamais cardinal ; aussi bien je ne pourrais jamais m'habituer à le traiter d'Eminence. Regardez-le donc un peu, je vous prie ?

En parlant ainsi, la jeune femme partit d'un éclat de rire si franc, si communicatif, que le régent ne put s'empêcher de s'y associer. Dubois se mordit les lèvres, car bien que le dialogue qui précède eût été échangé à voix basse, il avait deviné aisément qu'il ne pouvait être question que de lui ; toutefois, trop habile pour se montrer fâché, il reprit d'un ton froidement ironique :

— En toute autre circonstance, je m'empresserais de partager une hilarité qui permet à madame de nous montrer qu'elle a les plus jolies dents du monde, mais dans un moment où je viens d'entretenir monseigneur d'un sujet triste pour le moins, j'avoue que c'est en vain que je cherche à appeler le sourire sur mes lèvres.

— Qu'est-ce donc ? — repartit la Parabère.

— En effet, — balbutia le régent, — Dubois a raison, et c'est moi qui ai tort ; au moment où vous êtes entrée, il me parlait de rigueurs... nécessaires...

— Tandis que monseigneur n'attend de madame que des faveurs... Peut-on attendre de madame autre chose ? Ah ! je comprends pas que je n'ai pas le beau rôle.

— Eh ! mais, mon cher monsieur Dubois, est-ce que vous l'avez jamais eu ?

— L'impertinente ! Madame, je ne suis pas moins que monseigneur ravi de vous revoir après une absence dont j'ai gémi comme lui ; mais ne pourriez-vous remettre votre visite à un autre moment ? Les affaires de l'Etat l'exigent... J'ai à demander à Son Altesse Royale quelques signatures... D'ailleurs, il fait encore jour, et vous comprenez...

— Du moment où il fait jour, je comprends que vous devez me céder la place ; car si l'un de nous deux ressemble à un oiseau de nuit, je ne pense pas que ce soit encore moi.

Témoin fort intéressé des mots piquants qu'échangeaient ensemble le ministre et la favorite, le régent avait pris le parti de se remettre à rire, et c'est un soin dont il s'acquittait de fort bon cœur. Toutefois il eut assez d'empire sur lui-même pour reprendre son sérieux.

— Allons ! — s'écria-t-il, — il n'y a pas de raison pour que cela finisse, et je veux mettre un terme à un différend qui risque fort, comme votre esprit à tous deux, de s'éterniser. Dubois, c'est à toi de céder la place. Laisse-nous.

— Eh ! mon Dieu ! monseigneur, je ne demande pas mieux, pourvu qu'au préalable vous vouliez bien me signer ces papiers.

— Qu'est-ce que ces papiers ?

— Votre Altesse le sait bien. C'est l'ordre pour la chambre royale, en ce moment réunie à Nantes, de procéder sans désemparer au jugement de tous les insurgés, juge-

(1) La mort de la duchesse de Berri, sa fille.

ment qui sera exécutoire sur l'heure, sans appel ni recours en grâce

— Tu le veux donc absolument ?

— Ce n'est pas moi, monseigneur, c'est la raison d'Etat
qui l'exige.

— Allons ! donne-moi cette plume et finissons-en.

— Arrêtez ! monseigneur ! — s'écria vivement la Parabère ; — ne pouvez-vous remettre à demain un acte de
rigueur qui doit entraîner la chute de plusieurs têtes ?

— Qu'importe ! madame, — reprit Dubois d'un ton
solennel, — si ces têtes sont celles de criminels de lèse-
majesté ?

— Il m'importe beaucoup, à moi, que le jour de mon retour ne soit pas marqué par des arrêts de mort, et monseigneur ne me refusera pas sans doute de différer au
moins jusqu'à demain à donner les signatures que vous
lui demandez.

— Madame, le courrier est en bas, et il attend déjà
depuis longtemps.

— Eh bien ! il faut le congédier, et lui donner de ma
part quelques pistoles pour aller faire un bon souper avec
sa femme ou sa maîtresse, et boire à la santé de monsieur
le régent. N'est-ce pas, monseigneur ?

— Madame, il n'en sera pas ainsi ; car j'ai la parole de
Son Altesse, qui, pleinement convaincue de la nécessité
d'en finir avec les conspirations, se disposait à signer
lorsque vous êtes entrée.

— Monseigneur daignera, à ma prière, changer d'avis.

Impassible et muet pendant ce nouveau débat, Philippe
d'Orléans évitait avec soin les regards de l'enchanteresse,
dont il connaissait trop bien le pouvoir. Irrité de ne pas
trouver en son maître, dans une pareille occasion, l'appui
qu'il en attendait, Dubois reprit d'un ton plein de froi-
deur mais en même temps de fermeté :

— Monseigneur est libre de manquer à sa parole, mais
je suis libre, moi, de le prier, dans ce cas, de vouloir bien
agréer ma démission des fonctions de ministre secrétaire
d'Etat.

Le régent tressaillit ; mais madame de Parabère, à laquelle son trouble, en entendant un pareil *ultimatum*,
n'avait pas échappé, repartit aussitôt :

— Et moi, si monseigneur signe, je quitte à l'instant
le Palais-Royal, et je jure de n'y jamais remettre les
pieds. Allons, monseigneur, monsieur Dubois a raison, le
temps presse, choisissez entre nous deux.

— Ah ! quelle tyrannie ! — murmura le régent en jetant alternativement des regards irrésolus sur ces deux
conseillers en frac et en cotillon ; — que faire ? que résoudre ?

Il y eut un silence, puis la favorite sembla tout à
coup prendre un parti.

— Ecoutez, monseigneur, — dit-elle, — du moins
avant de signer vous ne me refuserez pas un quart d'heure d'entretien particulier.

— Dubois, — reprit le prince un tant soit peu confus,
— en conscience, je ne puis lui refuser...

— Faites, monseigneur, — répondit Dubois toujours
froid et sévère, — dans un quart d'heure je viendrai chercher votre réponse.

Là-dessus le prélat se retira, et le régent demeura seul
avec la favorite.

— Bon Dieu ! ma toute belle, — s'écria-t-il, — me di-
rez-vous enfin maintenant quel intérêt vous pousse dans
toute cette affaire ? Est-ce que quelqu'un de vos amis est
au nombre des conjurés ?

— Aucun que je sache, et pourtant j'ai promis d'en
sauver un.

— Lequel ?

— Je ne sais pas encore son nom.

— En voici bien d'une autre ! et à qui avez-vous fait
cette belle promesse ?

— C'est mon secret.

— De mieux en mieux. Ah, çà ! est ce une gageure ?

— En aucune façon.

— Je l'aimerais mieux ainsi ; car ce que vous me demandez est impossible.

— Vous rétracterez cette parole.

— Non pas ; car j'ai positivement promis à Dubois,
comme il vous l'a dit, de renoncer cette fois à mon droit
de grâce, et je ne puis avoir deux paroles.

— Un homme d'Etat ! c'est pourtant bien le moins.
Permettez-moi d'ailleurs de vous rappeler, monseigneur,
que vous n'avez jamais voulu vous borner à une première quand c'était une parole de rigueur.

— Autrefois, c'est possible, mais aujourd'hui...

— Aujourd'hui, voyons, monseigneur, vous ne voudriez
pas me refuser la première faveur que je vous demande
à mon retour, ne fût-ce qu'en compensation du pèlerinage malencontreux auquel vous m'avez exposée. Ecoutez,
voulez-vous que nous fassions une convention ? Je vois
qu'il faut être raisonnable. Eh bien ! vous serez maître
de signer ce que demande monsieur l'abbé Dubois, mais
vous me donnerez en même temps un blanc-seing pour
délivrer l'un des accusés.

— Mais cet accusé est peut-être le plus coupable de
tous.

— Je n'en sais rien, en conscience. Après tout, le beau
mérite que vous auriez si c'était un innocent !

— Ma toute belle, croyez qu'il m'en coûte beaucoup de
ne point accéder à votre prière ; mais à mon tour c'est
moi qui vous supplie de renoncer à un projet si essentiellement en opposition avec la raison d'Etat. Demandez-
moi tout ce que vous voudrez excepté cela, je suis prêt à
vous l'accorder. Votre hôtel ne vous plaît-il plus ? je vous
en donnerai un autre. Voulez-vous un château, un titre
de duchesse ? parlez.

— Je vous répète, monseigneur, que je ne veux qu'une
chose, c'est le blanc-seing dont je vous ai parlé.

— Et je vous répète, moi, que c'est impossible

— Alors, monseigneur, veuillez appeler l'huissier de
service pour qu'il envoie quérir mes gens. Mon carrosse
est à la porte du Palais-Royal.

— Eh quoi ! vous ne l'avez pas renvoyé ? Ne venez-vous
pas souper avec moi ce soir ?

— Monseigneur, j'avais comme un vague pressentiment que cette entrevue pouvait être entre nous la dernière. Dans ce cas, vous conviendrez qu'elle ne saurait
être trop courte pour ne pas me laisser trop de regret.
Recevez donc mes adieux.

— Oh ! vous ne me quitterez pas ainsi, quand je vous
retrouve après une longue absence, quand je vous revois
plus charmante que jamais. Par pitié, ma toute belle, de-
meurez ici ! Eh ! bon Dieu ! vous savez bien que je suis
toujours disposé à la clémence ; croyez que, pour y renoncer cette fois, il a fallu des motifs de la plus haute gravité. D'ailleurs vous ne sauriez attacher une grande importance à sauver un homme que vous ne connaissez
pas. S'il est condamné, eh bien ! on pourra chercher à le
faire évader. Chère âme, je ne puis mieux faire.

En parlant ainsi, le régent s'était emparé d'une main
charmante qu'il couvrait de baisers ; mais madame de
Parabère la retira brusquement en se levant.

— Monseigneur, — dit-elle ? — le quart d'heure est
expiré, et je cède la place à monsieur Dubois.

En même temps la porte s'ouvrit et le ministre rentra.

— Eh bien ! monseigneur, — s'écria-t-il.

— Eh bien ! mon cher Dubois, il y a peut-être moyen
de s'arranger. Elle consent à ce que je signe l'ordre que
tu m'as demandé. Elle demande seulement un blanc-
seing pour un accusé qu'elle ne nomme pas. Qu'en dis-
tu ?

Dubois resta pensif pendant quelques instants, puis il
répondit :

— J'y souscris pour ma part, mais à une condition,
c'est que le blanc-seing deviendrait nul s'il s'agissait par
aventure de celui des insurgés à qui était adressée la lettre du roi d'Espagne. Veuillez l'écrire de votre main,
monseigneur.

— Eh bien ! ma toute belle, êtes-vous satisfaite ? — dit le régent à mi-voix en se penchant vers la favorite. — Dubois va me bouder pendant huit jours au moins, j'en suis sûr.

— Ah ! — repartit gaiement la jeune femme, — si l'on n'avait pas plus de crédit qu'un ministre et d'autorité qu'un archevêque, alors, monseigneur, ce ne serait pas la peine d'être la belle amie du régent, puisque vous voulez bien me donner ce titre.

En parlant ainsi elle saisit une plume, qu'elle plaça elle-même dans les mains du régent, dont elle conduisit les doigts sur le papier, non sans les presser légèrement; puis après avoir plié le blanc-seing, elle le plaça sous enveloppe et y mit furtivement pour suscription :

« A monsieur le chevalier d'Aydie, à Nantes. »

Quelques instants après, le courrier qui attendait dans la cour du Palais-Royal partit à franc étrier pour Nantes, portant à la fois les ordres impitoyables préparées par le ministre et le message de grâce obtenu par le crédit de la favorite.

Ce soir-là, il n'y eut point de grand couvert au Palais-Royal, et monseigneur le régent soupa seul dans ses petits appartements avec madame de Parabère.

XXI

LA PLACE DU BOUFFAY.

Vers la partie orientale de la ville de Nantes s'élève le château du Bouffay, dont l'aspect lugubre est en harmonie avec la destination solennelle à laquelle il a été affecté. C'était dans cette enceinte que la justice se rendait; c'était sur la place adjacente que ses arrêts recevaient leur exécution.

Conan, ce duc de Bretagne dont la cruauté est si célèbre dans les annales bretonnes, celui qui avait assassiné Hoël, fils du grand Alain Barbetorte, et fait empoisonner Guerech, évêque de Nantes, par la lancette d'un chirurgien, avait fait élever au dixième siècle ces murailles menaçantes pour tenir en respect la ville dont il avait usurpé la souveraineté. L'aspect de la place du Bouffay, qui aujourd'hui s'étend librement jusqu'au quai planté d'arbres et jusqu'à la Loire peuplée de navires, était à cette époque rendu plus sombre encore par la Vieille-Monnaie, édifice fortifié comme une citadelle, et qui interceptait l'air frais du fleuve et la vue de l'autre rive.

C'est dans ce sinistre château que Ferriol fut conduit... C'était là qu'il attendait son sort. Le vieux gentilhomme luttait en vain contre un sinistre pressentiment en voyant les murs bas et sombres où il était renfermé et qui ressemblaient déjà au tombeau plus qu'à la prison. Toutefois, en se rappelant l'issue pacifique de la conspiration de Cellamare, il se rassurait un peu, et, malgré son courage bien éprouvé, il cherchait à éloigner l'idée de cette mort presque souriante pour ceux qui vont la chercher, si hideuse pour quiconque est forcé de l'attendre.

Quand vint la nuit, il était donc parvenu à trouver quelque sommeil sur la paille de son cachot, et n'avait pas entendu sonner trois heures à la vieille horloge de la tour, lorsque la porte s'ouvrit; réveillé au bruit, il aperçut son geôlier qui lui fit signe de se lever. Il obéit et suivit son guide; arrivé dans une grande salle attenante à celle du tribunal, il y trouva d'Aydie, qui d'une voix brève l'invita à s'asseoir.

— J'ai à vous parler, monsieur, — dit le chevalier; — je voulais vous annoncer ce qui a été décidé sur votre sort. Vous n'êtes pas compris parmi les premiers accusés arrêtés avant vous et dont l'arrêt se prononce en ce moment. Vous devez être compté au nombre de vingt-six autres qui vont être renvoyés devant la chambre de l'Arsenal à Paris. — Ferriol s'efforça de rester impassible à cette nouvelle; cependant il avait tressailli d'une joie instinctive et mal dissimulée en songeant qu'il serait jugé sous les yeux du prince débonnaire qui gouvernait la France.

— J'ai donc quelque espoir, — reprit d'Aydie, — que le comte de Ferriol sera soustrait à un châtiment terrible qui flétrirait son nom en faisant couler son sang ; les accusés qui échapperont à la première nécessité d'un exemple immédiat devront compter sans doute sur cette espèce d'amnistie que déguise un second jugement. D'ailleurs, Son Altesse a bien voulu mettre à ma disposition un blanc-seing qui assure la liberté à celui des accusés que je désignerai à sa clémence. Ce blanc-seing, un espoir secret me sollicite d'y mettre votre nom, qui peut-être devrait ne me rappeler que des souvenirs de douleur et de vengeance.

— Un espoir secret? Je serais curieux de savoir à quel prix je puis mériter votre générosité, au-devant de laquelle je n'ai point été, vous le savez.

— A quel prix, monsieur, vous allez le savoir. Il est une jeune fille dont le destin vous a été confié. Dieu avait fait pour elle de vos bras un asile où elle devait trouver une hospitalité sacrée ; elle n'y a trouvé que la servitude et la honte. Je ne serai point ici votre juge d'avance pour un crime dont votre conscience s'est réservé sans doute déjà l'inflexible châtiment. J'ai pensé qu'échappé aux périls et à l'opprobre que devait entraîner sur vous une autre faute, vous auriez pitié peut-être à votre tour des souffrances et du déshonneur qui sont votre ouvrage.

— Je comprends, monsieur ; devenu libre, je puis reprendre mes droits sur Aïssé que vous aimez encore, et vous venez me demander d'y renoncer pour vous.

— Vous vous trompez, monsieur; l'expiation appartient seule à celui qui a commis le crime, la réparation n'est valable que de la main qui a fait l'outrage.

— Et vous voulez, monsieur...?

— Que vous offriez à votre victime, à celle que j'aime encore (vous avez eu raison de le dire), la seule récompense qu'elle puisse accepter pour les cruelles épreuves auxquelles elle s'est soumise, le titre de comtesse de Ferriol.

— Il suffirait, monsieur, que ce que vous demandez fût imposé comme une condition pour que je trouvasse ma liberté, mon salut même, achetés trop cher à ce prix. Le motif qui vous fait agir d'ailleurs est trop visible aux yeux pour que je m'y méprenne ; je suis vieux, monsieur, usé encore par ma vie errante et aventureuse, je vais laisser bientôt Aïssé libre et veuve, après que je lui aurai rendu l'honneur, et c'est ce que vous attendez sans doute pour concilier les espérances de l'amant avec la susceptibilité du gentilhomme.

— Le jour où vous conduirez Aïssé à l'autel pour lu donner votre nom, — reprit d'Aydie impassible, — je m'y presenterai aussi, moi, et des vœux éternels m'interdiront à jamais tout espoir de cette union sainte que j'avais rêvée avec celle que vous m'avez arrachée : oui, monsieur, qu'Aïssé soit placée par vous au rang qui lui appartient par votre crime même, et je me fais chevalier de Malte; et vous me connaissez trop bien pour penser que moi, si jaloux de son honneur aujourd'hui, j'aille ensuite lui témoigner un amour qui serait pour elle un nouvel outrage.

— Il n'importe ! une mésalliance entache un noble nom aussi bien que le jugement d'un tribunal, et je ne sache pas qu'il soit permis à un gentilhomme d'échapper à un malheur incertain par une flétrissure immédiate.

— Prenez garde, monsieur ; j'ai supporté avec calme les outrageants soupçons dont vous m'avez fait l'objet; tant qu'en moi vous n'avez attaqué que moi-même, j'a été patient, mais n'allez pas, pour insulter à la sœur que Dieu m'a donnée, profiter du malheur que vous lui avez fait ! Une dernière fois, acceptez-vous le traité que je vous ai proposé ?

— Une dernière fois, je vous le répète, même sous la

menace d'un arrêt qui peut être aussi terrible qu'il serait injuste, un Ferriol n'épouse point son esclave.

— Monsieur !

— Je voulais dire sa maîtresse, et peut-être la vôtre.

— Mais taisez-vous donc ! — s'écria d'Aydie avec une explosion terrible. — Voulez-vous tellement me tenter que je ne puisse plus résister à ce désir de vengeance dont chacune de vos paroles achève de faire une justice ? Mais vous ne savez donc pas tout ce que j'ai pour vous de haine dans le cœur !... Vous ne vous êtes pas contenté de me voler mon bonheur, vous l'avez souillé, flétri à plaisir !... Ce que j'avais de plus précieusement caché, moi, au fond de mon âme, vous l'en avez arraché pour le fouler aux pieds !... Et quand je viens vous offrir pour tout châtiment la destinée que j'aurais le plus enviée, moi, vous faites déborder par l'insulte et l'ironie toute la colère qui me remplit. Ah ! quand vous refusez de réhabiliter celle que vous avez perdue, vous ignorez combien il me serait facile de la venger ; ne me faites pas souvenir en repoussant cette main qu'elle n'a qu'à se lever pour vous écraser.

— Le tribunal devant lequel je comparaîtrai n'épousera point vos querelles. Il jugera le prisonnier accusé de rébellion, et non le gentilhomme qui a rencontré un rival dans le chevalier d'Aydie.

— Le tribunal, quel qu'il soit, condamnera à la mort des traîtres le Français qui a appelé l'Espagnol en France, le citoyen parricide qui faisait de l'invasion étrangère l'auxiliaire de la guerre civile.

— Que voulez-vous dire, et pourquoi à moi plutôt cette accusation ?

— Parce qu'à vous, et à vous spécialement, comme l'agent avoué mais occulte de cette honteuse conspiration, s'adressait la lettre du roi Philippe V.

— Et la preuve ?

— La preuve, la voici ! L'enveloppe de la lettre produite au procès, enveloppe qui porte à la fois votre nom et le timbre de la cour d'Espagne. Elle m'a été remise par un de vos complices, l'Italien Marini, qui l'avait gardée comme une garantie contre vous ; par Marini, qui, en dénonçant à la justice le lieu de votre retraite, a acheté sa grâce à ce prix.

— L'infâme ! Oh ! pourquoi me suis-je fié à ce misérable ?

— Vous avez eu tort, en effet ; mais, après tout, c'est à moi seul qu'il a fait sa révélation, et vous devez vous en féliciter, car, contre mon devoir peut-être, j'ai gardé la connaissance de cette preuve, qui me rend maître de votre vie. Oui, dans une main je tiens votre salut, et dans l'autre votre perte !... Vous avez été jusqu'à présent au-devant de l'une, il vous reste à peine le temps de me jurer à genoux que vous mériterez l'autre.

Ferriol était immobile. Une sueur froide inondait ses membres convulsivement agités ; il comprenait qu'il ne pouvait y avoir de grâce pour le criminel correspondant de Philippe V, et cependant son ennemi mettait trop au défi sa fierté de gentilhomme pour qu'il pût accepter ces humiliantes conditions ; le comte de Ferriol ne pouvait aller chercher sa grâce dans la main d'Aydie, lorsqu'il fallait s'agenouiller pour être de niveau avec elle.

Les dents serrées, les mains raidies, Ferriol dit d'une voix qu'il s'efforçait de raffermir :

— Le comte de Ferriol a trop prouvé son mépris de l'esclavage pour consentir à celui que vous lui offrez.

— Il est donc décidé que vous refusez d'accomplir le devoir qui seul peut vous sauver ?

— Oui, quand vous l'imposez.

— Même quand le châtiment est proche ?

— Quand l'échafaud serait là.

— Regardez donc, car il est là. — Et d'Aydie entraîna Ferriol vers une fenêtre d'où l'on découvrait un spectacle effrayant. Sur la place était dressé un échafaud tendu de noir et dont un carré de soldats formait la vivante clôture. Le silence n'était troublé de temps à autre que par un commandement militaire et le bruit des mousquets. L'obscurité d'une nuit nuageuse n'était percée que par quelques flambeaux qui devaient donner juste assez de clarté pour permettre au bourreau de diriger ses coups. Quelques fenêtres s'ouvraient çà et là sur la place, et des figures curieuses et effrayées à la fois s'échelonnaient aux étages des maisons. Un homme vêtu de noir monta sur l'échafaud. Impassible et solennel, il lut à ce peuple presque absent, à cette ville endormie, un arrêt dont d'Aydie répétait à Ferriol les terribles dispositions. — Vous l'entendez, ceux de vos complices qui sont tombés entre les mains de la justice vont avoir la tête tranchée sur cet échafaud. Tous sont déclarés infâmes ; leurs biens sont confisqués au profit du roi, les fossés de leurs maisons et de leurs châteaux seront comblés, leurs marques de seigneurie seront abattues, leurs bois de haute futaie coupés à la hauteur de neuf pieds ! Dans leurs domaines comme dans les souvenirs de ce peuple qu'ils ont en vain voulu entraîner à la révolte et à la trahison, tout attestera l'horreur de leur crime et la flétrissure imprimée à leur mémoire. — Ferriol ne répondait point. Étreignant d'une main les barreaux de la fenêtre, il demeurait haletant, mais sans chanceler, et contemplait opiniâtrément cet échafaud, qui, dans une fantastique hallucination de son esprit, semblait commencer à exercer sur lui une attraction presque magnétique. Quelquefois, lorsque nous tentons une de ces entreprises aventureuses où le succès plane jusqu'au dernier jour sur le bord de l'abîme, un songe prophétique rend pour nous présent et palpable le terme funeste dont nous bravons le hasard : telle était la situation de Ferriol ; mais, lui, il pouvait toucher son rêve, il vivait réellement dans sa vision. Quatre heures sonnèrent à la vieille horloge de la tour du Bouffay, depuis tant d'années témoin et instrument solennel de tant d'exécutions. Le carré de soldats s'ouvrit du côté de la prison, et entre deux rangs de fusiliers s'avancèrent quatre hommes les mains liées. Ferriol les reconnut : c'étaient du Couëdic, Talhouët, Montlouis et Duguet de Pontcallet. Du Couëdic monta le premier à l'échafaud. Il avait conservé pur au service du roi, pendant vingt-deux années, un nom si illustré depuis dans la marine bretonne !... A l'heure de mourir, l'officier coupable se retrouva ferme et digne comme il l'avait été sur le champ de bataille : l'échafaud, c'était encore le danger !... Il tendit au bourreau sa tête, qui, séparée du tronc d'un seul coup, alla rouler sur le plancher qu'elle ensanglanta. La pâleur de Ferriol redoubla, ses lèvres mêmes se décolorèrent, mais il se raidit encore sous le regard impitoyable de d'Aydie. Montlouis devait monter le second cet escalier fatal ; mais ses forces l'abandonnèrent ; il fut porté par deux soldats et jeté sur l'échafaud comme un cadavre où rien ne vivait plus que le sang, qui jaillit à flots. Talhouët était le troisième. Il était calme ; ce n'était plus, comme du Couëdic, le courage du soldat, c'était la résignation du chrétien ; il embrassa le prêtre, se courba sur l'échafaud comme pour une nouvelle et suprême prière ; mais, soit hasard, soit que la main du bourreau se fatiguât déjà, le premier coup ne fut pas mortel. Talhouët releva un instant la tête à demi séparée du tronc et poussa un gémissement plaintif. Un second coup lui enleva la voix et le mouvement, et un troisième la vie. Ferriol recula involontairement et porta ses mains à ses yeux comme pour en chasser l'épouvantable vision ; mais d'Aydie saisit ses mains et le força de regarder encore. — Vous avez été sans pitié pour Aïssé, — s'écria-t-il avec rage ; — je serai sans pitié pour vous...! Oh ! je l'ai juré, je vous ferai courber ce front si bas qu'elle pourra enfin vous écraser du pied... Regardez, regardez encore !

Pontcallet était le dernier ; le colosse s'avança d'un pas ferme et calme ; mais, à peine arrivé au bas de l'échafaud, il brisa et jeta loin de lui d'un mouvement rapide comme l'éclair les liens qui le garrottaient, et, renversant deux soldats, il s'élança dans la place et chercha à briser d'un dernier effort le cordon de troupes, qui se replia avec bruit autour de lui. La lutte fut quelque temps indécise entre la supériorité incalculable du nombre et cette force aveugle que Dieu concentre dans le désespoir d'une volonté agonisante; horrible combat où se révélait la faiblesse de la justice humaine, qui n'a rien d'infaillible, pas même l'exécution brutale et matérielle de ses arrêts; la justice humaine, vaine parodie du pouvoir divin, et qui souvent dans sa juridiction éphémère semble mettre l'impuissance aux gages de l'erreur.

Mais enfin Pontcallet fut renversé sous tant d'efforts comme un grand chêne. Dix bras l'enlacèrent, dix mains se nouèrent sur ce corps meurtri, et bientôt les échelons de l'escalier de bois tremblèrent sous ses dernières convulsions. Il tomba avec bruit au pied du billot, où sa tête fut appuyée avec effort…

— Grâce ! — s'écria Ferriol d'une voix éteinte. Le fier gentilhomme était à genoux ; ses dents s'entre-choquaient, ses mains tremblaient, ses jambes ne le soutenaient plus. De son orgueil blessé, de sa haine rallumée, de son défi, rien ne vivait plus en lui. Un seul sentiment remplissait cette âme dominée tout entière par les émotions terribles de la matière ébranlée : c'était de l'effroi, c'était de la peur, la peur inexorable quand elle vient enfin s'emparer des hommes de cœur, inexorable comme le courage quand il vient aux lâches. — Grâce ! — répéta-t-il à genoux.

— Ainsi, — reprit d'une voix solennelle le chevalier d'Aydie, — vous jurez de donner à Aïssé le titre de comtesse de Ferriol.

— Tout ce que vous voudrez, — balbutia Ferriol.

— Sur votre honneur de gentilhomme, jurez donc que, à défaut de l'amour, que vous n'êtes plus digne de ressentir pour elle, vous lui offrirez votre nom ; jurez qu'un respect éternel expiera tout un passé de cruauté et d'oppression.

Un moment de silence suivit les paroles du chevalier d'Aydie : soit hésitation, soit impuissance de s'exprimer, Ferriol semblait encore incertain quand le bruit d'un coup sourd retentit sur la place. C'était la tête de Pontcallet qui venait enfin de tomber.

— Je le jure ! — dit Ferriol.

— Vous serez libre demain, et je rendrai au comte de Ferriol, le jour de son mariage, la preuve qui peut seule faire révoquer la grâce dont il va être l'objet.

D'Aydie se retira, Ferriol demeura longtemps immobile à sa place. Quand le geôlier vint le chercher pour le reconduire à sa prison, il hasarda de jeter un coup d'œil sur la place de l'exécution. Tout avait disparu, même l'échafaud. Les fenêtres s'étaient refermées, et, après ce songe terrible, la place du Bouffay semblait s'être rendormie profondément.

XXII

LA COMTESSE DE FERRIOL.

Dans l'un des grands hôtels destinés aux voyageurs, et qui portent invariablement l'enseigne du *Cheval-Blanc*, du *Lion-d'Or* et de l'*Écu-de-France*, hôtels qu'on retrouve encore tels qu'autrefois dans les vieux quartiers de Paris où la civilisation moderne n'a pas encore planté son drapeau, Aïssé relisait une lettre de d'Aydie. D'après l'invitation du seul protecteur qui lui restât au monde, elle avait dû revenir de Roscoff à Paris. D'Aydie lui annonçait dans cette lettre que, après ses vœux prononcés, il devait partir pour Malte. Prêt à s'éloigner d'Aïssé, que peut-être il ne devait plus revoir, d'Aydie la conjurait d'accepter la destinée qui se préparait pour elle et dont il ne lui disait pas encore le secret. Aïssé, devenue indifférente à tout ce qui pourrait lui arriver désormais, venait d'adres-

ser à d'Aydie la promesse de se soumettre à tout ce qu'il désirait d'elle.

En ce moment, les roues d'une chaise de poste vinrent ébranler le pavé de la cour de l'hôtel, et un domestique annonça à la jeune fille le comte de Ferriol.

Aïssé tressaillit à ce nom qui semblait destiné à peser éternellement sur sa destinée. Toutefois, cette âme si douce se sentit soulagée à la pensée que Ferriol avait échappé au bourreau.

Ferriol entra. Il n'était plus reconnaissable. Le souci avait tracé sur son front des sillons à côté des rides laissées par les années ; seulement, le même feu sombre brillait toujours dans ses yeux, et son geste était brusque et convulsif.

— Vous ne m'attendiez pas ? — dit-il en jetant sur un meuble son manteau de voyage.

— Non, monsieur, et, quelles que soient les conséquences de votre délivrance, je me réjouis pour vous.

— Ne vous réjouissez pas pour moi : le comte de Ferriol n'a échappé à une mort ignominieuse que pour une vie déshonorée ; des deux hontes, il a accepté celle dont il gardera la conscience. Oui, il existe un homme (et c'est surtout celui devant qui l'honneur me défendait de faiblir), un homme qui a vu le comte de Ferriol pâlir et demander grâce en tremblant à ses pieds. Cette grâce, votre protecteur, madame, me l'a généreusement accordée, et je suis ici pour remplir les conditions qu'il m'a dictées, et dont ma foi de gentilhomme lui assure l'exécution.

— Et ces conditions quelles sont-elles ?

— Elles sont de vous offrir ma main et le nom de comtesse de Ferriol.

— Moi !…

— Vous ne le refuserez pas, car le chevalier d'Aydie l'ordonne. J'ai donc juré que vous porteriez le nom de comtesse de Ferriol, et vous le porterez. Mais, vous le savez, les derniers restes de ma fortune ont disparu dans mon exil ; l'hôtel de Ferriol a été vendu au profit de mes créanciers après la mort de ma belle-sœur, qui a succombé à ses chagrins. La perte de toute ressource et la misère imminente m'avaient jeté, non moins que la vengeance, dans un complot qui me coûte aussi cher que la vie ; ainsi donc, quand nous aurons été unis sans pompe et sans éclat dans quelque église des faubourgs, il nous faudra travailler pour vivre ; nous partirons de nouveau, et ce nom qui vous sera légitimement acquis, vous consentirez à ce qu'il soit caché à l'étranger, car la honte de cette indigence rejaillirait désormais sur vous.

— Épargnez-vous toute feinte, monsieur ; votre intention ne m'échappe pas ; je comprends que vous voulez couvrir de mystère bien plus encore l'épouse qu'on vous a imposée que les tristes conditions de la destinée qu'il s'agit pour vous de partager avec elle. Quoi qu'il en soit, je vous obéirai, monsieur, et l'épouse du comte de Ferriol ne vous sera désormais pas moins soumise que ne vous l'a été l'esclave Aïssé.

— Je vais donc à la fois, — dit le comte, — presser les préparatifs du mariage et ceux du départ.

— C'est inutile, monsieur le comte, — dit un troisième personnage qui venait de paraître sur le seuil, — vous n'avez plus besoin de partir. Ce troisième interlocuteur était le chevalier d'Aydie, témoin invisible d'une entrevue qu'il avait lui-même ménagée. — J'avais prévu, le comte, — ajouta le chevalier, — que, n'ayant pu vous refuser à l'exécution de notre pacte, vous chercheriez du moins à en éluder les conséquences ; mais ce n'est pas ainsi que j'entends la réparation que vous aurez l'honneur d'offrir à la comtesse de Ferriol ; non pas ! je veux un mariage au grand jour !… Je veux que mademoiselle Aïssé soit entourée de tout le respect qui s'adressera au nom qu'elle doit porter et de toute la considération qui s'attache à la fortune.

— A la fortune ! Mais vous n'y pensez pas, monsieur, et vos exigences ne vont pas jusqu'à vouloir que je jouisse encore des biens que j'ai perdus, que j'offre à mademoiselle Aïssé l'hospitalité de la maison seigneuriale dont j'ai été dépossédé. Vous avez voulu que notre sort fût uni... il le sera ; la comtesse de Ferriol partagera la misère de son mari.

— C'est vous, au contraire, qu'elle associera à sa richesse ; car mademoiselle Aïssé est riche à l'heure qu'il est.

— Et de qui tient-elle donc cette fortune que je ne lui ai jamais connue ?

— Elle la tient de la main d'un ami dont elle a pu toujours tout accepter sans rougir, et dont elle ne saurait rien refuser désormais sans parjure ; prêt à m'engager par des liens sacrés qui m'interdisent les charges d'une famille ou les fastueuses dissipations du plaisir, j'ai pu, en me réservant ce qui était nécessaire désormais à ma vie de soldat, doter d'une fortune celle à qui j'avais fait rendre l'honneur. Voici l'écrit qui contient cette donation, monsieur ; ce testament écrit par un homme qui meurt au monde, je n'ai voulu remporter à la comtesse de Ferriol que devant vous ; dorénavant, je ne la reverrai plus, car il faudrait pour cela qu'elle eût encore besoin d'un protecteur, et sur votre honneur de gentilhomme vous vous êtes engagé à le devenir pour toujours.

— Ainsi, monsieur, à tous les affronts que je vous dois, vous ajoutez encore pour moi celui d'être enrichi par vous ?

— Je n'ai rien fait pour vous, monsieur ; tout était pour cette jeune fille. Retournez donc avec elle à l'hôtel de Ferriol, que j'ai déjà racheté en son nom. Je veux que ce mariage, dont on douterait sans cela, et pour lequel je ne rencontre déjà que des incrédules, soit célébré avec toute la pompe que mérite une si solennelle expiation ; là où l'affront a été public, que la réparation le soit. Je veux que vous présentiez vous-même la comtesse de Ferriol à la noblesse de France dans les salons de votre hôtel.

— Mais, monsieur...

— Je le veux, — continua d'Aydie en baissant la voix, — ou daignez vous souvenir que l'échafaud infamant des quatre gentilshommes bretons n'est pas si bien abattu qu'il ne suffise d'un mot pour le faire reconstruire.

— Oh ! cet outrage... ce sera le dernier, — murmura Ferriol.

— Je vous remettrai cette preuve, — continua d'Aydie impitoyable, — le jour où à la face des saints autels vous donnerez votre main et engagerez votre foi à la comtesse de Ferriol, entendez-vous ?

— Il suffit, — reprit Ferriol d'un ton sombre mais résigné ; — dans un moment de faiblesse ou plutôt de lâcheté, j'avais juré d'épouser une esclave et de lui prodiguer désormais un respect que je ne méritais plus moi-même ; maintenant, sous la menace de cette flétrissure qui s'attache à une condamnation judiciaire, même injuste, vous m'imposez une nouvelle humiliation, je m'y soumets : la comtesse de Ferriol sera présentée à mes pairs et aux vôtres. Etes-vous satisfait ?

Le chevalier laissa tomber sa tête sur sa poitrine en signe d'affirmation, et, se tournant vers Aïssé, muette spectatrice de ce débat devenu presque indifférent pour elle, bien qu'elle en fût l'objet, il lui jeta un regard où sa force semblait se perdre dans un douloureux adieu. Puis il la laissa avec le terrible protecteur auquel Dieu avait pour jamais attaché son sort.

Soit que ce dernier eût enfin accepté avec résignation la condition que son rival lui avait dictée, soit qu'il nourrît quelque secrète espérance qu'au moment suprême un événement plus ou moins imprévu viendrait l'affranchir de l'obligation d'accomplir une parole si solennellement donnée, il redevint calme dès lors, et procéda avec une parfaite tranquillité à tous les préparatifs de son mariage.

Un notaire fut mandé, et, en présence de cet officier public, le comte, qui avait exprimé le vœu qu'Aïssé assistât à cette entrevue, s'énonça en ces termes :

— Prêt à unir ma destinée par un lien indissoluble à celle de mademoiselle Aïssé, j'éprouve un vif regret, c'est de ne pouvoir ajouter moi-même aux biens qu'un généreux protecteur a daigné lui offrir une part de ceux qui étaient jadis en ma possession. Ruiné par de folles prodigalités que je déplore profondément aujourd'hui, je ne puis plus guère malheureusement, en ce qui me concerne, donner à mademoiselle que mon nom. Toutefois, il me reste dans mon naufrage une dernière ressource que j'étais sur le point d'aliéner pour subvenir à mon existence, et dont maintenant je puis du moins disposer : un dernier don que mademoiselle Aïssé voudra bien me permettre de déposer entre ses mains à une condition, c'est que ce don n'en sortira jamais tant qu'elle vivra, et qu'elle daignera parfois s'en parer pour l'amour de moi et en souvenir de celle qui me l'a légué ; je veux parler des diamants de feu madame la marquise de Ferriol, ma belle-sœur, diamants évalués dans l'inventaire à la somme de trente mille livres.

Et parlant ainsi, le comte prit un écrin sur la table ; il le présenta à la Circassienne. Au nom seul de la marquise, la jeune fille n'avait pu réprimer un frémissement instinctif. Cependant, émue en même temps de l'accent presque paternel avec lequel monsieur de Ferriol venait de prononcer les paroles qui précèdent, elle saisit la main du vieux gentilhomme, et la porta avec effusion à ses lèvres en ajoutant vivement :

— Croyez, monsieur, que je suis bien touchée de ce témoignage de souvenir de votre part, que je l'accepte avec une vive reconnaissance, et que, tant que je vivrai, j'en fais ici le serment, il ne sortira pas de mes mains.

— Je le crois, — reprit monsieur de Ferriol, — et maintenant souffrez qu'à mon tour je vous demande une grâce, bien qu'il soit peu généreux de ma part, je dois en convenir, de requérir sitôt la reconnaissance d'un bienfait.

— Parlez, monsieur, je suis toute prête à faire ce que vous pouvez désirer de moi.

— Oh ! — s'écria le comte avec un sourire, — vous allez trouver que je pousse la prévoyance bien loin ; mais à mon âge on est excusable sur ce point. Vous savez qu'il est d'usage quand on se marie d'assurer le sort de ceux qui nous ont fidèlement servis. C'est un devoir pour un gentilhomme, et j'ai, je l'avoue, compté un peu sur vous pour l'accomplissement de ce devoir à l'égard d'un vieux serviteur qui ne m'a jamais quitté, mon valet de chambre La Roche. Je sais que tant que je vivrai, tant que vous vivrez vous-même, La Roche ne manquera jamais de rien ; mais Dieu tient dans ses mains nos destinées. La Roche est moins âgé que moi, et, suivant toute apparence, je le précéderai dans la tombe. Qui sait même si, par une de ces fatalités qu'on ne peut ni détourner ni prévoir, vous-même....... Oh ! cela n'est pas présumable, cela est impossible ; mais monsieur le notaire vous dira comme moi que dans un contrat il faut songer à tout. Eh bien ! mademoiselle... eh bien ! Aïssé, je vous demande, pour le cas fort improbable dont il s'agit, de permettre que les diamants de ma belle-sœur soient vendus après vous, afin que le prix en soit remis à mon fidèle domestique, dont les derniers jours se trouveraient ainsi à l'abri des atteintes de la misère et du besoin. Ne voulez-vous pas y consentir ?

— Ah ! monsieur, avez-vous jamais pu penser le contraire ?

Monsieur de Ferriol saisit à son tour la main de la Circassienne, et, avec une respectueuse galanterie, il y colla ses lèvres ; puis, se tournant vers le notaire :

— Monsieur, — dit-il, — dans le contrat de mariage que vous avez été chargé de rédiger, vous voudrez bien introduire telles clauses qu'il appartiendra pour régulariser les intentions que mademoiselle et moi nous venons d'exprimer en votre présence. Prenez-en note, s'il vous plaît, et maintenant vous pouvez vous retirer.

Tout en se montrant touchée de la conduite de monsieur de Ferriol dans cette circonstance, Aïssé ne put s'empêcher, après y avoir réfléchi, d'éprouver un peu de surprise de ce qu'il avait eu recours à l'entremise d'un officier public pour assurer l'effet d'une substitution qui eût été suffisamment garantie par la parole même de celle à qui le don était offert sous une pareille condition. Aussi bien, comme le comte lui-même en avait fait l'observation, il n'était guère permis de penser que cette condition serait jamais exécutée, en considérant, pour employer le *phébus* en usage alors comme aujourd'hui en matière de contrat notarié, l'âge de la donataire et celui du substitué.

Après s'être abandonnée pendant quelques instants à ces réflexions, Aïssé finit par se trouver elle-même coupable d'avoir pu leur donner place dans son âme. Monsieur de Ferriol n'expiait-il pas assez cruellement déjà tout son passé par un sacrifice plus pénible pour lui que tout autre, et n'était-il pas naturel que, dans sa défiance sur les véritables intérêts de sa pupille, il prît toutes les précautions que la prudence pouvait lui suggérer pour assurer le sort d'un serviteur de confiance qui, malgré ses défauts et ses vices mêmes, s'était toujours montré rempli d'un dévouement absolu pour la personne de son maître? Loin d'accuser la conduite du comte de Ferriol, ne devait-on pas rendre hommage à sa générosité et à sa prévoyante sollicitude?

Quoi qu'il en soit à cet égard, à quelques jours de là il se passa dans l'église Saint-Paul, rue Saint-Antoine, en présence d'un grand concours d'assistants appartenant aux rangs les plus élevés de la société, une double cérémonie bien propre, à plus d'un titre, à éveiller l'attention publique. Pendant qu'au maître-autel l'un des dignitaires de l'Etat unissait en grande pompe un vieillard sexagénaire, et sur le front duquel l'exil, la captivité et les plus orageuses passions avaient imprimé leur sceau indélébile, avec une belle jeune femme rayonnante sous son auréole de vingt ans, pendant qu'un ex-ambassadeur du roi, l'un des plus fiers représentants de la noblesse du Languedoc, donnait son nom à l'enfant adultère d'une esclave de Circassie, dans une humble chapelle de l'un des bas-côtés de la nef, non loin de l'endroit où avait été inhumé l'homme au masque de fer, un jeune homme, vêtu avec une excessive simplicité et d'une pâleur mortelle, agenouillé sur les dalles humides et nues de l'église, recevait des mains d'un prêtre obscur le signe révéré de son affiliation à l'ordre des chevaliers de Malte, et disait au monde un éternel adieu : c'était le chevalier d'Aydie.

Lorsque la double cérémonie fut terminée, d'Aydie s'approcha du comte de Ferriol, et, lui serrant la main, il y déposa furtivement le papier que lui avait remis Marino Marini, et qui, confié à tout autre, fût devenu à coup sûr l'arrêt de mort de l'ex-ambassadeur. Puis s'inclinant devant l'épousée tremblante et presque inanimée :

— Madame la comtesse, — s'écria-t-il avec un sourire plein de mélancolie, — permettez que je sois le premier à vous offrir mes humbles félicitations ; c'est un droit que m'a acquis peut-être l'union que je viens de contracter avec notre sainte mère l'Eglise. Monsieur le comte, nous voilà mariés tous les deux maintenant !

Ni Aïssé, ni Ferriol lui-même n'eurent la force de répondre. Le chevalier, sentant bien que l'effort qu'il venait de faire l'avait épuisé, saisit de ses doigts défaillants la main de la jeune comtesse, et il voulut la porter à ses lèvres ; mais alors son regard rencontra l'anneau d'alliance que monsieur de Ferriol venait d'y placer. A cette vue, son cœur bondit dans sa poitrine comme s'il allait se briser ; sa bouche trembla, ses yeux se troublèrent, et sur la main palpitante de la Circassienne il laissa tomber une larme au lieu d'un baiser.

Deux de ses amis, messieurs de Canillac et de Mirepoix, témoins de cette scène déchirante, jugèrent que le moment était venu d'y mettre un terme, et, prenant chacun par un bras l'infortune, qui ne se soutenait même plus, l'entraînèrent hors de l'église.

Pendant ce temps-là, madame de Parabère, qui, à plus d'un titre, avait sa place marquée parmi les nombreux témoins de la cérémonie, s'était rapprochée d'Aïssé et s'était placée devant elle pour dissimuler autant que possible aux regards indiscrets le trouble violent auquel la jeune femme était elle-même en proie, et pour l'exhorter tout bas au courage et à la résignation.

Une chaise de poste stationnait à la porte même de l'église. On y plaça le chevalier d'Aydie, que ses deux amis embrassèrent tendrement, puis le postillon fit claquer son fouet, et les chevaux partirent au grand trot. La voiture ne devait s'arrêter qu'à Marseille, où un bâtiment attendait le chevalier pour le conduire à Malte, auprès du grand maître de l'ordre.

Monsieur de Ferriol était demeuré muet et impassible.

Quelques instants après, on vint le prévenir que son carrosse l'attendait. Il s'inclina gravement devant l'assistance, en annonçant que le soir même l'hôtel de Ferriol serait ouvert, et que la jeune comtesse aurait l'honneur de recevoir les félicitations de toutes les personnes qui voudraient bien prendre la peine de venir la visiter.

Ce soir-là, en effet, vers neuf heures, le vieil hôtel de la rue Culture-Saint-Catherine, près du couvent des Annonciades, resplendissait de mille feux. Aux abords se pressait tout un monde de valets, de porteurs de chaises. Les rues voisines étaient encombrées de carrosses armoriés. Il semblait que toute la cour se fût donné rendez-vous au Marais, tant un mariage aussi en opposition avec les principes que professait alors la majeure partie de la noblesse française avait frappé la curiosité publique, déjà d'ailleurs vivement excitée par les récits plus ou moins contradictoires de toutes les circonstances qui se rattachaient à une aussi étrange union.

Les salons de l'hôtel étaient remplis d'une assemblée nombreuse où l'on s'interrogeait à voix basse sur les détails de la double cérémonie qui avait eu lieu dans la matinée à l'église Saint-Paul ; car ni le comte, ni la mariée n'avaient encore paru. Cette dernière était encore à sa toilette, disait-on ; et comme le délai se prolongeait, on éprouvait le besoin de se rappeler l'origine étrangère de la belle Circassienne pour excuser ce qui de la part de toute autre personne eût constitué au moins un acte d'incivilité.

Enfin, à neuf heures sonnant, la porte s'ouvrit à deux battants pour livrer passage à Aïssé, mais elle était seule.

L'assemblée tout entière regarda avec admiration la nouvelle épouse, dont une riche et élégante parure rehaussait encore, en dépit de sa pâleur et de ses larmes même non complétement effacées, la merveilleuse beauté. Mais à ce sentiment universel de sympathie succédèrent bientôt une surprise et un effroi que partagea bientôt Aïssé elle-même, lorsque La Roche, qui avait ouvert la porte à la jeune femme, jeta devant elle ces mots, que son maître lui avait donnés comme une consigne suprême :

— Madame la comtesse douairière de Ferriol !

A ce moment, comme chacun s'interrogeait du regard pour demander l'explication d'une dénomination si étrange un jour de mariage, une violente explosion ébranla les lambris de l'hôtel. Aïssé tressaillit, et une sueur froide, inondant tout son corps, monta soudain jusqu'à son front. L'énigme était résolue : le comte de Ferriol avait tenu sa promesse, mais il se refusait de survivre à un acte qu'il considérait comme un opprobre pour son nom. La Circassienne était veuve en même temps qu'épouse, et le chevalier d'Aydie, désormais lié par des vœux solennels et sacrés, venait de renoncer irrévocablement à l'avenir tout nouveau que cet événement lui préparait.

Une heure auparavant monsieur de Ferriol avait fait venir La Roche dans son cabinet, et, après lui avoir donné sa funèbre consigne, il lui avait remis un billet cacheté, en lui ordonnant de ne l'ouvrir que dans un seul cas, celui où mademoiselle Aïssé viendrait à se remarier.

XXIII

LA NOUVELLE HÉLOÏSE.

Après la mort de monsieur de Ferriol, on retrouva dans ses papiers une lettre inachevée qu'il adressait à la jeune Aïssé et qui commençait ainsi : « *Quand je vous achetai, je vous destinai à être ou ma fille ou ma maîtresse ; vous avez été l'une et l'autre...* » Le caractère absolu, le mépris de toute espèce de croyance et de principe qui distinguaient le vieux gentilhomme se trouvent merveilleusement résumés dans cette phrase aussi audacieuse que cynique, où un sentiment presque sacré s'unit si étrangement à des préoccupations de libertin, et qui, mieux que tous les commentaires auxquels on pourrait se livrer, peint d'un seul trait les mœurs de l'époque.

Quelque éclatante qu'eût pu être la réparation exigée par le chevalier d'Aydie, elle ne pouvait complétement effacer la souillure imprimée à la jeunesse et à la pudeur d'une belle et intéressante personne par un maître infâme, qui avait semblé s'attacher à détruire dans son esclave le sentiment de la reconnaissance, par le prix odieux auquel il avait taxé ses bienfaits. Cependant, comme toutes les âmes tendres, naturellement portées à oublier le mal pour ne se souvenir que du bien, Aïssé donna des larmes sincères à la mémoire de monsieur de Ferriol. Aussitôt après sa mort, elle prit le costume de veuve et vécut dans une retraite absolue.

Certes, ce dut être un spectacle plein d'étonnement pour cette société frivole et dissolue dont le souvenir est lié d'une manière impérissable au temps de la régence, que de voir une jeune femme de vingt ans, comblée de tous les dons de la nature et de la fortune, se confiner dans un antique hôtel du Marais, impitoyablement fermé à tous venants, fuir les regards, se dérober à tous les hommages, et distribuer aux pauvres tout l'or qu'elle eût pu employer en frais de toilette et en fêtes. Rarement il lui arrivait de sortir de chez elle, si ce n'est pour se rendre à la messe, à l'église Saint-Paul, où elle se faisait conduire en chaise à porteurs, et encore dans ces occasions avait-elle toujours soin de choisir une humble chapelle, bien déserte d'ordinaire, située dans l'un des bas-côtés de la nef, non loin de l'endroit où avait été inhumé l'homme au masque de fer ; c'est là qu'elle venait s'agenouiller et qu'elle passait des heures entières dans la prière ou le recueillement. On se rappelle que c'est dans cette chapelle qu'elle avait vu pour la dernière fois le chevalier d'Aydie.

Pendant ce temps-là, ce dernier subissait toutes les épreuves auxquelles étaient encore soumis les chevaliers profès de l'ordre de Malte, en mémoire des pieux exemples que leur avaient légués leurs glorieux prédécesseurs, les chevaliers de Saint-Jean-de-Jérusalem ; il s'en allait guerroyer contre les corsaires barbaresques sur les côtes de la Méditerranée, et protégeait les marchands de Gênes et de Livourne contre ces hardis pirates, avec le même zèle et le même dévouement que si, au lieu d'aller vendre leurs étoffes à beaux deniers comptants au plus offrant et dernier enchérisseur, ces marchands se disposaient à les offrir en pur don à quelque soudan d'Egypte pour obtenir la permission d'aller en pèlerinage au tombeau du Sauveur.

Telle était encore la situation des choses au printemps de 1721, une année environ après la mort de monsieur de Ferriol. C'était le matin. Au milieu d'une vaste chambre à coucher que décoraient six cadres ovales d'égale dimension, et dans lesquels un émule de Watteau avait peint au pastel, par ordre du comte, six beautés contemporaines célèbres à divers titres : mesdames de Noailles, de Parabère, la duchesse de Lesdiguières, madame de Montbrun, mademoiselle de Villefranche et mademoiselle Aïssé, cette dernière se tenait assise devant une toilette, meuble massif contemporain du grand roi à son aurore. Ce n'était plus alors cette adorable Circassienne au teint de roses, aux lèvres de corail, à l'œil de velours voluptueusement enchâssé dans une paupière qui semblait appeler les baisers ; ce n'était plus surtout ce charme virginal et tout puissant, cette fleur si délicate et presque éthérée de la première jeunesse qui caractérise le printemps de la vie, et que faisaient peut-être ressortir encore davantage les vêtements orientaux sous lesquels Aïssé s'était montrée aux yeux émerveillés du peintre. Plusieurs années s'étaient écoulées, la jeune fille était devenue femme ; la douleur avait bien souvent obscurci ce front si blanc et si pur ; aux couleurs éclatantes des tissus de soie brodés d'or avaient succédé les longs voiles noirs, et pourtant il y avait dans cette sorte de morbidesse, de pâleur mate comme l'albâtre et de grâce languissante qui distinguaient maintenant la Circassienne, je ne sais quel attrait souverain qu'on n'avait point jusqu'alors admiré en elle, et qui ajoutait à sa beauté comme une auréole de poétique rêverie.

Debout auprès d'Aïssé se tenait une ancienne connaissance, cette fidèle Sophie, son ancienne camériste. Sophie était occupée à soigner sa belle maîtresse, et elle semblait s'acquitter de cette tâche avec amour, pendant que, rêveuse, Aïssé attachait à travers les vitres des croisées un regard mélancolique sur les parterres symétriquement alignés du jardin de l'hôtel qui commençaient à verdir sous la tiède haleine du printemps. Tout à coup Sophie, dont la tâche touchait à sa fin, s'écria joyeusement :

—Ah ! que vous êtes charmante ainsi, madame ! Regardez-vous dans le miroir, car je n'ai jamais si bien réussi à vous coiffer que ce matin.

Aïssé ramena négligemment ses beaux yeux dans la direction du miroir qui surmontait sa toilette, et, souriant tristement :

—En effet, — dit-elle, — ma pauvre Sophie, je rends hommage à ton talent et n'ai qu'un seul regret, c'est qu'il soit ici, à peu de chose près, comme une perle enfouie au fond de la mer ; car, excepté toi, je ne vois pas trop qui pourra admirer ma coiffure aujourd'hui.

—Hélas ! madame, je le sais bien, et c'est ce qui me peine beaucoup ; mais aussi n'est-ce point votre faute ? Eh quoi ! voici plus d'un an que dure votre veuvage, et vous n'avez pas encore quitté le deuil ?

— Oh ! non, —murmura la jeune femme,—et je ne le quitterai jamais.

—Jamais ! en voici bien d'une autre ! Ah ! madame, pardon, si je me mêle de ce qui ne me regarde pas ; vous avez toujours été si bonne pour moi que je ne peux pas vous cacher ce que je pense.

—Eh bien ! voyons, Sophie, que penses-tu ?

—Je pense, madame, que c'est faire beaucoup trop d'honneur à la mémoire de monsieur le comte, après tout le mal qu'il vous a fait, que de continuer ainsi son deuil, et je sais bien que moi, à votre place...

—A ma place, Sophie, tu ferais de même que moi. Ce n'est pas le deuil de monsieur de Ferriol que je porte, c'est le deuil d'un autre, entends-tu bien ? d'un autre que je pleurerai toute ma vie. Car enfin, Sophie, si je suis libre, moi qui n'étais qu'une esclave ; si je suis riche, moi qui n'avais pas même le droit de posséder quoi que ce puisse être, n'est-il pas quelqu'un au monde à qui je suis redevable de tous ces bienfaits, et puis-je oublier que celui-là même une existence de privations, de fatigues et de devoirs austères, pendant que moi, loin de lui, je vis au sein de l'opulence ? Oh ! non, Sophie, ma vie est manquée maintenant, et mon âme est vide et désolée, car elle a perdu la moitié d'elle-même.

—Il est vrai, madame ; mais, s'il faut en croire madame la marquise de Parabère, qui vous aime tant et qui ne veut que votre bien, à coup sûr il ne tiendrait qu'à vous et à monsieur le chevalier qu'il en fût autrement. Madame la marquise dit qu'il ne manque pas à la cour ni à la ville de personnes engagées dans les ordres qui vivent absolument de la même manière que tout le monde, et l'une de ses femmes m'a dit qu'elle l'avait entendue répéter bien souvent que monsieur le chevalier et vous étiez de grands enfants, et que, à votre place, elle savait bien ce qu'elle ferait.

— Ah ! Sophie, ma chère Sophie, si tu as véritablement de l'affection pour moi, que ce soit la dernière fois que de telles paroles trouvent un écho dans ta bouche ! Je te les pardonne, parce que tu en ignores la portée et parce que nous vivons à une époque funeste où toutes les croyances comme toutes les religions s'effacent ; mais, sache-le bien, il est encore quelques cœurs où elles subsistent dans toute leur force, quelques personnes pour lesquelles la vertu n'est pas un vain nom. Monsieur le chevalier d'Aydie est de ce nombre, et je cesserais d'être digne de son amour si je pensais autrement que lui.

— Dieu m'est témoin, madame, que je n'ai pas d'autre opinion sur deux personnes que je chéris et honore de toute mon âme.

— Il y a des instants, vois-tu ! où je me prends à méditer sur un projet que j'eusse déjà réalisé si je ne craignais de l'affliger, en même temps que de le mécontenter, lui qui m'a donné toute sa fortune.

— Quel est donc ce projet, madame ?

— Sophie, c'est de me retirer dans un couvent, pour y pleurer à mon aise celui que je ne dois plus revoir. Il te souvient sans doute d'Héloïse et d'Abailard, ces deux amants qui reposent réunis dans un même tombeau après avoir été séparés durant leur vie. Eh bien ! il me semble que, si j'entrais au couvent, Dieu me ferait bientôt la grâce de me rappeler à lui, et qu'alors celui que j'aime me survivrait bien peu. Tu comprends qu'ainsi nous pourrions être réunis comme Héloïse et Abailard.

Pendant qu'Aïssé s'exprimait ainsi, sa fidèle camériste s'était agenouillée devant elle et avait saisi une de ses mains qu'elle baisait en pleurant.

— Oh ! madame, ma chère maîtresse, — s'écria cette fille, — je vous en supplie, ne parlez pas ainsi ; car si vous saviez le mal que vous me faites, vous qui êtes si bonne, je suis sûre que vous ne voudriez pas m'affliger davantage. Songez donc que je ne pourrais vous suivre au couvent, moi, et que, à mon tour, il me faudrait mourir de douleur de vous avoir perdue, après vous avoir retrouvée presque miraculeusement.

— Pardon, ma bonne Sophie, je vais tâcher de ne plus penser à lui pour ne pas l'attrister davantage de mes sombres pensées. Aussi bien je te suis fort reconnaissante de partager ma solitude, car je sais bien qu'il n'est pas jusqu'à mes gens qui ne s'ennuient mortellement de la vie que l'on mène ici, et que tu cherches à les dissuader de me quitter.

— Moi, madame, ah ! croyez que je n'ai nul besoin de les retenir, car tous ici vous chérissent trop pour avoir même la pensée d'aller chercher une autre maîtresse. Je vois bien de qui vous voulez parler ; c'est de La Roche, un mauvais sujet dont vous êtes enfin débarrassée, grâce au ciel ! un de ces valets qui cherchent toujours à imiter les vices de leurs maîtres... oh ! rien que les vices, et qui s'ennuyait ici parce qu'il ne pouvait passer tout son temps dans les tripots.

— Tu ne l'as jamais aimé, Sophie ?

— Avais-je donc si grand tort, madame ? Un vaurien pareil, qui s'est toujours attaché à vous faire du mal, un effronté mendiant qui vous soutirait continuellement de l'argent sous toutes sortes de prétextes... autant de mensonges. Ah ! quel bonheur qu'il vous ait demandé son congé ! Je gage que sans cela vous n'auriez jamais eu la force de le faire chasser d'ici comme il le méritait, et qu'il serait encore aujourd'hui à votre service.

— Allons, Sophie, un peu d'indulgence pour lui. C'était un vieux serviteur de la maison de Ferriol. Son maître,

qui me l'a légué, lui était fort attaché, et je ne puis penser sans chagrin qu'il mourra peut-être sur quelque grabat d'hôpital.

— Il n'aura que ce qu'il mérite, madame.

— Sait-on du moins ce qu'il est devenu ?

— Il paraît qu'il s'en est allé dans le midi de la France, où monsieur le comte de Ferriol a encore quelques parents qu'il compte exploiter. On l'a rencontré sur le port de Marseille, où il jouait aux dés avec les mariniers.

— Et paraissait-il à son aise ?

— A son aise ! un panier percé tel que lui ! Oh ! madame, je gage qu'il avait déjà dépensé l'argent que vous avez eu la bonté de lui faire donner lorsqu'il est parti.

— Eh bien ! Sophie, il faudra lui en envoyer d'autre. Tant qu'il vivra, je ne veux pas qu'il connaisse la misère.

— A la bonne heure ! mais vous êtes trop généreuse, madame, c'est moi qui vous le dis. — En ce moment on frappa discrètement à la porte, et Sophie, étant sortie quelques instants pour en connaître la cause, rentra bientôt, tenant à la main un plateau de laque de Chine sur lequel étaient déposés plusieurs papiers, des billets, des gazettes. Aïssé tressaillit et étendit vivement la main vers le plateau, interrogeant d'un regard avide la suscription de chaque missive ; puis elle les rejeta loin d'elle d'un air découragé, sans songer même à les ouvrir.—Eh quoi ! madame, — s'écria Sophie, — ne voulez-vous point prendre lecture de ces messages ?

— Que m'importe ? — répondit la jeune veuve, — puisqu'il n'y en a pas encore cette fois un seul de lui.

— En effet, voici déjà longtemps que monsieur le chevalier n'a écrit, lui qui est d'ordinaire si exact dans sa correspondance avec vous ; c'est étrange. Après cela, il est peut-être en expédition. Vous verrez qu'on l'aura envoyé en croisière contre les Barbaresques, et dans ce cas, vous le savez, madame, les lettres n'arrivent pas aisément.

— Il faut le croire, Sophie ; mais ce silence prolongé m'inquiète. Mon Dieu ! pourvu qu'il ne lui soit rien arrivé !

— Maintenant que faut-il faire des autres messages ?

— Ce que tu voudras ; pour ma part, je n'ai pas le cœur à les lire.

— Ils sont pourtant écrits pour cela, et leur lecture vous distrairait, j'en suis persuadée.

— Lis-les donc toi-même, si cela te fait plaisir.

— Oh ! bien volontiers. Un billet parfumé ! Je gage que c'est de monsieur le duc de Richelieu... Je le reconnais rien qu'à l'odeur.

— Monsieur de Richelieu ! Il ose encore...

— Oh ! ne savez-vous pas, madame, que c'est le seigneur le plus audacieux et le plus entreprenant de toute la cour, et qu'il enrage de ne pas vous compter encore sur son catalogue ?

— Allume une bougie, Sophie, je t'en prie, et brûle ce billet ; je ne saurais en entendre la lecture.

— Ah ! madame, le duc serait bien fier s'il savait que vous faites brûler ses billets sans les lire ; il croirait que vous avez peur.

— Plût à Dieu ! — murmura la Circassienne avec un sourire plein de mélancolie.

— Passons à un autre billet, — dit Sophie, après avoir, non sans soupirer, fait un holocauste du message parfumé de monsieur le duc de Richelieu. — Ah ! voici des armoiries de ma connaissance ; ce doit être de monsieur le marquis de Saint-Cerest, celui qui vous a fait offrir son cœur et sa main par monsieur le curé de Saint-Paul. Pauvre marquis ! il vous l'offre encore par écrit pour la seconde fois.

— Pour la seconde fois, je refuse.

— C'est décourageant. Heureusement j'ai gardé pour la bonne bouche une lettre de madame de Parabère. Écoutez, madame :

« Que devenez-vous, chère belle ? Vous m'aviez promis « de venir passer une journée avec moi, et vous n'avez

» pas tenu votre promesse. C'est fort mal, et je me pro-
» pose d'aller vous gronder bien fort demain matin. » (La
lettre c datée d'hier soir.) « Son Altesse m'a fait cadeau
» d'un nouvel attelage que je compte essayer avec vous
» sur le cours la Reine. En attendant, comme je ne veux
» pas être la seule en ce jour à recevoir un cadeau, je
» vous prie d'accepter la petite boîte ci-jointe, et de
» l'ouvrir bien vite, afin que la qualité du contenu vous
» fasse oublier la mesquinerie du contenant. »

A la lettre était jointe en effet, soigneusement enveloppée, une petite boîte en jaspe de sanguine, montée en
or et d'un travail exquis. Dans cette boîte se trouvait un
papier plié, sur lequel étaient écrits les vers suivants :

Aïssé de l'Asie épuisa la beauté ,
Tous les attraits ont été son partage ;
Elle a de la France emprunté
Les charmes de l'esprit, de l'air et du langage;
Pour le cœur, je n'y comprends rien :
Dans quel lieu s'est-elle adressée?
Il n'en est plus comme le sien
Depuis l'âge d'or ou d'Astrée.

— Oh ! les jolis vers! — s'écria Sophie en battant des
mains. — Faut-il les brûler?
— Mauvaise! garde-t'en bien.
— Si vous m'en croyez, madame, vous en enverrez une
copie à monsieur le chevalier d'Aydie pour qu'il en fasse
des remercîments à l'auteur.
— Mais ces vers ne sont pas signés.
— Oh ! madame de Parabère vous dira bien de qui ils
sont. Çà ! que voulez-vous maintenant, en attendant sa
venue? Vous plaît-il que je vous lise la gazette?
— Fais comme tu voudras.
— Ah ! ce n'est pas une lecture fort amusante, j'en
conviens; mais cela vaut mieux que tous les livres de
sacristie dont feu madame la marquise avait jugé convenable de faire l'acquisition, et qui composent toute la
bibliothèque. — Après ce préambule, Sophie se mit en
devoir d'accomplir la tâche qu'elle s'était imposée, tâche
beaucoup moins pénible pour une femme, il y a quelque
cent vingt-cinq ans, qu'elle ne le serait aujourd'hui ; car
si le roman n'avait point encore fait irruption, sous la
régence, dans les gazettes, du moins la politique y était
parfaitement inconnue, et le journal, fidèle à son titre,
ne contenait absolument que le récit des faits plus ou
moins dignes d'intérêt qui s'étaient passés à la cour et à
la ville, ou dont le retentissement dans les provinces
semblait de nature à se prolonger jusque dans la capitale. On était loin alors de cette grande communion sous
les deux espèces du premier-Paris et du feuilleton, à
laquelle tant de fidèles sont venus depuis lors prendre
part. Sophie commença par lire les détails fort circons-
tanciés d'une fête superbe qui avait été donnée au palais
de Versailles; aussi la camériste ne put-elle s'empêcher
de s'écrier : — O mon Dieu! que ce doit être beau!
Et quand je songe que vous étiez engagée à cette fête,
madame, et que vous n'avez pas voulu vous y rendre!
— Le temps des fêtes est passé pour moi, — murmura
la Circassienne en hochant tristement la tête.
— Alors, — reprit la camériste, — voici le détail d'une
cérémonie qui vous aurait sans doute mieux convenu,
une prise de voile au monastère de Chelles, dont une fille
de monseigneur le régent est abbesse.
— A la bonne heure ! lis-moi cela.
— Bien volontiers... Mais que vois-je? Une lettre parti-
culière datée de l'île de Malte.
A ce nom seul la jeune comtesse tressaillit, et, se dres-
sant convulsivement sur son siége :
— Une lettre de Malte ! — s'écria-t-elle; — en es-tu bien
sûre? Est-il question de *lui* dans cette lettre?
— Mais, madame, la prise de voile...
— Que m'importe? Lis-moi bien vite ce qui se passe à
Malte. O mon Dieu ! le cœur me bat avec une violence

telle que mes yeux se troublent et que je ne puis pas lire
moi-même cette gazette.
Sophie lut à haute voix l'article ci-après :

« La Méditerranée vient d'être le théâtre d'une action
» navale des plus sanglantes et dont le souvenir ajoutera
» un nouveau lustre au nom français. Une tartane de
» notre nation, qui croisait depuis plusieurs jours dans
» les parages de l'île de Mahon, a été rencontrée, le 20
» du mois dernier, par un bâtiment de haut bord armé
» en guerre, sur lequel on avait hissé le pavillon napoli-
» tain. La tartane était aux ordres de monsieur le comte
» de Dienne, commandeur de l'ordre de Malte pour la
» langue d'Auvergne. En reconnaissant le pavillon d'une
» nation amie, monsieur le comte de Dienne, sans dé-
» fiance aucune, ordonne la manœuvre d'approche, et
» déjà les deux navires n'étaient plus distants l'un
» de l'autre que de deux encâblures, lorsque soudain
» une bordée de vingt pièces d'artillerie éclate avec
» fracas à bord du bâtiment napolitain, et en même temps
» la tartane est criblée de boulets. « Trahison ! » s'écrie
» monsieur le comte de Dienne en voyant surgir à travers
» un nuage épais de fumée les turbans et les enseignes
» des Turcs de la régence d'Alger. Aussitôt chacun de
» courir aux armes; mais déjà le prétendu bâtiment
» napolitain avait eu le temps de virer de bord, et une
» nouvelle et effroyable bordée venait fondre sur le pont
» de la tartane, dont le grand mât fut brisé et écrasa dans
» sa chute le malheureux commandant du navire et deux
» matelots. Des acclamations sauvages accueillirent ce
» résultat du côté des pirates, et une consternation pro-
» fonde s'empara de tout l'équipage de la tartane. Pour
» comble de désespoir, au milieu des cris d'angoisse des
» blessés et des mourants, on vint annoncer que la car-
» casse du bâtiment, trouée par les boulets, faisait eau de
» plusieurs côtés à la fois, et que la tartane ne pouvait
» tarder à sombrer. Ainsi, d'un côté la mort, de l'autre
» l'esclavage. Dans cette terrible conjoncture, plusieurs
» voix s'élèvent pour demander qu'on amène à l'instant
» le pavillon, seul moyen d'échapper aux flots qui déjà
» envahissent en mugissant la proie que les boulets algé-
» riens leur ont faite. Mais un officier s'élance, brandis-
» sant dans ses mains une hache et deux pistolets. « Mes
» amis, » s'écrie-t-il, « qu'allez-vous faire? Vous êtes
» Français, plutôt mourir que de vous rendre à des infi-
» dèles! Au nom du Dieu vivant et du roi de France,
» suivez-moi, et mourons tous martyrs ! » Electrisé par
» ces paroles, l'équipage s'arma à la hâte. L'abordage
» est commandé. L'officier s'élance le premier sur le bâti-
» ment ennemi en faisant feu de ses deux pistolets. On
» court, on se précipite sur ses pas. Alors une mêlée af-
» freuse s'engage. Le sang ruisselle de toutes parts. Un
» moment surpris d'une détermination désespérée et d'une
» attaque aussi impétueuse qu'imprévue, les pirates algé-
» riens, malgré la supériorité de leur nombre, semblent
» sur le point de fléchir, mais bientôt ils reprennent l'offen-
» sive avec rage. Tout à coup un bruit lugubre et solennel
» vient couvrir toutes les clameurs, toutes les imprécations,
» tous les gémisssements; c'est celui de la tartane, qui,
» envahie par les eaux, s'engloutit dans les profondeurs de
» la Méditerranée. A ce bruit, nos frères s'émeuvent, et un
» effort suprême vient leur assurer la victoire. Le pavillon
» royal de France avec les insignes de l'ordre de Malte
» est arboré au grand mât, et ce qui reste de pirates sur
» le pont est mis à fond de cale. Malheureusement ce
» triomphe mémorable nous a coûté bien des victimes,
» parmi lesquelles la plus digne de regrets à tous les
» titres sera sans nul doute l'officier à qui nous sommes
» redevables d'une prise aussi glorieuse et aussi inespé-
» rée. Cet officier, qu'on a ramassé sur le pont criblé
» de blessures auxquelles il ne saurait survivre long-
» temps, est un jeune chevalier de l'ordre de Malte, héri-
» tier d'un nom illustre qui doit s'éteindre avec lui
» C'est..... »

Une pâleur mortelle couvrit soudain le visage de la lectrice, qui s'arrêta comme suffoquée ; mais déjà Aïssé lui avait arraché la gazette des mains, un cri sourd s'était échappé de sa poitrine ; puis, levant les yeux au ciel avec une expression d'angoisse vraiment déchirante, elle se laissa tomber à genoux en sanglotant.

En ce moment la porte de la chambre s'ouvrit, et madame de Parabère parut, plus leste, plus fraîche et plus radieuse que jamais.

— Eh bien ! ma chère belle, — s'écria-t-elle étourdiment, — qu'avez-vous donc ? Est-ce que vous accomplissez quelque pénitence de votre confesseur ? Vous la finirez plus tard ; le temps est trop beau aujourd'hui pour ne pas en profiter, c'est la plus charmante matinée du printemps que nous ayons encore eue cette année. Apprêtez-vous et venez vite. Vous verrez mon nouvel attelage, il est délicieux. — Pour toute réponse, la Circassienne tendit à sa folle et insoucieuse amie la fatale gazette. Madame de Parabère y jeta les yeux avec surprise ; puis, saisissant les deux mains d'Aïssé, qu'elle pressa tendrement dans les siennes : — Ah ! — dit-elle, — je comprends tout maintenant, et je vous demande pardon de mon innocente gaieté. Aussi j'étais bien loin de prévoir... Vous l'aimiez donc toujours autant ?

— Oh ! plus que jamais.

— Pauvre enfant ! Et moi qui venais justement aujourd'hui lui proposer un mariage ! Je tombe joliment ! — Il y eut un silence, et la Parabère reprit : — Allons, ma chère belle Aïssé, il faut vous faire une raison. Certainement ce sera une chose bien cruelle que de voir monsieur le chevalier d'Aydie succomber à ses blessures ; mais du moins vous deviendrez ainsi entièrement libre, et, vous avez beau dire, ce n'est pas à votre âge et avec votre figure qu'on peut rester veuve. J'ai mis dans ma tête que je vous remarierais et je vous remarierai.

— Jamais !

— Oh ! si le petit Arouet de Voltaire vous entendait, c'est pour le coup qu'il dirait de vous que, pour une Circassienne, vous êtes plus naïve qu'une Champenoise. Enfant, ne dites donc ni jamais ni toujours.

<h3 style="text-align:center">XXIV</h3>

<h4 style="text-align:center">LE CHAPEAU DE CARDINAL.</h4>

Monsieur Dubois, archevêque de Cambrai, était assis devant une table, occupé à écrire une lettre qui paraissait le passionner fort vivement. Un amant bien épris n'eût pas, à coup sûr, déployé plus d'éloquence épistolaire pour solliciter un premier rendez-vous qu'on se serait jusqu'alors obstiné à lui refuser. Voici, au surplus, un fragment de cette lettre, qui est authentique et que l'impartiale histoire nous a conservée. Elle est adressée à l'évêque de Sisteron, le révérend père Lafitau, de la société de Jésus, jeune aventurier gascon non moins remarquable par les charmes de sa figure que par la subtilité de son esprit, et que à ces causes le premier ministre avait jugé convenable d'envoyer à Rome auprès du souverain pontife Clément XI pour négocier, de concert avec les cardinaux de la Trémouille et de Rohan, la fameuse affaire du chapeau.

« Je ne vous répète rien de ce que je me ferai une
» gloire et un plaisir de taire, non-seulement à l'égard de
» Sa Sainteté, mais même de monsieur le cardinal Albani,
» son neveu : soins, offices, gratifications, estampes,
» livres, bijoux, présents, toutes sortes de galanteries
» Chaque jour verra quelque chose de nouveau et d'im-
» prévu pour plaire et pour surprendre. C'est le fond de
» mon naturel, c'est ainsi que je me suis conduit toute
» ma vie ; les plus grandes puissances de l'Europe l'éprou-
» vent. Si Sa Sainteté le veut, il n'y aura aucun jour de sa
» vie qu'elle ne reçoive de moi quelque consolation et quel-
» que amusement qui lui fera attendre chaque poste avec
» impatience ; ses désirs n'iront pas si loin que mon
» industrie. Je sais qu'il est indécent à un certain âge
» de voler comme le papillon, et je renoncerais plutôt à une
« grâce qu'il faudrait attendre longtemps. Les courriers qui
» vont de Paris à Rome ne s'en vont pas les mains vides,
» comme ceux qui viennent de Rome à Paris. Je compte
» que j'ai planté la foi et fait preuve de mes sentiments
» pour le saint-siége. Son Altesse Royale monseigneur le
» régent demande cette grâce comme la seule dont elle
» veut que sa régence soit illustrée et perpétuée. »

Dubois en était là de ce factum lorsque la porte s'ouvrit, et le régent parut. Son Altesse Royale paraissait fatiguée et d'assez mauvaise humeur.

— Que fais-tu là ? — dit le prince.

— Monseigneur, je prépare quelques lettres pour Rome. Votre Altesse sait que monsieur l'abbé de Tencin part ce soir même pour la capitale du monde chrétien. Il y a urgence. Le saint-père est fort vieux, fort malade, et d'un moment à l'autre la tiare peut devenir vacante ; il importe de ne point laisser ouvrir le conclave sans que nous ayons là-bas des agens sûrs, éprouvés, et en état de bien servir les intérêts du royaume.

— Dis plus tôt les tiens propres. Ce qui t'inquiète avant tout, ce n'est ni la santé du saint-père ni le résultat des délibérations du conclave. Tu rêves toujours à la ridicule affaire du chapeau, que tu n'auras jamais, c'est moi qui te le dis.

— Pourquoi donc, monseigneur ?

— Pourquoi ? pourquoi...? tu sais tout aussi bien que moi combien tu en es peu digne.

— Ma foi ! monseigneur, je crois que le chapeau de cardinal ne sera pas plus mal placé sur ma tête que sur celle de monsieur Albani, qui dépense les trésors de son oncle au profit de la signora Marinaccia, de la signora Silvia et de je ne sais combien d'autres courtisanes.

— Oh ! nous sommes parfaitement d'accord ; sous ce rapport, tu peux aller de pair avec le cardinal Albani.

— Et monsieur de Rohan était-il bien plus digne que moi de la pourpre romaine ?

— Monsieur de Rohan est le plus beau des princes de l'Église de France, et tu en es le plus laid ; de plus, c'est un Rohan, et je ne pense pas...

— Eh ! mon Dieu ! monseigneur, je sais bien ; en m'élevant au poste où elle m'a placé, Votre Altesse m'a fait l'égal des plus grands seigneurs du royaume. Il vous appartient de compléter votre tâche, monseigneur, en forçant notre saint-père dans ses derniers retranchements. J'ai pensé que, à cet effet, vous ne me refuseriez pas de charger monsieur l'abbé de Tencin d'un message particulier pour Sa Sainteté.

— Tu as mal pensé.

— Eh quoi ! monseigneur, vous me refusez ?

— Certainement. J'ai déjà écrit je ne sais combien de messages de ma propre main au pape et à tous les souverains de la chrétienté pour cette sotte affaire, et je ne recommencerai pas. C'est un vrai scandale qui coûte déjà au trésor du royaume près de huit millions, j'en ai fait le relevé, sans compter les concessions honteuses qu'il a fallu faire à l'Angleterre, à l'Autriche, à l'Espagne, que sais-je ?

— Ah ! monseigneur, un dernier effort, je vous prie ; afin de ne pas rendre tant de sacrifices inutiles, une lettre, si courte qu'elle soit.

— Non, te dis-je, je suis bien résolu. Monsieur de Tencin partira pour Rome sans un mot de moi, et il fera bien d'y rester.

— Et pourquoi, monseigneur ?

— Pourquoi...? pourquoi...? parce que c'est un prêtre

simoniaque qu'un arrêt du parlement vient de flétrir (1), parce que sa sœur n'est qu'une intrigante qui, n'ayant rien pu obtenir de moi pendant qu'elle était ma maîtresse, s'est rejetée de dépit sur toi, dont elle se moque, quand elle n'a rien de mieux à faire; parce que vous êtes tous les trois des sangsues de l'Etat, qui ne respirera que quand vous serez tous les trois à tous les diables.

Après cette belle péroraison, le régent s'élança hors du cabinet, dont il ferma la porte avec violence.

Dubois demeura quelques instants atterré, se demandant, non sans quelque inquiétude, si ce crédit illimité dont il avait joui jusqu'alors touchait déjà à son terme, et si, à l'exemple d'Alberoni, il lui faudrait descendre sitôt du faîte de toutes ses grandeurs, sans pouvoir, comme le ministre espagnol, s'envelopper dans sa chute sous les plis de la pourpre romaine. Comme il était plongé à cet égard dans d'amères réflexions, un huissier entra et annonça madame de Parabère. La ministre tressaillit à la nouvelle de cette visite inattendue, comme si la favorite, dont l'inimitié lui était bien connue, eût été chargée de lui prononcer son arrêt... Aussi bien, contre son habitude, madame de Parabère avait masqué sous un geste solennel l'ironique gaieté qui rayonnait toujours sur son visage.

— Monsieur Dubois,—dit-elle après les premières politesses échangées,—ma visite doit vous surprendre beaucoup; mais j'ai appris que monsieur l'abbé de Tencin partait ce soir pour Rome, et j'ai pensé que vous ne refuseriez pas, à ma requête, de le charger d'une négociation particulière auprès de notre saint-père le pape.

— Qu'est-ce à dire, — grommela Dubois entre ses dents, — de quoi s'agit-il, madame?

— Il s'agit d'un cas de religion.

— Un cas de religion!... Ah çà! est-ce que par hasard elle voudrait se moquer de moi? C'est mal prendre son temps.

— Oui, monsieur Dubois, votre appui m'est nécessaire auprès du souverain pontife; mais d'abord veuillez répondre à ma question : Quand on est entré dans les ordres sacrés, peut-on en sortir?

— Vous voyez bien que non, puisque j'y suis encore.

— Vous! c'est possible, parce que vous n'êtes plus jeune et que vous êtes ambitieux; mais si vous aviez vingt-cinq à trente ans, vous ne parleriez peut-être pas ainsi.

— Ah! dans ce cas, je ne dis pas... Et pourtant il est bon d'occuper les premiers rangs dans la hiérarchie ecclésiastique... Ah çà! où veut-elle en venir?

— Oui, quand on est évêque ou archevêque...

— Cardinal surtout.

— C'est ce que j'allais dire. Mais enfin si vous étiez amoureux d'une belle jeune femme qui ne pourrait vous appartenir qu'en légitime mariage?

— Je comprends; vous avez jeté les yeux sur quelque charmant abbé, et vous voulez...

— Eh! monsieur Dubois, il ne s'agit pas de moi, il s'agit d'une autre.

— Diable! cela se complique.

— Tenez, pour éviter des discours superflus, c'est le chevalier d'Aydie, qui a eu la sottise de se faire chevalier de Malte, pendant que la jeune comtesse de Ferriol sèche d'amour pour lui.

— Que voulez-vous que j'y fasse?

— La belle question! Vous êtes archevêque, premier ministre, que sais-je? Le pape vous veut beaucoup de bien, à ce qu'on dit.

— Il ne le prouve guère.

— Il faut que monsieur l'archevêque de Tencin, à qui vous donnerez des instructions en conséquence, obtienne

un bref de Sa Sainteté pour délivrer le chevalier de ses vœux.

— Mais on le disait mort, ou peu s'en faut, à la suite d'un combat naval, ce pauvre chevalier!

— C'était une erreur; les amoureux ne meurent jamais quand ils sont éloignés de leur belle.

— Vous croyez?

— J'en suis sûre. Monsieur d'Aydie survivra à ses blessures, les médecins l'ont dit.

— Alors je ne m'y fierais pas.

— Deux mots de plus seulement : Voulez-vous faire ce que je vous demande? A cette condition, je cesse d'être votre ennemie; bien plus, je deviens votre auxiliaire.

— En vérité?

— Vous faut-il un serment?

— Une jolie femme! Gardez-vous en bien, je ne vous croirais plus.

— Ainsi donc, vous consentez?

— Ecoutez, dans ce bas monde on ne fait rien pour rien. Je suis prêt à écrire au pape pour monsieur le chevalier d'Aydie, le jour où vous aurez obtenu de monsieur le régent qu'il écrive à Sa Sainteté pour me faire cardinal. Cela vous convient-il?

— Je ne demande pas mieux; seulement je dois vous prévenir que j'ai dit vingt fois à Son Altesse qu'elle aurait le plus grand tort de vous faire obtenir le chapeau.

— Raison de plus pour que Son Altesse vous écoute lorsque vous direz le contraire.

— Allons, je veux bien essayer, mais j'ai grand'peur de ne pas réussir.

— C'est que vous n'avez pas consulté votre miroir.

— Flatteur!... Monsieur Dubois, est-ce que vous voudriez par aventure m'offrir la survivance de madame de Tencin?

— J'en aurais grande envie, si je n'étais, hélas! trop sûr d'être refusé.

En parlant ainsi, le ministre s'empara d'une main charmante, sur laquelle il déposa un baiser plein de galanterie.

— Que faites-vous donc là? — s'écria en riant la favorite.

— Vous le voyez, madame, je vous donne les arrhes de notre marché.

— Et moi, — reprit la Parabère, — je cours de ce pas chez monsieur le régent, pour n'être pas forcée de vous les rendre.

Moins d'un quart d'heure après, Philippe d'Orléans se trouvait en présence de sa belle maîtresse.

— Vous arrivez à propos, ma charmante,—dit le prince; — je vais chasser à Fontainebleau, n'y voulez-vous pas venir avec moi?

— Eh! qu'y ferais-je, bon Dieu? pour voir courre la bête?...

— Qu'importe si la belle est avec moi?

— Nenni, monseigneur, je ne suis plus une enfant pour jouer avec vous aux contes des fées.

— J'ai pourtant compté sur vous à cet effet.

— Eh bien! vous avez compté sans votre hôte, voilà tout.

— Mauvaise! Oh! je vois ce que c'est : vous craignez de vous rencontrer avec Dubois. Rassurez-vous, il n'en sera pas.

— Pourquoi donc, monseigneur? Monsieur Dubois a de l'esprit, sa conversation est fort agréable.

— Allons, vous voulez railler. Oh! mon Dieu! ne vous gênez pas; je suis prêt, ce soir, à faire chorus avec vous.

— Vraiment?

— Ce Dubois me fatigue plus que vous ne pouvez penser. Je sais, à n'en pas douter, que tout le monde est contre lui, les grands comme les petits, la cour comme la ville et les provinces. Il déshonore par ses déportements l'Eglise dont il est prince, et je sens que, si vous m'en-

(1) Le parlement venait alors de rendre son arrêt dans le procès de l'abbé de Tencin avec l'abbé de Lavaissière, procès qui avait partagé toute la cour en deux camps.

pressiez un peu bien fort, je finirais par me débarrasser, en ce qui me concerne, d'un tel ministre.

— Et voici bien d'une autre ! Il n'importe, les moments sont précieux. Ecoutez, monseigneur, j'avais des préventions injustes contre monsieur Dubois, et je crois que les vôtres ne le sont pas moins. Il n'est jamais trop tard pour reconnaître ses torts, et je reconnais franchement les miens. Bien plus, je prétends le lui prouver à lui-même, et je viens vous en demander les moyens.

— Ah çà ! c'est une gageure, n'est-ce pas ? Parce que je suis prêt à vous le sacrifier, vous le trouvez maintenant à votre gré ? Oh ! les femmes ! les femmes ! Allez-vous, par aventure, me proposer de payer les dettes de madame de Tencin, pour vous réconcilier avec Dubois ?

— Non, monseigneur ; ce que j'ai à vous proposer ne vous coûtera pas une obole.

— A la bonne heure ! mais je doute fort que ce soit alors un bon moyen de vous réconcilier avec Dubois. Le vilain masque tient fort à l'argent, je vous en avertis.

— Qui vous dit, monseigneur, que l'honneur lui soit indifférent ?

— Oh ! l'honneur sans argent n'est qu'une maladie C'est le seul vers de Racine qu'il ait retenu.

— Pourtant je sais un honneur que monsieur Dubois met au-dessus de tous les trésors du monde en ce moment.

— Oui, oui, le drôle veut être cardinal. Par la mordieu ! il ne le sera jamais, je l'ai juré.

— Eh bien ! monseigneur, moi, j'ai juré qu'il le serait. Lequel de nous deux manquera à sa parole ?

— Ce ne sera pas moi, à coup sûr.

— Ni moi.

— Il faut pourtant qu'il y en ait un des deux.

— En votre qualité de femme, de jolie femme surtout, ce ne peut être que vous.

— Vous vous trompez, monseigneur ; en votre qualité de régent du beau royaume de France, cela vous convient beaucoup mieux.

— Qu'est-ce à dire, madame ?

— Oui, parce que vous êtes sûr de faire un heureux, tandis qu'une jolie femme qui manque à sa parole est toujours sûre de faire un malheureux.

— Eh bien ! je ne veux pas faire cet heureux-là.

— O monseigneur, je vous en supplie, rétractez cette parole et donnez-moi ce plaisir-là ! Songez donc comme il sera drôle en costume de cardinal. Voyez-vous, je donnerais dix ans de ma vieillesse pour voir monsieur Dubois avec le chapeau rouge. Je gage qu'il y aura de quoi mourir de rire. Ce sera le singe cardinal.

— En effet, je pense qu'il serait épouvantablement laid.

— Ah ! monseigneur, j'en ris par avance. Il me semble que je le vois déjà... Ha ! ha ! hi ! hi ! je n'en puis plus.

— C'est qu'il est capable ensuite de vouloir être pape. Ah ! la bonne plaisanterie !

— Pourquoi pas ? Ce serait ravissant. Songez-y donc, un pape que vous tutoieriez ! un pape qui ne pourrait rien vous refuser ! Comme nous ferions tous ample provision d'indulgences ! Oh ! si je savais que monsieur Dubois fût jamais pape ?

— Vous jetteriez votre bonnet par-dessus les maisons, n'est-ce pas ?

— Ma foi ! j'en ai peur.

— Ma charmante, je m'y oppose.

— Eh bien ! faisons-le seulement cardinal.

— C'est cela. Il faudra qu'il reste cardinal. Tant pis pour lui.

— Cardinal à perpétuité !

— Il l'a bien mérité, par la sambleu !

— Voyons, votre lettre au saint-père, qui n'attend plus que cela, dit-on, pour le nommer. J'ai envie de l'écrire, vous la signerez. Oh ! j'aurai écrit au pape une fois dans ma vie.

— Quelle folie !

— Quelle bonne idée ! Allons, monseigneur, me voici la plume à la main, l'encre et le papier sont là ; que vous plaît-il de dicter à votre secrétaire des commandements ?

— Ah ! friponne, vous oubliez qu'un des premiers devoirs du secrétaire des commandements est d'accompagner son maître en tous lieux, et que voici l'heure où mes équipages vont être prêts, et où je vais partir pour Fontainebleau.

— N'est-ce que cela ? J'irai même à la chasse, s'il le faut.

— Vous êtes adorable.

— Dictez-vous maintenant ?

— Certainement : « Très-saint-père... »

— M'y voici. « Très-saint-père... » Après ?

— « J'ai à mon service depuis longues années... » Vous y êtes, n'est-ce pas ?

— Oui, monseigneur.

— « Un coquin d'abbé... dont les scandaleux déportements vous sont connus, car ils le sont de toute l'Europe. Le drôle s'est mis en tête d'obtenir le chapeau. Il mériterait bien plutôt d'aller ramer sur les galères de Votre Sainteté, à défaut de celles du roi mon neveu. Dans cette situation, je viens très-humblement supplier Votre Sainteté de vouloir bien examiner, dans sa haute sagesse, si le susdit coquin ne méritait pas par aventure, malgré son caractère ecclésiastique, d'être pendu haut et court à quelque gibet, disposé que je suis, pour ma part, à faire exécuter immédiatement la sentence. » Avez-vous écrit ?

— C'est fait.

— A merveille ! Maintenant le protocole ordinaire. « Daignez agréer avec bonté, très-saint-père, » etc. Etes-vous satisfaite, ma toute belle ?

— Complétement. Signez, monseigneur.

— Allons, je ne demande pas mieux ; mais il faut au moins que je relise. Voyons cela.

— A quoi bon ?

— C'est que je me méfie un peu de vous. Hum ! hum ! Mais, ma toute belle, que vois-je ? Ce n'est pas du tout cela que je vous ai dicté !

— Si fait, monseigneur, c'est ce que j'ai entendu, et vous avez sans doute déjà oublié...

— A d'autres ! je n'ai jamais pu dicter une lettre ainsi conçue : « J'ai à mon service, depuis longues années, un
» respectable archevêque dont les mérites vous sont connus, comme ils le sont de toute l'Europe. Ce digne
» prélat désire ardemment, vous le savez, d'obtenir son
» admission dans le sacré collége, où il apporterait de
» grandes lumières, comme il en apporte déjà dans les
» conseils du roi mon neveu. Dans cette situation, je
» viens très-humblement supplier Votre Sainteté de vou-
» loir bien examiner si le moment ne serait pas venu
» de déférer à un vœu dont je me rends de nouveau
» l'organe auprès d'elle, avec confiance entière en ses
» bontés... » — Ah çà ! mon beau secrétaire, cette lettre est une plaisanterie.

— Non pas, monseigneur, c'est une traduction.

— Traduction, soit, mais traduction libre.

— Un peu, j'en conviens.

— Oh ! fort libre, et je ne veux pas...

La porte s'ouvrit en ce moment, et un officier parut.

— Monseigneur, — dit-il, — les équipages de Son Altesse Royale sont prêts pour le départ, et monseigneur l'archevêque de Cambrai est là avec monsieur de Tencin, qui demande si le bon plaisir de Votre Altesse Royale est de le recevoir avant qu'il se mette en route pour Rome.

Le régent ne répondit pas, mais, se penchant à l'oreille de madame de Parabère :

— Eh bien ! ma charmante, — murmura-t-il à voix basse, — m'accompagnez-vous à Fontainebleau ?

— Oui, — fut-il répondu de même, — si vous signez cette lettre.

— Allons ! — reprit le prince, fasciné par l'œillade provocatrice dont cette réponse fut suivie, — je vois bien qu'il faut toujours finir par faire ce que vous voulez ; mais c'est la dernière fois, je vous en avertis.

— Certainement, monseigneur, et c'est moi maintenant qui ferai tout ce que vous voudrez.

— J'y compte, parbleu ! bien. — Puis se retournant vers l'officier : — Monsieur, — ajouta le prince, — vous pouvez faire entrer monsieur de Cambrai et monsieur l'abbé de Tencin.

En même temps il apposait sa signature à la lettre, objet de tant de contestations, et la remettait entre les mains de la favorite, non sans soupirer de sa faiblesse. Témoin de ce soupir, la Parabère reprit :

— Consolez-vous, monseigneur, ne savez-vous pas que ce que femme veut, Dieu le veut ?

— Dieu ! vous voulez dire le diable.

Dubois entra alors avec l'abbé de Tencin, et, après avoir lancé un regard sournois sur le régent et sa piquante maîtresse, il dit avec son arrogance habituelle :

— Monsieur l'abbé de Tencin est tout prêt à partir pour Rome et vient prendre congé de monseigneur. Son Altesse Royale n'a-t-elle point quelque dépêche particulière à lui remettre ?

— Oui, — reprit vivement madame de Parabère ; — tenez, monsieur Dubois, lisez et cachetez.

— Ah ! madame, — s'écria l'ambitieux archevêque en baisant la main de la favorite, — que ne vous dois-je pas ! — Puis, tirant un papier plié de sa poche, il ajouta à mi-voix pendant que le régent entretenait l'abbé de Tencin dans l'embrasure d'une croisée : — Veuillez lire à votre tour. Est-ce bien cela ?

— C'est à merveille. Vous aviez donc prévu que je réussirais ?

— Quand on a un pareil avocat, risque-t-on jamais de perdre une cause ?

— Allons, allons, monsieur Dubois, je vous crois ; mais vous vous réserviez en cas d'échec de ne pas payer les honoraires.

— Oh ! quelle idée !

— n'importe..

Soyons amis, Cinna, c'est moi qui t'en convie.

— Ah ! madame, entre nous maintenant, si vous daignez y consentir, ce sera à la vie, à la mort.

— Si vous m'en croyez, monsieur Dubois, nous nous bornerons à la vie. J'aime mieux cela.

— Ne devons-nous pas nous rencontrer en paradis ?

— J'ai trop peur de vous retrouver en enfer.

— Bonsoir, messieurs, — dit à haute voix le régent, visiblement distrait. — Il se fait tard, et je pars pour Fontainebleau. Monsieur de Tencin, vous ne manquerez pas de baiser pour moi et pour monsieur Dubois la pantoufle de Clément XI.

— Ouf ! — se dit en elle-même la favorite, — qu'on a de peine à faire triompher la vertu... même avec l'aide du vice.

XXV

MARSEILLE.

C'était un dimanche matin, il y avait foule dans la boutique de maître Jasmin, l'un des premiers perruquiers-barbiers de la grande cité de Marseille. Les uns étaient assis, les autres debout, et chacun attendait son tour, pendant que l'infatigable Jasmin, brandissant dans ses deux mains un large rasoir et une savonnette écumante, dépêchait avec une dextérité toute méridionale les nombreux patients qui venaient à tour de rôle lui sacrifier ce qu'une semaine avait amassé de barbe à leur menton. Renouvelant dans son genre les exploits de Jules César, Jasmin, tout en rasant ce qu'on nommait encore à cette époque ses pratiques, trouvait moyen de soutenir une conversation des plus suivies sur des sujets fort divers avec une demi-douzaine d'interlocuteurs, sans compter sa chaste épouse et sa glorieuse progéniture, qui, du fond de l'arrière-boutique, mêlaient incessamment leurs voix aigres et criardes à la basse continue des dialogues masculins.

— Patience, monsieur le maître calfat, — disait Jasmin à un gros homme en costume de marin. — votre tour va venir. C'est l'affaire d'une demi-minute au plus, je vous le jure... Eh ! Jean, tu dis donc que la petite commence à mordre à l'hameçon ? Je t'en fais mon compliment, mon cher ; voilà une jolie conquête au moins... Holà ! compère, que dit-on de neuf à la Cannebière ? Comment va la petite famille ? Bravement, j'espère... Vous tairez-vous, là-bas, au fond ? On ne s'entend plus. Donne-leur donc à manger, la mère !... Eh ! s'il vous plaît, monsieur, penchez votre tête à droite ; j'ai failli vous enlever le menton... Heureusement que je suis habile, n'est-ce pas, camarades ?... De l'eau tiède pour monsieur !... A un autre maintenant !

C'est ainsi que, joignant à la dextérité peu commune du geste toute la faconde qui distingue généralement les gens de son pays et particulièrement de son état, maître Jasmin parvenait à tenir en haleine une assemblée composée d'éléments assez hétérogènes, lorsque la porte de la boutique s'ouvrit brusquement et une nouvelle pratique entra dans le sanctuaire. C'était un homme de cinquante à cinquante-cinq ans au moins, de moyenne taille, au teint hâve, aux traits flétris, dont les petits yeux brillaient sous de larges sourcils grisonnants. Cet homme, bien que vêtu assez mesquinement d'une façon de souquenille qui sentait fort la livrée, s'avança avec audace jusqu'auprès de maître Jasmin, qu'il interpella brutalement :

— Ah çà ! — dit-il, — monsieur du rasoir, est-ce que mon tour n'est pas encore venu ?

— Certainement, — reprit sans se déconcerter le barbier, — votre tour est venu de me payer toutes les barbes que vous me devez depuis six mois ; je vous raserai ensuite.

Toute l'assistance se mit à rire de cette repartie, à l'exception, bien entendu, de celui auquel elle s'adressait, et qui reprit d'un ton farouche :

— Vous savez bien, méchant barbier de province, qu'il ne tiendrait qu'à vous d'être payé, si vous vouliez, comme je vous l'ai proposé, jouer avec moi à n'importe quel jeu le montant de ma dette.

— Est-ce qu'un homme occupé comme moi a le temps de jouer ? — répondit Jasmin avec un accent plein de fierté ; — c'est bon pour vous, fainéant !

On ne sait trop où la querelle entre le barbier et sa pratique se serait arrêtée si, dans ce moment, le patient, grand gaillard, sec, jaune et maigre, dont maître Jasmin tenait délicatement les deux ailes du nez serrées entre son pouce et son index, ne s'était arraché par un violent soubresaut à l'étreinte dont il était objet, et, regardant fixement entre les deux yeux le provocateur de la querelle, ne s'était écrié avec un accent italien croisé d'espagnol des plus caractérisés :

— Eh ! par sainte Cunégonde, ma parente ! je ne me trompe pas, c'est *monsu* de la Roche, le valet de chambre de *monsu* le comte de Ferriol ! Comment va-t-il, ce cher comte ?

— Il va bien, — répondit d'un ton bourru celui qui venait d'être ainsi interpellé par l'une de nos anciennes connaissances et qui n'était en effet autre que La Roche, — il va bien, car il est mort.

— Aïe ! *povero !* aïe ! combien je suis désolé d'apprendre une si triste nouvelle ! Mon plus parfait ami ! — Et cette exclamation fut accompagnée d'une grimace que le signor Marino Marini essaya, mais en vain, d'empreindre de tristesse, puis il ajouta : — Et la belle petite Circassienne, qu'est-elle devenue, la *poverina* ?

— Elle est devenue madame la comtesse de Ferriol.

— Oh ! quelle aventure ! Contez-moi bien vite cela, *monsu* de la Roche. — Ici, les assistants, qui commençaient déjà à murmurer sourdement d'une interruption dont ils devaient être les victimes, perdirent décidément patience, et, chacun réclamant son tour avec force jurons, il fallut que le signor Marini, dont la barbe était à moitié faite, prît le parti de se retirer avec La Roche, qui avait dû conserver toute la sienne en attendant un moment plus opportun. Tous deux descendirent du côté du port ; chemin faisant, Marini apprit à l'ancien valet de chambre du comte qu'il était arrivé à Marseille depuis quelques jours seulement, à bord d'un bâtiment marchand qui venait d'Italie, et qui avait été forcé par les vents contraires de relâcher sur les côtes de France. Le comte du saint-empire romain était, on s'en souvient sans doute, fort populaire. On ne s'étonnera donc pas de le voir entrer sous une tonnelle au plus prochain cabaret, et là s'attabler, avec mons La Roche, devant un flacon de muscatelle. Sans suivre dans tous ses méandres la conversation qui s'engagea entre eux, nous nous contenterons d'en mettre du moins la fin sous les yeux de nos lecteurs. — Ah çà ! *mio caro*, je vois que tu n'as pas l'habitude de souper ni même de dîner tous les jours à Marseille, cela doit te gêner quelquefois ?

— Ah bah ! on se fait à tout, et, pourvu que je trouve quelque matelot fraîchement débarqué avec qui je puisse jouer aux dés et manier les cartes, c'est tout ce qu'il me faut.

— A la bonne heure ; mais si tu n'en trouvais pas, *poverino !* et que ton hôtelier vînt à te refuser tout crédit, et à t'envoyer coucher à la belle étoile, que ferais-tu, *monsu* de la Roche ?

— Oh ! par ma foi ! monsieur Marini, mon parti serait bientôt pris, je ferais comme monsieur le comte de Ferriol.

— Un suicide ! Par sainte Cunégonde, ma parente ! sais-tu que ce serait un gros péché, et que je m'y oppose de toutes mes forces ?

— Il y a pourtant cent contre un à parier que je finirai ainsi, monsieur Marini.

— Ecoute, — reprit l'Italien après un silence pendant lequel il attacha sur La Roche son regard scrutateur, — il y aurait un moyen de sortir de la position misérable dans laquelle tu vis ici, et, si j'étais sûr de ta discrétion...

— S'agirait-il encore de quelque conspiration contre le régent ?

— Chut !... ce n'est plus en France que je veux exercer mes talents ; les Français n'entendent absolument rien aux conspirations. Il s'agit d'un projet plus hardi, dont la réalisation ne saurait manquer de nous assurer à tous deux une bonne place dans le paradis.

— N'y aurait-il pas moyen d'en avoir une autre ailleurs, en attendant ?

— Vous êtes un impie comme défunt votre maître, *mio caro*. Apprenez qu'il s'agit de renverser en Angleterre le pouvoir de l'usurpateur Georges Ier, qui est de plus un hérésiarque, et de rétablir sur le trône Jacques Stuart, qui est un bon catholique. Le bâtiment qui m'a conduit à Marseille est chargé d'armes et de munitions que je dois introduire en Ecosse, où les Stuarts comptent de nombreux partisans. Afin d'éviter tout soupçon, nous prendrons le chemin des écoliers. Nous nous rendrons d'abord à Gibraltar ; là, nous passons le détroit, et, une fois entrés dans l'Océan, nous serons bien vite en Ecosse. Si tu veux m'accompagner, je te promets quelque bonne place d'intendant des biens du premier lord hanovrien dont nous pourrions nous débarrasser. Cela te convient-il, hein ?

— Ma foi ! monsieur Marini, dans la position où je me trouve, je n'ai pas trop le choix, et je suis prêt à vous suivre.

— A merveille ! Ecoute, *mio caro* : le bâtiment sur lequel je suis embarqué n'attend qu'un bon vent pour remettre à la voile ; fais donc immédiatement tes préparatifs, et viens me trouver ce soir, ici près, à l'hôtellerie du Grand-Saint-Martin, où je suis descendu, afin de partir avec moi au premier signal.

— C'est entendu. A ce soir, monsieur Marini.

— A l'hôtellerie du Grand-Saint-Martin.

— J'y serai.

Là-dessus, les deux interlocuteurs se séparèrent, non sans avoir vidé la dernière goutte de muscatelle à la restauration des Stuarts et au renversement de la maison de Hanovre.

Voici ce qui se passa, le soir de ce même jour, à l'hôtellerie du Grand Saint-Martin, à Marseille.

Comme La Roche entrait dans l'auberge, portant sous son bras une petite cassette renfermant les derniers débris de sa garde-robe (il convient d'ajouter que la cassette était fort légère), il avisa, dans un coin de la cuisine, deux laquais jouant ensemble aux cartes. A cette vue il tressaillit, et obéissant, à une sorte de fascination, il s'approcha des deux joueurs. Aussi bien on venait de lui apprendre que le signor Marini n'était pas encore rentré. L'un des deux laquais avait été assez maltraité par le sort, et refusait même de continuer la partie. L'occasion était trop belle pour que La Roche la laissât échapper, et il proposa de se substituer au perdant, proposition qui fut acceptée avec empressement.

Soit que la chance eût tourné avec un nouveau joueur, soit que La Roche possédât des moyens particuliers de corriger la fortune, il ne tarda pas à regagner tout ce que son prédécesseur avait perdu, et même davantage. Tout à coup, au moment où la partie était le plus animée, on entendit retentir les paroles suivantes :

— Monsieur le chevalier d'Aydie demande son valet.

Aussitôt l'adversaire de La Roche se leva en annonçant qu'il viendrait finir la partie dès que son maître n'aurait plus besoin de ses services.

A ce nom du chevalier d'Aydie, La Roche avait manifesté une vive surprise. Le chevalier à Marseille ! qu'y venait-il faire, lui qui, disait-on, avait quitté la France pour jamais ? En interrogeant les gens de l'auberge, La Roche apprit bientôt que le chevalier d'Aydie avait quitté Malte, qu'il était encore fort souffrant des suites de blessures qu'il avait reçues dans une action navale, et que les médecins lui avaient conseillé de rester à Marseille quelques jours pour prendre un repos qui lui était fort nécessaire avant de se rendre à Paris, où il était attendu. Il y avait dans ces diverses nouvelles une énigme dont La Roche se promit bien d'avoir la clef.

En effet, le valet du chevalier étant redescendu dans la cuisine, La Roche se mit en devoir de l'interroger, à quoi l'autre répondit avec beaucoup de bonhomie :

— Eh ! bon Dieu ! camarade, il n'y a pas le moindre mystère dans tout cela. Monsieur le chevalier a obtenu, grâce à l'intercession de monsieur le cardinal Dubois, un bref du pape qui le délie des vœux qu'il avait prononcés comme chevalier de l'ordre de Malte, et il s'en va à Paris pour épouser une belle jeune femme dont on dit qu'il est amoureux depuis bien longtemps.

— Une jeune femme ! O ciel ! serait-ce... ?

— On la nomme la comtesse de Ferriol.

— Il va l'épouser ! — murmura La Roche, dont un souvenir traversa soudain l'esprit, — vous en êtes bien sûr ?

— Très-sûr. Pourquoi me demandez-vous cela ?

— Pourquoi...? pourquoi...? oh ! pour rien.

— A la bonne heure ! Allons, continuons notre partie.

— Non, restons-en là. Je me souviens que j'ai oublié une commission qu'on m'avait donnée et qui est fort pressée.

En même temps, tirant de sa poche la clef de sa cassette, il l'ouvrit avec un empressement presque fiévreux, et se mit à fouiller dans tous les recoins du coffre ; mais ses recherches furent infructueuses.

— Que cherchez-vous donc ? — dit un des valets de l'auberge.

— C'est une lettre.

— Une lettre ? Tenez, ne serait-ce point ce petit billet cacheté de noir que je vois là à vos pieds ?

— En effet, ce doit être cela. Je l'aurai laissé tomber par mégarde.

En même temps La Roche décacheta le billet que monsieur de Ferriol lui avait remis, le jour même de sa mort, avec ordre de l'ouvrir dans un seul cas, celui où Aïssé viendrait à se remarier. D'abord il affecta de parcourir négligemment ce billet ; mais tout à coup, et malgré ses efforts pour paraître calme, ses yeux étincelèrent, il pâlit, et une sueur froide couvrit son front. Dans ce moment Marini rentra.

— Ah ! c'est toi, *mio caro !* — s'écria-t-il en apercevant La Roche, — tu es exact, c'est très-bien. Viens çà, j'ai deux mots à te dire. — Puis se penchant à son oreille : — Le vent a changé, — ajouta-t-il à voix basse, — et nous partirons demain à la pointe du jour.

— Excusez-moi de ne pas vous accompagner, — reprit tranquillement La Roche ; — j'ai réfléchi mûrement à la proposition que vous m'avez faite, et je ne puis l'accepter.

— Mais que vas-tu faire ici, *povero ?* Tu mourras de faim !

— Aussi ne resté-je pas à Marseille, monsieur Marini, je retourne à Paris.

— Par sainte Cunégonde, ma parente ! voilà une détermination qui m'étonne : *ma, caro*, qui payera les frais de ton voyage ?

— Qui ? madame la comtesse de Ferriol.

XXVI

LE TESTAMENT DE MONSIEUR DE FERRIOL.

Revenons maintenant à Paris, à l'hôtel de Ferriol, rue Culture-Sainte-Catherine. Quelle différence avec la physionomie que présentait depuis tant d'années ce séjour, où l'appareil funèbre d'un deuil était venu assombrir encore un intérieur que les pratiques d'une existence ascétique et bigote avaient déjà rendu si morne et si triste, au temps de la marquise douairière de Ferriol ! Au lieu de laquais vêtus de noir, au visage sombre et renfrogné, on ne rencontrait que d'éclatantes livrées et des figures épanouies. Au silence solennel des cours, silence que troublait seul par intervalle le glas monotone de la cloche du couvent voisin, avaient succédé les chants et les cris des palefreniers et des valets de pied, les piaffements joyeux des chevaux, le bruit des roues des carrosses broyant l'herbe qui commençait à disjoindre les pavés. Il n'était pas jusqu'au vieil hôtel lui-même, avec ses hautes fenêtres à petits carreaux de vitres, ses murs noircis par la poussière des années, et sa toiture d'ardoises en forme de catafalque, qui, sous les rayons d'un beau soleil d'automne, ne semblât parfois revêtir une robe de fête. Puis c'étaient des bijoutiers, des modistes, des couturières qui venaient à l'envi offrir leurs services et leurs marchandises, sans compter des myriades de visiteurs empruntés à tous les rangs de la société, depuis le duc et pair en carrosse à franges, en habit de velours galonné d'or fin, jusqu'au notaire et au procureur à pied et en modeste frac de gros drap noir ; car, dans ce temps-là, les notaires et les procureurs ne songeaient pas encore à éclabousser les ducs et pairs.

Tout ce mouvement inaccoutumé, tout ce tumulte dans la rue Culture-Sainte-Catherine annoncent suffisamment qu'un grand événement se prépare au Marais, et cet évé-

nement n'est autre, comme on le prévoit déjà, que le mariage de la jeune et belle veuve du comte de Ferriol avec son cher et fidèle chevalier d'Aydie.

Que si l'on désire à cet égard quelques détails, il faut pénétrer dans cette chambre où nous avons déjà introduit précédemment nos lecteurs, et que décorent les portraits des six beautés célèbres, charmant conciliabule de dieux lares dont nos ancêtres aimaient à s'entourer, comme si, semblables à ces fées dont parlent les contes du temps passé, ces belles jeunes femmes eussent pu octroyer en don à toute personne qui les contemplait avec ferveur leurs grâces les plus séduisantes, leurs attraits les plus merveilleux, les plus doux sourires.

C'est le soir ; Sophie est auprès de sa maîtresse, à laquelle on vient d'apporter sa robe de noces. La camériste est rayonnante, car la robe sied à merveille à Aïssé, une robe de moire d'un gris tendre, garnie de perles fines. C'est le chevalier d'Aydie qui l'a voulu ainsi.

— Ah ! madame ! — s'écrie Sophie, — monsieur le chevalier a eu bien raison de commander lui-même cette toilette. Vous êtes vraiment ravissante ce soir, et je gage qu'il sera bien heureux de voir qu'il a si parfaitement réussi.

— Ma bonne Sophie, c'est ton attachement pour moi qui fait que tu exagères ainsi ce que tu veux bien appeler ma beauté ; au surplus, celui pour qui seul je veux être belle ne peut plus tarder maintenant à me voir : voici déjà quatre jours qu'il est en route, et, si aucun obstacle ne l'a retardé, d'après sa lettre il sera ici demain matin.

— Demain matin ! quel bonheur !

— Oui, c'est un bonheur bien inespéré, tellement inespéré qu'il me semble que c'est un rêve.

— Et moi, je vous assure, madame, que c'est une bonne réalité, que j'ai entendu de mes propres oreilles les bans publiés à la paroisse, avec l'extrait du bref du pape qui déclare monsieur le chevalier bien et dûment délié de ses vœux, et que bien des belles dames et demoiselles de la cour ne demanderaient pas mieux que d'être à votre place.

— Je le crois, Sophie, je le crois.

— A la bonne heure ! Au milieu de tout cela, je n'ai qu'un regret, c'est que vous ayez consenti à recevoir ici ce vilain La Roche. Qu'y vient-il faire, je vous le demande ; ne pouvait-il rester à Marseille ?

— Il y était, à ce qu'il paraît, si malheureux, qu'il est bien excusable d'avoir cherché à reprendre son ancienne condition. Il a reconnu ses torts et m'a demandé à rentrer à mon service. Pouvais-je le refuser ?

— Ce sera comme il vous plaira, madame ; mais j'ai toujours mauvaise idée de cet homme-là. D'abord il est jaune et maigre, et il faut toujours se méfier de cette nature de gens-là.

— Oh ! tu lui en veux toujours, et ce n'est pas bien, car il est impossible d'être plus attentif et plus empressé qu'il ne l'est actuellement pour moi ; on dirait qu'il a à cœur de me faire oublier tous les griefs que j'ai pu avoir contre lui.

— C'est possible ; mais, quant à moi, je ne lui donnerai jamais l'absolution, il peut en être bien sûr, et je pense qu'on ne saurait attendre de lui que trahison et fourberie.

— Encore !… Ah ! Sophie, ton intention est-elle donc de me fâcher ?

— Ah ! madame, ma bonne maîtresse, pardon ! pardon !

A cet instant la grande porte de l'hôtel roula sur ses gonds, et le pavé de la cour retentit sous les pieds des chevaux et sous les roues d'un carrosse.

— Qui peut venir à cette heure ? — dit Aïssé.

La camériste sortit ; mais quelques secondes à peine s'étaient écoulées qu'une jeune femme, vêtue comme toujours à la dernière mode, entrait étourdiment dans la chambre et se jeta au cou de la Circassienne.

— Excusez-moi, chère belle, — s'écria la nouvelle venue, — excusez-moi d'avoir violé la consigne. Voici trois grands jours que je ne vous ai vue, et j'ai mille choses à vous dire.

— Ah ! — reprit Aïssé de sa voix la plus douce, — la porte peut-elle être défendue pour celle à qui je dois tout mon bonheur, pour madame de Parabère ?

— Ne parlez pas de moi : c'est le cardinal Dubois qui a tout fait, puisque cardinal il y a.

— Oui, à votre sollicitation.

— Eh bien ! après tout, nous n'avons fait l'un et l'autre que notre devoir ; car nous avions beaucoup à réparer envers vous, moi surtout.

— Vous !

— Oui, avant de vous connaître, de pouvoir apprécier tant de grâces et de vertus, n'ai-je pas été longtemps votre ennemie ? oui, ma toute belle, votre ennemie acharnée. Bien plus, je puis vous faire cette confidence à présent, n'ai-je pas eu en vous et à double titre une rivale ? Car, il faut le confesser, le chevalier d'Aydie ne m'était pas indifférent, il n'eût tenu qu'à lui... mais, baste ! vous l'aviez trop bien ensorcelé, enchanteresse ! j'en ai été our mes frais de coquetterie. Ne croyez pas que cela me fût arrivé jusqu'alors, au moins.

— Oh ! madame !

— Ah çà ! c'est donc demain qu'il arrive décidément, ce cher chevalier ?

— Du moins il l'a annoncé ainsi.

— Et il n'aura garde de manquer à sa parole, je vous le garantis sur vos beaux yeux.

— Il souffrait encore des blessures qu'il a reçues dans son dernier combat, c'est ce qui l'a retenu deux jours à Marseille. Maintenant il est entièrement rétabli.

— Oh ! il n'y a pas de meilleur médecin que l'amour... quand il est heureux, bien entendu. Au surplus, si les blessures du corps sont guéries, je vois que vous vous préparez à attaquer le cœur de nouveau et à achever de lui tourner la tête, à ce pauvre chevalier.

— Comment cela ?

— Pressée que j'étais de m'excuser envers vous d'une visite intempestive, je n'avais pas fait attention à votre toilette, que je trouve divine, et que rehaussent tous les attraits dont vous êtes si richement pourvue. Voyons donc, levez-vous, cher soleil, que je vous salue dans tout votre éclat ! Ces perles surtout vous vont à ravir.

— C'est monsieur le chevalier d'Aydie qui a commandé pour moi cette toilette, que je viens d'essayer et qui doit me servir le jour de mes noces.

— Le chevalier ! dites donc le comte.

— Comment ?

— A propos, et moi qui oubliais de vous annoncer cette grande nouvelle ! Apprenez, ma charmante amie, que notre jeune roi a conféré à monsieur d'Aydie le titre de comte, à l'occasion de son mariage. Ainsi vous resterez comtesse.

— Que m'importe, pourvu que je sois la femme de monsieur d'Aydie.

— Ce n'est pas tout. Monseigneur le régent, qui ne veut pas être en reste avec son royal pupille, est disposé de son côté à accorder à votre mari le brevet de capitaine de ses gardes. Je suis venue tout exprès pour vous dire tout cela, car je n'ai pas longtemps à vous donner ce soir ; j'ai promis à Son Altesse Royale d'aller la rejoindre à l'Opéra. Eh bien ! que pensez-vous de ces faveurs, ma toute belle ?

— Je pense que monsieur d'Aydie ne saurait qu'accepter avec reconnaissance les bienfaits de Sa Majesté. Quant à l'offre également toute bienveillante de monseigneur le régent, je sais que les intentions de mon mari sont de se retirer de la cour et d'aller passer dans ses terres une bonne partie de l'année.

— Pour y cacher son bonheur...

— Et le mien.

— Oh ! le vilain jaloux ! j'espère bien que nous le dis-

AL. DE LAVERGNE.

suaderons d'un pareil dessein, et je vous prie de lui dire de ma part que je m'y oppose de toutes mes forces. C'est mon obligé, il me doit la reconnaissance, et je ferai valoir mes droits, entendez-vous ? Mais il faut que je vous quitte. Adieu, chère belle, dormez-bien cette nuit. A demain ; je veux être des premières à votre grand lever, ma reine.

Ayant ainsi parlé, la Parabère embrassa tendrement sa jeune amie et sortit. Bientôt on entendit le pavé de la cour retentir de nouveau sous les pieds des chevaux et sous les roues du carrosse. La grande porte de l'hôtel roula sur ses gonds, puis le silence se rétablit, ce silence solennel qu'on ne trouve plus guère à Paris que dans la rue Culture-Sainte-Catherine et dans un très-petit nombre de rues du Marais, où le grand courant d'une civilisation bruyante, agitée et presque fébrile, n'a pas encore roulé ses ondes torrentueuses.

Demeurée seule, Aïssé fit quelques pas dans la chambre, et, s'approchant machinalement d'un clavecin, elle laissa errer ses doigts distraits sur le clavier. Il y a des moments dans la vie où l'esprit est tellement absorbé par les pensées qui viennent l'assaillir que toute perception des objets extérieurs finit par s'effacer, et que les mouvements du corps deviennent en quelque sorte automatiques. Sur le point d'atteindre un but dont elle avait dû désespérer bien longtemps, il n'est pas étonnant que la Circassienne se trouvât alors dans une pareille situation. Des notes confuses, sans suite, de vagues mélodies aussitôt interrompues que commencées, se détachaient incessamment sous ses doigts, semblables aux grains d'un chapelet dont le fil aurait été rompu en maint endroit. Tout à coup la jeune femme tressaillit comme si elle venait d'être réveillée en sursaut. Un fragment d'un air de l'opéra d'*Armide* avait frappé son oreille.

Armide ! que de souvenirs ce nom seul ne lui rappelait-il pas ! N'était-ce point au milieu des pompes de cet opéra que le chevalier d'Aydie lui était apparu pour la première fois, et qu'il avait suffi pour elle d'un regard jeté sur ce charmant officier, au visage si pâle et si doux, pour décider de sa destinée ? Plus tard, lorsque, de retour de son exil, le comte de Ferriol était rentré à Paris dans son hôtel du Marais, n'était-ce point encore une mélodie de ce même opéra d'*Armide*, chantée par Aïssé, qui avait éveillé l'attention du maître sur les talents de son esclave, appelé ses désirs sur sa beauté ? Oh ! comme alors, pour effacer l'odieuse pensée de la flétrissure qu'elle avait subie, la Circassienne se réfugia avec bonheur dans ce passé d'amour que quelques notes de musique venaient de ressusciter ! Comme ses doigts agiles évoquèrent sur le clavecin les plus douces cantilènes d'*Armide*, pendant que, émue, haletante, elle se transportait en imagination tantôt au Palais-Royal, tantôt dans la forêt de Marly, tantôt enfin sur les grèves de la Bretagne, en compagnie de son cher chevalier d'Aydie !

Mais qu'est-ce donc, à une pareille heure, que ce glas funèbre de la cloche du couvent des Annonciades qui vient mêler ses sons mélancoliques aux vibrations du clavecin ? Au dehors, le ciel est chargé de nuages, et le vent qui vient agiter en mugissant les branchages dépouillés des arbres du jardin semble une voix qui pleure dans l'espace. Pénétrée d'un effroi instinctif, Aïssé se lève et appelle Sophie, sa fidèle camériste.

— Mon Dieu ! — dit-elle, — Sophie, que se passe-t-il donc au couvent des Annonciades ? Ce n'est pas l'heure de sonner les cloches.

— Il est vrai, madame, mais c'est une circonstance particulière. Il y a une de ces pauvres religieuses qui se meurt, et l'on sonne son agonie pendant que la communauté, rassemblée dans la chapelle, récite les prières des morts. Madame a-t-elle encore besoin de moi ?

— Reste. Je ne connais aucune de ces bonnes religieuses, et pourtant cela m'attriste. Qui sait si ce n'est pas quelque jeune novice qu'on aura forcé d'entrer au couvent, et dont ce cœur se sera brisé d'amour et de désespoir ?

60

— Hélas ! madame, cela arrive bien souvent ; mais après tout ce peut bien être tout simplement une vieille nonne qui meurt saintement après avoir fourni une longue carrière.

— Dieu le veuille ! Je te remercie, chère Sophie, de me parler ainsi, car je ne sais pourquoi depuis quelques instants j'ai peur sans en savoir le motif, et tout m'apparaît sous les plus sombres couleurs. Écoute : n'est-ce pas la pluie qui commence à tomber ?

— Oui, madame, et très-violente.

— O ciel ! il est en route par un pareil temps ! Pourvu qu'il ne lui arrive pas malheur !

— Que pouvez-vous craindre pour monsieur le chevalier, madame ? L'hiver n'est pas venu. Nous sommes en automne, c'est vrai, mais les routes sont bonnes encore à cette époque, et monsieur le chevalier est dans une excellente chaise de poste. Vous voyez donc bien qu'il n'y a rien à craindre sous ce rapport.

— Que le bon Dieu t'entende, chère Sophie ! C'est que vois-tu, malgré tous les motifs que j'ai de me livrer à la joie, j'ai là, dans le fond du cœur, je ne sais quel pressentiment secret qui me remplit d'un trouble involontaire. Il n'est pas jusqu'à cette toilette qui faisait tout à l'heure l'admiration de madame de Parabère, cette toilette qu'il s'est plu à choisir lui-même, à laquelle je n'eusse préféré toute autre parure.

— Pourquoi donc, madame ?

— C'est que... tu vas te moquer de moi... je me souviens d'avoir entendu dire par madame la douairière de Ferriol que les perles en songe cela signifie des larmes.

— En songe peut-être, mais en réalité ce doit être, j'en suis sûre, tout le contraire ; d'ailleurs, madame, vous n'avez point rêvé de perles, n'est-ce pas ?

— Moi ? non ; mais ce que j'ai rêvé est bien terrible... si tu savais... ! Mon Dieu ! encore cette cloche !... Ne cessera-t-elle donc pas ?

— Qu'avez-vous rêvé ?

— Toute la nuit dernière j'ai rêvé de ma mère. Il me semblait que j'étais encore enfant, que je reposais sur ses genoux, qu'elle me comblait de caresses. Puis tout à coup des hommes armés entraient dans la chambre, ils nous saisissaient toutes les deux ; on lui liait les mains, à ma pauvre mère, on la recouvrait d'un grand voile qui l'enveloppait de la tête aux pieds ; puis l'on nous conduisait ainsi jusqu'au bord de la mer. Tout se passait exactement comme cela s'est passé dans cette nuit funeste dont je t'ai parlé si souvent. Je voyais le linceul funèbre où nous allions être ensevelies toutes vivantes, ma mère et moi, avant d'être précipitées dans la mer. On plaçait dans le fond le poids qui devait nous empêcher de surnager, et moi je sanglotais pendant que ma mère me couvrait de baisers ! C'est alors que j'apercevais monsieur de Ferriol et que, grâce à sa puissante intervention, j'étais arrachée à cette mort épouvantable. Puis j'entendais ces dernières paroles de ma mère qui retentissent encore à mon oreille : « Qu'elle soit maudite si jamais une seule de ses pensées était pour un autre que pour son sauveur, si jamais elle l'oubliait un instant qu'elle lui appartient à toujours, et que pour lui, pour lui seul elle doit vivre et mourir ! » Ah ! Sophie, Sophie, dis-moi que j'ai pu, sans être criminelle, manquer à un tel engagement ; dis-moi que ma mère ne me maudit point du fond de son hideux sépulcre dans les profondeurs de la Méditerranée !

— Madame, ma chère maîtresse, je vous en supplie, chassez de pareilles pensées.

— Je le voudrais, mais je ne le puis ; Sophie, j'entends toujours la voix de ma mère... La tempête redouble... Écoute comme le vent mugit dans la cheminée ! Ne dirait-on pas que c'est l'âme de monsieur de Ferriol qui vient me demander compte de mon manque de foi ? Tiens, à travers les vitres de la croisée, vois-tu ces deux yeux qui flamboient ? Il me semble que c'est lui qui me regarde.

— Oh ! madame, calmez-vous, c'est quelqu'un de vos gens qui va se coucher.

— Tu crois ?

— J'en suis sûre.

— Allons, je vais en faire autant. Il me semble que le sommeil me fera du bien. Sonne pour qu'on me donne à boire ; j'ai soif, comme la fièvre.

Sophie agita une sonnette et La Roche parut. Il était plus maigre et plus jeune que jamais, et l'on voyait sur sa livrée des traces de pluie toutes récentes.

— Madame demande à boire, — dit la cameriste sans voir qui entrait. Puis, apercevant l'ancien valet de chambre du comte de Ferriol, elle ne put réprimer un frémissement instinctif, et elle ajouta vivement : — Je vais préparer moi-même ce qu'il faut.

— Non, reste auprès de moi, — dit Aïssé.

La Roche sortit et revint quelques instants après avec un plateau sur lequel était un verre contenant une boisson rafraîchissante que la jeune femme saisit avec avidité et qu'elle épuisa presque d'un trait.

— Comment se porte madame la comtesse ? — balbutia le valet d'un ton mielleux ; — madame la comtesse paraît un peu souffrante ce soir.

— Il est vrai ; mais ce ne sera rien. Je me sens déjà mieux depuis que j'ai bu...

— Allons ! tant mieux ! Faut-il veiller ?

— Oh ! c'est inutile. A propos, je n'entends plus cette cloche qui sonnait tout à l'heure au couvent des Annonciades.

— Madame la comtesse peut dormir tranquille, — reprit La Roche, — la cloche ne sonnera plus maintenant que pour les funérailles.

Ayant ainsi parlé, La Roche s'inclina et sortit. Sophie le suivit longtemps des yeux avec une expression de méfiance et presque de terreur.

— A quoi songes-tu ? — dit Aïssé ; — allons, déshabille-moi bien vite, car le sommeil me gagne... C'est étrange, je sens que j'aurai à peine le temps de faire mes prières ce soir.

La jeune femme s'agenouilla devant son prie-Dieu pendant que sa cameriste achevait de la débarrasser de ses vêtements, et elle pria pour le chevalier d'Aydie, pour sa mère et pour monsieur le comte de Ferriol, pour les vivants et pour les morts ; mais sa langue était lourde, embarrassée, et les paroles semblaient s'attacher à ses lèvres. Seulement, un papier étant venu à s'échapper de son sein, elle sortit un moment de l'espèce d'engourdissement où elle était plongée, et, le ramassant avec vivacité, elle le serra convulsivement entre ses doigts : c'était la dernière lettre du chevalier d'Aydie.

Il fallut que Sophie appelât une autre fille de chambre pour l'aider à porter dans son lit sa jeune maîtresse, qui était profondément endormie. Sophie la contempla quelques instants avec une surprise inquiète ; mais, voyant que sa respiration était douce et calme, elle se mit en devoir de fermer les volets qui garnissaient intérieurement les fenêtres, et se retira.

Le lendemain matin, le chevalier d'Aydie entrait à l'hôtel de Ferriol, ivre d'amour et d'espérance. Sa belle fiancée n'avait point encore appelé et était toujours endormie, suivant toute apparence. En attendant son réveil, d'Aydie, dans sa joie, vida sa bourse entre les mains des laquais, et, apercevant Sophie, qu'il reconnut sur-le-champ pour lui avoir au temps passé apporté le premier billet d'Aïssé, il détacha de sa main une bague ornée d'un brillant et voulut la passer lui-même au doigt de la fidèle cameriste. Puis, guidé par elle, il se mit à parcourir les appartements et le jardin même de l'hôtel, cherchant avec empressement tout ce qui pouvait lui rappeler la présence de sa bien-aimée, prenant plaisir à s'asseoir aux endroits qu'elle affectionnait, baisant avec ferveur un mouchoir qu'elle avait laissé la veille sur une console. Dans son inspection, l'amoureux chevalier n'eut garde d'oublier cette porte du jardin qui s'ouvrait sur la rue Payenne et où il avait fait une si mémorable faction par une froide nuit d'hiver en

attendant celle qui cette fois, hélas! ne devait point venir
Cependant les minutes, les heures même s'écoulaient sans qu'Aïssé donnât le moindre signe d'existence. D'Aydie, qui s'était d'abord montré impatient, devenait inquiet, et il finit, à force d'obsessions, par obtenir de Sophie qu'elle prendrait sur elle, sans être appelée, d'entrer dans la chambre de sa maîtresse. La camériste, que le chevalier n'avait pu s'empêcher d'accompagner en se tenant à distance, pénétra seule dans la chambre à coucher, dont elle ouvrit les volets intérieurs; puis elle s'approcha du lit écarta légèrement les rideaux, et, tombant soudain à l renverse, poussa un cri affreux.

A ce cri, d'Aydie, plus mort que vif, se précipita 'ui-même dans la chambre, où l'attendait un spectacle l en digne de pitié. Aïssé, blanche et froide comme une s! ue d'albâtre, était étendue sur son lit, les yeux ouverts i ais éteints et sans regard; l'une de ses mains était pend.... en dehors du lit; l'autre avait été ramenée avec effort s.r sa poitrine, et entre les doigts crispés on pouvait distinguer un papier froissé... C'était la dernière lettre du chevalier d'Aydie.

L'amant infortuné, qui après tant de traverses et de douleurs, et au moment même où il s'attendait à en obtenir un si magnifique dédommagement, voyait couronner tous ses maux et toutes ses souffrances par une si épouvantable catastrophe, demeura quelque temps sans voix et sans mouvement, sans respiration même, comme si la vie se fût instantanément retirée de lui; ses yeux ne versèrent point de larmes. Seulement il s'agenouilla et resta en contemplation devant le cadavre de sa bien-aimée, qu'il retrouvait, ainsi que monsieur de Rancé avait retrouvé jadis la belle duchesse de Montbazon, morte dans la fleur de l'âge et de la beauté, morte lorsqu'enfin elle allait pouvoir être son seul trésor, comme elle était depuis longtemps le seul objet de son idolâtrie. Les prières et les pleurs de madame de Parabère, qui arriva quelque temps après, purent seules le déterminer à se séparer de ce cher cadavre, lorsque la fidèle et désolée Sophie se trouva en état de faire la dernière toilette de sa maîtresse.

Ainsi la vengeance du comte de Ferriol lui avait survécu; ainsi cette femme qui lui avait appartenu pendant sa vie ne devait plus appartenir à un autre, même après sa mort. Faut-il donc croire que les émotions si diverses et si poignantes par lesquelles avait passé la malheureuse Aïssé avaient tari en elle les sources de la vie?

ou bien faut-il voir dans cet arrêt de mort, si soudainement et si inopinément mis à exécution, l'accomplissement du testament de l'implacable gentilhomme, qui aurait légué à son valet de chambre La Roche le soin de remplir ses dernières volontés?

C'est à cette dernière conjecture qu'il faut sans doute s'arrêter si l'on se rappelle, d'une part, la substitution fort étrange faite par le comte au profit de ce valet; d'autre part, le billet mystérieux qu'il lui avait remis la nuit même de sa mort, avec ordre de l'ouvrir dans un seul cas; et enfin ce breuvage apporté si à point la veille au soir et qui avait déterminé chez la jeune femme un sommeil si prompt et des symptômes si inquiétants. Cependant, comme il n'existait aucune preuve du crime, La Roche, qui sur les indications de Sophie avait été arrêté, dut être relâché après un interrogatoire préalable qui parut détruire toutes les charges accumulées contre lui. Mais s'il ne fut point atteint par la justice des hommes, il n'échappa pas du moins à la justice divine; à quelque temps de là il mourut sur un grabat à l'hôpital, à la suite d'une querelle de cabaret.

La fidèle Sophie, inconsolable de la perte de sa maîtresse, était entrée au couvent des Annonciades le lendemain même des funérailles, et elle n'en sortit plus.

Quant au chevalier d'Aydie, soit que l'apprentissage qu'il avait fait de l'existence monastique en qualité de chevalier profès de l'ordre de Saint-Jean-de-Jérusalem l'eût dégoûté par avance de suivre jusqu'au bout l'exemple du célèbre abbé de Rancé, soit plutôt encore qu'il pensât pouvoir se livrer plus aisément au culte des souvenirs et d'un fantôme adoré s'il était dégagé de toutes les observances qu'impose la règle conventuelle, il passa ses jours dans la retraite, au fond d'une de ses terres, seul avec le portrait de celle qu'il avait perdue. Sans doute il est permis de penser qu'après sa mort le vœu de la chère et belle maîtresse se trouva rempli, et qu'un même tombeau réunit leurs ossements.

Amants infortunés! En rencontrant au milieu des saturnales de la régence leurs chastes figures, en lisant le récit de leurs amours plus chastes encore, et qui exhalent comme un parfum d'idylle dans un temps où les bergeries et les naïves tendresses ne florissaient guère que sur les trumeaux peints par Watteau, ne semble-t-il pas voir un beau lis et une fraîche violette épanouis sur le bord fangeux d'un torrent?

FIN DE LA CIRCASSIENNE.

TABLE DES CHAPITRES CONTENUS DANS CET OUVRAGE.

FIN DE LA TABLE DES CHAPITRES.

Paris. — Imprimerie J. Voisvenel, rue Chauchat, 14.